KB271906

조선의
싱어송라이터

조선의 싱어송라이터

2026년 3월 9일 초판 1쇄

글 이미경
편집 서은수, 김지선, 유순원, 이루리 **디자인** 김지은 **홍보** 신유정 **마케팅** 이상현, 오창호
펴낸이 이순영 **펴낸곳** 북극곰 **출판등록** 2009년 6월 25일(제 300-2009-73호)
주소 서울시 마포구 독막로 320 B106호 **전화** 02-359-5220 **팩스** 02-359-5221
이메일 bookgoodcome@gmail.com **홈페이지** www.bookgoodcome.com
ISBN 979-11-6588-502-1 03810

ⓒ 이미경, 2026

이 책은 친환경 콩기름 잉크를 사용하여 인쇄하였습니다.

*이 책에 발췌하여 인용한 현대의 노래 가사는 한국음악저작권협회(KOMCA) 승인필을 받았습니다.
  저작권자와 연락이 닿지 않은 노래는 추후 합리적인 절차를 통해 소정의 저작권료를 지급할 예정입니다.

조선의
싱어송라이터

글 이미경

북극곰

차례

악보를 잃은 노래들을 위하여

어쩌다 고전시가를 마주한 사람들은 하나같이 암담한 표정을 짓습니다. "이건 진짜 외계어예요." 그래서 내가 대답합니다. "그 외계어 때문에 케이팝이 생겨났어요." 이런 현상은 젊은 세대로 갈수록 더 심해집니다. 아이돌 그룹 가사는 줄줄 읊으면서 '어와 둥근 달' 한 줄이 왜 이리 외우기 어려울까요. 시험 시간에 정철의 〈관동별곡〉이 나오면 버벅대다가 그냥 찍어버리는 학생들 모습을 볼 때마다 가슴이 아렸습니다. 그들 탓이 아니니까요.

고전시가는 원래 악보가 있는 노래였습니다. 그런데 일제강점기에 시(詩)는 문학으로, '가(歌)'는 음악으로 강제로 분리되었어요. 노래에서 멜로디를 빼앗긴 겁니다. 그 탓에 오늘날 우리는 악보를 잃은 반쪽짜리 옛 노래를 만나고 있습니다.

이 책은 그 안타까움에서 시작했습니다. 고전시가를 현대가요와 연결 지어서 보여주면 사람들이 고전시가를 좀 더 친숙하게 받아들이지 않을까 싶었습니다. 그런데 글을 쓰다 보니 욕심이 생겼습니다. 찬찬히 들여다보니 고전시가와 현대가요는 밑바탕에 어떤 공통된 정서가 흐르는 게 느껴졌습니다. 그래서 내가 좋아하는 고전시가와 현대가요 중에서 각각의 특징을 추리고, 정서와 사유를 교감하는 작품을 연결해보았습니다. 그 3년의 과정이 아주 힘겹지만은 않았습니다. 어느 날은 타임머신을 타고 조선시대로 훌쩍 여행을 떠나기도 했고, 어느 날은 판타지 소설을 한 권 뚝딱 쓸 만큼 상상의 세계를 쌓아 올리기도 했으니까요.

예를 들어,《용비어천가》1장 도입부 "해동 육룡이 나르샤 일마다 천복이시니" 대목에서 나는 만화《드래곤볼》을 떠올렸습니다.《용비어천가》에서 '용'은 왕을 상징합니다. 용이 왜 여섯 마리일까요? 태조 이성계의 직계 6대 조상들이 대대로 영웅 혈통을 물려받았기 때문입니다. 조선 건국이 필연적이고 정당하다는 근거를 보여주기 위해 6대 조상까지 빌드업한 것이죠. 나는 이성계의 6대 조상들을 아예 용의 모습으로 형상화해 보았어요. 그다음부터는 손에 땀을 쥐는 대서사가 술술 펼쳐집니다.《드래곤볼》에서 사이어인의 혈통을 이어받은 손오공은 온갖 적들을 물리치고 세상을 구합니다. 내 상상 속 여섯 용도 신통방통한 능력을 발휘해서 고난과 역경을 이겨내고 조선을 건국합니다.

고전시가는 설화와 전설의 색채를 띠거나, 오늘날 시선으로는 이해하기 어려운 이야기를 담기도 합니다. 이런 고전시가를 만나면 나는 허풍선이나 거짓말쟁이가 되기도 해요. 억지로 해석하느라 머리 싸매고

끙끙 앓느니, 고전시가 속 한 사람, 한 사물, 한 사건을 벗 삼아 엉뚱한 상상을 해보는 거죠.

황진이는 "동짓달 기나긴 밤을 한 허리를 베어 내어/(…)/어론 임 오신 밤이거든 굽이굽이 펴리라" 하고 노래합니다. 시간을 뭉텅 잘라서 임이 오시는 밤에 펼쳐 보이겠다는 황진이는 시간여행자입니다. 나아가 황진이는 양반·남성이 지배하던 조선시대에 기생·여성의 신분임에도 과감하고 거침없이 성적 에너지를 뿜어냅니다. 나는 황진이의 작품을 볼 때마다 망사 스타킹에 배꼽티를 입고 당당하게 춤추고 노래하는 이효리가 떠올랐어요. 황진이가 타임머신을 타고 현대로 건너와 이효리로 살고 있는 듯 느껴졌어요.

고전시가에는 의외성을 띤 작품이 아주 많습니다. 그 시대에, 그 출신성분의 작가가 쓴 작품이 맞나 싶을 만큼 내용이 파격적이에요. 단단한 사회 질서에 푸르른 틈새를 만들어낸 예술 작품의 생명력을 느껴보세요. 또한 고전시가는 역사책이 기록하지 못한 미시적인 생활상과 보통 사람들의 생각을 보여주기도 합니다. 그러니 고전시가라는 타임머신을 타고 과거로 가서 사람들을 만나볼 수도 있어요. 오늘날 우리와 닮은 점과 다른 점은 무엇인지 살짝 엿보는 것도 흥미롭지 않을까요?

이 밖에도 내 상상 속에서 정철의 〈사미인곡〉 속 전직 선녀와 안예은의 〈상사화〉가 OST로 쓰인 드라마 〈역적: 백성을 훔친 도적〉 속 홍길동이 각자의 사랑을 이루기 위해 대결했으며, 박인로의 〈누항사〉에 나오는 몰락한 양반과 장기하와 얼굴들의 〈싸구려 커피〉 속 88만 원 세대 중에 누가 더 궁상맞은지 겨뤘으며, 김부용의 〈부용상사곡〉과 김윤아의

<야상곡>에서는 배우가 연극무대에 올라 멋진 메소드 연기를 펼쳤습니다. 이처럼 멋진 경험을 하다 보면 고전시가가 어느새 친근하고 다감하게 다가와 있었습니다.

사실 고전시가와 현대가요를 엮어서 새롭게 접근해보는 시도는 제가 처음이 아닙니다. 그 길을 먼저 걸어간 분이 있습니다. 고전문학 강의로 이름 높던 정지웅 강사입니다. 그분의 강의는 시험 문제를 푸는 기술을 가르치는 데서 벗어나 학생들에게 고전시가에 흥미를 갖도록 안내했습니다. 정지웅 강사는 시와 노래를 잇는 다리는 이야기라며, 스토리텔링의 힘을 강조했어요. 그 가르침에 용기를 내어 감히 이 책을 쓰게 되었습니다.

혼자였다면 포기했을 겁니다. 북극곰 출판사 편집부의 도움이 없었다면 이 원고는 초기 기획과 거친 초고로만 남았을 테니까요. "찬찬히 보시고 더 좋은 원고로 만들어주세요." 그 한마디가 저를 다시 책상 앞에 앉게 했습니다.

나는 언젠가 고전시가가 선율과 리듬을 되찾아 노래로 불릴 수 있기를 바랍니다. 그러면 고전시가와 훨씬 더 자주 더 가까이 만날 수 있을 테니까요. 그런 날을 기다리며 시와 노래 사이의 빈틈을 메우는 이야기꾼으로 살아가고 싶습니다. 이 책을 악보를 잃어버린 노래들에게 바칩니다.

2026년 봄을 기다리며

이미경

1부

사랑과 이별과
그리움을 노래하다

떠나가는 남자, 이별하는 여자

_작자미상 〈서경별곡〉 · 심수봉 〈남자는 배 여자는 항구〉

달빛이 대동강 물결 위로 길게 흘러내리고, 오래된 노래 한 자락이 강바람에 실려온다. 천 년 전 그 여인은 떠나는 이의 뒷모습을 바라보며 노래했다. 모든 걸 바쳐 사랑했으니 곱게 보내주지는 않겠다고. 그로부터 긴 세월이 흘러 또 한 여인이 노래한다. 이번엔 피아노 앞에서, 조용히 그러나 단단하게. "남자는 배 여자는 항구." 이 짧은 구절 속엔 깊은 통찰이 숨어 있다. 사랑을 협상하지 않고, 이별을 애써 꾸미지 않으며, 스스로의 감정을 솔직하게 노래하는 여자.

　이별을 견디는 방식이 달라도, 그 안의 품격과 의지는 닮았다. 누군가는 울고, 누군가는 노래하며, 또 누군가는 다시 살아낸다. 그녀들의 노래는 우리에게 묻는다. "사랑 앞에서, 우리는 얼마나 당당할 수 있는가."

사랑하신다면 울면서라도 쫓으리이다

천 년 전 서경(평양) 대동강 나루터, 아마도 연인인 듯한 두 사람이 실랑이를 벌이고 있다. 자세히 보니 사내는 강을 건너려 하고, 여인은 사내가 가지 못하게 붙잡는 듯하다. 결국 사내는 여성의 만류를 완강히 뿌리치고 배에 오른다. 사내가 떠난 후, 나루터에 남은 그녀의 구슬픈 노랫소리가 대동강을 적신다.

서경이, 아즐가 서경이 서울이지마는

위 두어렁셩 두어렁셩 다링디리

닦은 데, 아즐가 닦은 데인 소성경을 사랑하지만

위 두어렁셩 두어렁셩 다링디리

여의느니, 아즐가 여의느니 길쌈하던 베 버리고라도

위 두어렁셩 두어렁셩 다링디리

사랑하신다면, 아즐가 사랑하신다면 울면서라도 쫓으리이다.

위 두어렁셩 두어렁셩 다링디리

구슬이, 아즐가 구슬이 바위에 떨어진들

위 두어렁셩 두어렁셩 다링디리

끈이야, 아즐가 끈이야 끊어지리이까 나난.

위 두어렁셩 두어렁셩 다링디리

천 년을, 아즐가 천 년을 외로이 지낸들

위 두어렁셩 두어렁셩 다링디리

믿음이, 아즐가 믿음이 끊어지리이까 나난.

위 두어렁셩 두어렁셩 다링디리

대동강, 아즐가 대동강 넓은 줄 몰라서

위 두어렁셩 두어렁셩 다링디리

배를 내어, 아즐가 배를 내어 놓았느냐 사공아.

위 두어렁셩 두어렁셩 다링디리

네 아내가, 아즐가 네 아내가 바람난지 몰라서

위 두어렁셩 두어렁셩 다링디리

떠나는 배에, 아즐가 떠나는 배에 얹었느냐 사공아.

위 두어렁셩 두어렁셩 다링디리

대동강, 아즐가 대동강 건너편의 꽃을

위 두어렁셩 두어렁셩 다링디리

배를 타 들면, 아즐가 배를 타 들면 꺾으리이다 나난.

위 두어렁셩 두어렁셩 다링디리

고려시대에 평양은 서경이라는 지명으로 불렀다. 서경은 개경에 이은 제2의 도시였다. 그런데 서경 사람들은 '제2의 도시'라는 지위에 매우 자존심이 상했을 듯하다. 서경 사람들이 보기에 개경은 일종의 행정 수도였고, 서경이야말로 고려의 핵심 도시였다. 서경은 한때 고구려의 수도로 유서 깊은 역사를 자랑한다. 또한 서경은 넓은 평야가 펼쳐지고,

해상무역에서 매우 유리한 입지 조건을 갖추고 있었다. 중국과 바닷길이 가까웠으며, 배가 대동강 물줄기를 따라 내륙 깊숙이까지 올라올 수 있었다. 부유한 살림살이는 막강한 지방세력을 기르고, 빼어난 지식인과 예술인을 배출한다. 이처럼 서경은 역사적·정치적·경제적·문화적으로 개경 못지않은 위상을 지녔었다. 서경 세력은 개경 세력과 매번 충돌했으며, 묘청의 난에서 그 정점을 찍는다.

대동강은 서경의 젖줄이자, 빼어난 경관을 자랑한 명승지였다. 이곳에서의 이별은 그래서 더더욱 아련하고 눈 시리다. 그녀가 부른 노래 제목은 〈서경별곡(西京別曲)〉으로, 〈가시리〉〈청산별곡〉 등과 함께 고려속요(고려가요)의 대표작으로 꼽힌다. 〈서경별곡〉의 작가는 알 수 없기에 노래의 화자인 '이름 모를 한 여인'이라 해두자. 다만 "길쌈하던 베 버리고라도" "닦은 데인 소성경을 사랑하지만"이라는 노랫말 속에서 그녀의 직업을 유추할 수 있다. 고려는 상업이 활발했으며 여성의 경제활동도 비교적 자유로웠다. 고려시대의 직조(織造) 산업은 농업 다음으로 중요한 생계 기반이었다. 당시 고려에서 베는 단순한 섬유가 아니라 오늘날의 지폐와 같은 포화(布貨)였다. 그녀의 직업은 베를 짜던 직조공이었을 게다. 아마도 서경으로 올라와 터를 잡고 길쌈을 해서 내다팔던 전문직 여성이었으리라. 서경 중심가에 직물 전문점을 차렸을지도 모를 일이다. 그런 그녀가, 정인이 자신을 사랑한다면, 기껏 터를 닦아 놓은 서경을 버리고라도 따라가겠다고 매달린 것이다.

그녀의 절박한 제안에 남자는 고려가요 〈정석가〉로 전하는 구절을 떠올리며 응답한다. "구슬이 바위에 떨어진들" "끈이야 끊어지리이까"

"천 년을 외로이 지낸들" "믿음이 끊어지리이까." 사내는 불멸의 사랑을 노래하는 듯하지만, 맥락을 자세히 들여다보면 씁쓸하다. 실제로는 불안해서 되뇌는 주문에 가깝다. "구슬이 바위에 떨어진들" "천 년을 외로이 지낸들"이라는 극단적 가정을 들먹이는 것 자체가 이미 상황의 심각함을 인정하는 꼴이다. 구슬을 꿰던 끈을 부여잡고 천 년을 기다리라는 건 공허하고 폭력적인 망언이다. 아니나 다를까. 사내는 그녀의 눈물을 뒤로하고 기어이 배에 올라 대동강을 건넌다.

여인은 사내가 대동강을 건너면 다른 여인을 탐하리라는 사실을 알고 있다("대동강 건너편의 꽃을 (…) 꺾으리이다"). 여인은 이편에 주저앉아 아스라이 멀어지는 배를 바라보면서 애꿎은 뱃사공에게 악담을 퍼붓는다. "네 아내가 바람난지 몰라서 (…) 떠나는 배에 얹었느냐 사공아." 강 이편은 그녀와 임이 함께 살아온 삶의 터전이고, 강 건너편은 함께할 수 없는 미지의 세계다. 뱃사공은 그 경계를 넘나드는 열쇠를 쥔 존재였기에 분노를 쏟아낸 것이다. 뱃사공에 대한 저주는 당연히 떠나간 사내에 대한 감정을 대리 표현한다.

〈서경별곡〉에서 이별에 대처하는 그녀의 태도는 같은 시기의 고려가요 〈가시리〉와 극명하게 대비된다. 〈가시리〉의 화자는 떠나는 이를 붙잡고 싶지만, 서운함이 남을까 두려워 체념한다. 우리는 〈가시리〉 속 화자를 우리의 전통 여성상으로 배워왔다.

물론 이별을 운명처럼 받아들이고 체념하는 여성상, 외로움과 그리움에 사무치면서도 하염없이 기다리는 여성상이 없지 않다. 사내에게 버림받은 여성의 수동적 태도는 시대와 지역 구분 없이 보편적으로 나타난다. 말하자면 근대 이전 사회에서의 성별에 따른 지위와 역할이 작품에 투영된 일반적인 현상이다. 우리는 언제부터인가 소극적이고 수동적인 여성상을 한국적 미학이라는 이름으로 포장한다. 우리 뇌리에 고착된 한국적 여성상은 왜곡된 작품 해석을 낳기도 한다.

예를 들어, 우리는 소월의 〈진달래꽃〉을 '우아한 이별' '체념의 미학'을 노래한 작품으로 배워왔다. 하지만 〈진달래꽃〉 화자는 이별에 대처하는 결연한 의지를 시의 행간에 드러낸다. "영변에 약산/진달래꽃/아름 따다 가실 길에 뿌리오리다." "나 보기가 역겨워/가실 때에는/죽어도 아니 눈물 흘리오리다." 떠나려 하는 자는 사내이지만, 이별의 주체는 여성 화자이다. 〈진달래꽃〉 어디에도 체념과 자기 연민으로 직조된 여성상은 보이지 않는다. 〈서경별곡〉과 〈진달래꽃〉의 화자는 〈가시리〉의 화자와 대척점에서 면면히 전통을 이어온 또 다른 한국적 여성상의 표본이다.

〈서경별곡〉을 노래한 화자는 왜 이처럼 이별의 슬픔을 능동적이고 가감 없이 표현할 수 있었을까? 먼저, 고려가요라는 장르 자체가 민중의 생생한 삶을 담는 그릇이었기에 가능했다. 고려가요는 사람들 사이에 구전되어오다가 조선시대에 한글이 창제되면서 《악장가사》《대악후보》《시용향악보》 등에 채록되어 실렸다. 수백 년을 살아남으려면 많은 사람들이 그 노래에 공감대를 이뤄야 한다. 음률과 노랫말과 춤이 잘 어우러져야 하고, 마치 자신의 이야기인 양 현실감이 넘쳐야 한다. 그래야 기억에 남고 자기도 모르게 입으로 흥얼거리면서 퍼져나간다.

"위 두어렁셩 두어렁셩 다링디리" 같은 후렴구는 북소리를 흉내 낸

정선, <연광정>, 성 베네딕도회 왜관 수도원 소장

의성어이거나 노 젓는 모습을 표현한 의태어라는 해석이 유력하다. 어쨌거나 이 후렴구는 오늘날 대중가요의 후크처럼 중독성을 배가시켰을 것이다. 그사이 〈서경별곡〉은 아마도 수많은 노랫말 버전이 생겨났다가 사라졌을 테다. 그중에서도 우리가 마주한 〈서경별곡〉이 남은 이유는, 앞서 이야기했듯이 화자 여성이 당대에 가장 현실적인 모습으로 다가왔기 때문이다.

다음으로, 서경 사람들이 자신들의 정치적 속내를 암묵적으로 드러냈을 가능성이다. 서경은 고려의 수도가 되어야 마땅했지만, 개경의 위세에 눌려 비운의 도시로 전락했다. 서경에서 대동강을 건넌다는 건, 곧 개경으로 간다는 뜻이다. 여인(서경 사람들)은 어떻게든 떠나는 사내(정세 국면)를 막아보려고 애쓰지만, 현실은 냉정하고 잔인하다. 서경 천도를 꿈꾸던 세력은 개경의 거센 반발에 막혀 실패하고 말았다. 〈서경별곡〉은 묘청의 난 이전에 나왔을지도 모르지만, 묘청의 난 이후 전혀 다른 뜻으로 전이되었다. 서경 사람들은 〈서경별곡〉을 부르며 속으로 설움을 삭였을 것이다.

이런저런 해석을 잠시 내려놓고 본다면, 〈서경별곡〉은 결국 이별의 노래다. 정인이 떠나고 홀로 남은 이는 비탄에 잠긴다. 아무리 용감하고 지혜로운 사람이라도 이별 앞에서는 커다란 상실감과 무력감에 사로잡힌다. 그럼에도 영영 자신을 잃지 않으려면 몸부림을 쳐야 한다. 구차하더라도 비루하더라도 물고 뜯고 욕지기를 내뱉어야 한다. 서경의 잘나가던 전문직 여성이 오죽하면 구질구질하게 사내를 붙잡았을까. 〈서경별곡〉 속 화자는 평범한 우리네 모습과 다르지 않다.

사내가 시야에서 사라지고 난 뒤로도 그녀는 대동강 나루터에 한동안 주저앉아 있었을 것이다. 꽃이 만발한 계절이다. 누군가는 뱃놀이를 즐기고, 누군가는 짐을 나르고, 또 누군가는 주막에서 왁자하게 떠들었을 테다. 아름답고도 평범한 일상을 배경으로 그녀는 절대 고독에 휩싸인다. 그러나 충분히 슬퍼한 뒤, 계절이 바뀌기 전 그녀는 다시 삶의 현장으로 돌아왔을 것이다. 일상으로 돌아와 길쌈을 하고 서경 거리를 힘차게 활보했을 것이다. 어쩌면 새로운 남자를 만나 또다시 뜨겁게 사랑했을 것이다.

나는 묘하게도 〈서경별곡〉의 장면을 떠올릴 때마다, 이렇다 할 연관성이 없는데도, 시 한 편이 겹친다. 바로 장석남 시인의 〈배를 밀며〉이다.

사랑은 참 부드럽게도 떠나지
뵈지도 않는 길을 부드럽게도
(…)
배가 나가고 남은 빈 물 위의 흉터
잠시 머물다 가라앉고
그런데 오, 내 안으로 들어오는 배여
아무 소리 없이 밀려 들어오는 배여

〈배를 밀며〉는 장석남 시인의 네 번째 시집 《왼쪽 가슴 아래께에 온통증》(창비 2001)에 실린 작품이다. 시인은 관계의 시작과 끝을 '배'라는 이미지로 형상화한다. 관계를 고요하게 밀고 당기는 그의 시어는 긴 여

운을 남긴다. 〈서경별곡〉 속 화자는 긴 고독의 끝에서 〈배를 밀며〉와 같
은 정서적 심연에 잠겼을 것이다. 관계는 상처를 남기고, 그 상처는 관
계로 치유된다. 모든 감정을 쏟아내고 난 뒤, 깊은 상처가 아물고 난 뒤,
그녀가 새로운 관계를 맺으며 떠나간 사내를 말끔히 지워버렸기를.

남자는 배 여자는 항구

심수봉. 그 이름만 들어도 1980년대에 청춘의 시절을 보낸 이들은 마음
한구석이 묵직해진다. 심수봉은 명지대학교 3학년 재학 중 1978년 제2
회 MBC 대학가요제에 참가했다. 하늘색 물방울 원피스 차림의 그녀는
직접 피아노를 연주하며, 재즈풍 발라드와 트로트 셔플 요소를 가미한
자작곡 〈그때 그 사람〉을 선보였다. 록과 발라드가 주류를 이루던 대학
가요제에 트로트는 낯설고 파격적인 등장이었다. 이에 심사위원들은
심수봉이 다른 대학생 참가자와 다르게 너무 전문 가수 같다는 이유로
수상자 명단에서 제외시켰다. 하지만 사람들은 〈그때 그 사람〉에 열광
했다.

　심수봉은 가야금과 판소리 명인이 즐비한 집안에서 태어나 어릴 적
부터 피아노를 능숙하게 다루고, 밴드의 드러머로 활동하면서 재즈와
로큰롤을 연주한 이력의 소유자다. 그녀가 작사·작곡한 〈그때 그 사람〉
이 기존의 트로트 작풍을 거뜬히 넘어서 세련되고 유려한 완성도를 갖
춘 이유다. 여기에 그녀의 고혹적이고 간드러진 목소리는 듣는 이를 사

로잡았다.

〈그때 그 사람〉의 엄청난 성공으로 탄탄대로가 펼쳐질 듯하던 그녀는 홀연히 우리 시야에서 사라졌다. 심수봉이라는 이름 석 자는 우리 현대사에서 매우 결정적인 장면을 떠올리게 한다. 김재규가 박정희 대통령을 권총으로 사살한 당시 현장에 있던 몇 안 되는 인물 중 하나다. 10·26사건 이후 심수봉은 한동안 방송 활동이 가로막혔으며, 심지어 오늘날까지 '궁정동 여인'으로 불리곤 한다.

하지만 호사가들의 세 치 혀도, 뜻밖의 모진 풍파도 심수봉을 무릎 꿇리지 못했다. 심수봉이 얼마나 모멸감에 몸부림쳤을지, 얼마나 두려움에 떨었을지 알 수 없다. 하지만 절망의 끝에서 그녀는 기어이 다시 살아 돌아왔다. 절치부심한 그녀가 내놓은 노래가 바로 〈남자는 배 여자는 항구〉이다.

언제나 찾아오는 부두의 이별이
아쉬워 두 손을 꼭 잡았나
눈앞의 바다를 핑계로 헤어지나
남자는 배, 여자는 항구
보내주는 사람은 말이 없는데
떠나가는 남자가 무슨 말을 해
뱃고동 소리도 울리지 마세요

〈남자는 배 여자는 항구〉는 그녀의 작곡과 노래 솜씨가 얼마나 빼어난지 대번에 증명한다. 쉽고도 세련된 선율, 여기에 심수봉 특유의 감칠맛 나는 창법은 한번 들으면 귀에 맴돌 만큼 중독적이다.

심수봉은 〈그때 그 사람〉의 파격을 뒤로하고 트로트 장르의 관습을 충실히 따른다. 4분의 4박자에 5음계(펜타토닉)를 이용한 단순한 리듬이 반복적으로 사용되며, 제목은 진부하고 노랫말은 통속적이다. 심수봉은 가장 대중적인 방식으로, 모나거나 튀지 않게, 복귀를 알리기로 작정한 듯하다. 이 전략은 제대로 통했다. 그야말로 화려한 귀환이었다.

그런데 이 노래, 너무 유명세를 치른 탓에 오히려 제대로 평가받지 못한 지점이 있다. 다시 새겨들어 보자. 여자는 떠나간 남자를 그리워하며 눈물 흘리고, 눈멀도록 바다만 지킨다. 사랑하는 사람이라면 누구나 이별 앞에서 처연하고 비루해진다. 하지만 그녀는 슬픔을 딛고 일어나 이별의 주체로 나선다.

"눈앞의 바다를 핑계로" 이별하려는 남자에게, 여자는 "뱃고동 소리도 울리지 마세요"라고 냉정하게 경고한다. 또한 "보내주는 사람은 말이 없는데／떠나가는 남자가 무슨 말을 해"라며 남자의 가식을 까발린다. 은유적인 표현을 벗겨내고 보면, 떠날 거면 구구절절 변명하지 말고 닥치라는 뜻이다. 심수봉식 미학이다. 이 냉소 속에는 체념이 아닌 각성이 있다. 마치 "나는 이제 안다. 너의 패턴, 너의 한계를"이라고 말하는 듯하다. 그녀는 현실을 직시하지만, 그에 굴복하지 않는다.

또 한 가지 새겨봐야 할 대목이 있다. 심수봉은 서글픈 노랫말을 짐짓 경쾌하고 빠른 리듬에 실어서 들려준다. 아무리 생각해도 노랫말에 어울리는 곡조가 아니다. 물론 트로트를 비롯한 대중가요에서 슬픈 노랫말과 밝은 리듬을 뒤섞은 노래가 적지 않다. 하지만 심수봉의 음악적 재능이라면, 리듬을 능숙하게 조절해서 비탄의 정서를 극대화할 수 있었을 것이다. 하지만 심수봉은 너무 밝지도 너무 어둡지도 않게 아슬아슬한 줄타기를 택했다. 어쩌면 앞서 이야기했듯이 조심스러운 복귀를 위한 안전장치였을지도 모르겠다. 하지만 나는 심수봉이 〈서경별곡〉 속 이름 모를 여인의 정서, 마야가 록으로 해석해낸 〈진달래꽃〉 속 그녀의 정서와 자연스레 연결되었다는 데 한 표 던지겠다.

〈남자는 배 여자는 항구〉 이후 심수봉은 〈무궁화〉〈당신은 누구시길래〉〈미워요〉〈비나리〉 같은 히트곡을 내며 마음껏 자신의 음악 세계를 펼친다. 말하듯 끊어지는 발성과 감정이 스며든 창법은 기존 여성 보컬과는 확연히 달랐다. 그녀는 단순히 '노래하는 사람'이 아니라, 감정을 설계하고 조율하는 사람이다. 그녀의 음악엔 '거리 두기'가 있다. 울부짖는 대신 조망하고, 슬픔을 끌어안기보다 맞은편에 놓아두고 묘사한다. 이 거리 두기는 체념이 아니라 명료한 객관화이다. 심수봉의 여성 화자는 사랑에 기대지 않는다. 사랑을 분석하고, 허상을 직시한 뒤, 자신의 몫을 조용히 챙긴다.

심수봉은 1995년 KBS 2TV 〈밤과 음악 사이〉에서 노래는 곧 "나의 어려움을 풀어주는 호흡이자 위로"라고 말했다. 또한 최근 KBS2 〈불후의 명곡〉 등에서 그녀는 감정이 너무 과하면 노래가 되지 않기에 오히려 담담하게 쓰려 노력한다고 고백했다.

그녀는 감정에 휩쓸리지 않고, 그 감정을 객관화해서 묘사한다. 이를 두고 음악평론가 임진모는 심수봉 노래의 미학이 "절묘하고 리얼한 노랫말"에 있다고 평했다. 국문학자 장유정 역시 심수봉의 가사를 두고 "대중이 쉽게 공감하는 솔직함"이 담겨 있다고 보았다.

심수봉은 왜 하고많은 장르 가운데 트로트를 음악적 기조로 삼았을까? 심수봉의 노래에는 재즈, 팝, 클래식 요소가 적재적소에 배치되지만, 선율도 노랫말도 트로트 정서가 지배적이다. 심수봉은 그저 자기 핏속에 본디 흐르던 노래를 꺼내놓았을 것이다. 그게 세인의 잣대로 트로트라는 장르로 분류되었을 뿐이다.

돌이켜보면 트로트는 일본 엔카의 영향을 받기는 했지만, 정서와 곡조에서 분명 우리나라 전통음악의 적자(嫡子)이다. 심수봉의 노래에는 서민들의 감정선을 자극하는 힘이 있다. 그녀의 노래에는 고음역대 파트가 없다. 누구나 따라 부를 수 있고, 감정 이입해서 울고 웃을 수 있다. 노래가 말이고, 이야기가 노래인데 어려울 까닭이 없지 않은가?

심수봉은 예인의 피를 지닌, 노래하는 예술가다. 자기 안의 노래를 사람들에게 들려주기 위해 태어난 사람이다. 자신의 서사를 노래로 디자인하는 탁월한 연출가다. 물론 과잉 해석은 금물이다. 심수봉은 거창하게 시대를 노래하지 않았다. 다만 시대가 심수봉을 호명했을 뿐이다. 〈서경별곡〉이 고려 사람들에게 호명되었듯이 말이다.

사랑은 이별과 함께 끝나는 것이 아니라, 모양을 바꾸어 우리 안에 남는다. 떠난 이의 뒷모습이 흐릿해질수록 남은 자의 마음은 더 또렷해진

다. 〈서경별곡〉의 여인은 울음 속에서 자신을 발견했고, 심수봉은 노래 속에서 자신을 단단히 세웠다. 누군가는 눈물로, 누군가는 음악으로, 그렇게 자기의 세계를 다시 지었다.

이별의 슬픔이 우리를 흔들 때마다 그녀들 덕분에 우리는 기어이 견뎌낸다. 떠난 이를 붙잡지 못해 하늘이 무너지는 듯해도 삶은 계속되고, 대동강을 건너던 배가 사라져도 강물은 여전히 흘러가고, 이별은 끝이 아니라 또 다른 노래의 시작이라는 것을 알기 때문이다.

그녀들의 노래는 지금도 우리에게 속삭인다. "당신의 강은, 어디로 흐르고 있나요?"

별리와 그리움의 시학

_정지상 〈송인〉 · 김민기 〈친구〉

'이별의 눈물로 대동강 물이 마르지 않는다'고 노래한 고려의 정지상부터, 사랑하는 사람을 위해 '뒷것'의 운명을 자처한 현대 예술가 김민기에 이르기까지, 한국인의 정서를 관통하는 단 하나의 질문이 있다. 바로 그리움의 깊이다. 누군가를 기다려본 사람은 안다. 그리움에는 익숙해질 수 없다는 것을. 비 내리는 대동강변의 정지상, 버들개지 흩날리는 천수문 앞의 최사립, 그리고 검푸른 바닷가에 홀로 선 청년 김민기. 그들은 서로 다른 시대에 살았지만, 같은 노래를 부르고 있었다.

누군가를 떠나보내고 기다리며, 부재를 견디는 인간의 오래된 마음. 이 정서가 한시가 되고, 포크송이 되어 세월을 건넌다. 결국 문학과 음악은 다르지 않다, 사람을 잃고, 그 빈자리를 노래한다는 점에서.

대동강 물이 마를 날이 있을까

중국어에는 특유의 성조(평성, 상성, 거성, 입성)가 있는데, 한시는 이를 기준으로 각 행(구)에서 글자의 성조(평성, 측성) 배열을 규정한다. 예를 들어 한 구에서 둘째 글자와 여섯째 글자의 성조는 같아야 하고(이류동), 한 구에서 둘째 글자와 넷째 글자의 성조는 달라야 한다(이사부동). 이 같은 율격은 한시를 노래(낭송)했을 때 중국어의 고저장단과 자연스럽게 어울리게 해주었다. 한시는 음송 자체로 유장한 노래가 되었다. 여기에 거문고, 비파, 피리, 퉁소 같은 악기의 반주가 곁들여지면서 한시창(漢詩唱) 형태로 발전했다.

한시는 3세기경 한자와 함께 유입되었다. 이 과정에서 우리 문장가들은 우리나라만의 특성에 맞춤한 독특한 한시 세계를 창조했다. 그 과정에서 한시의 원류인 중국에서도 인정한 빼어난 작품도 탄생했다. 그중에서도 정지상(?~1135)의 〈송인(送人)〉은 이별을 노래한 고려시대 대표적인 한시로 꼽힌다.

雨歇長堤草色多(우헐장제초색다)
送君南浦動悲歌(송군남포동비가)
大同江水何時盡(대동강수하시진)
別淚年年添綠波(별루년년첨록파)

비 갠 긴 둑에 풀빛 짙은데

비 그치고 초록이 짙은 화창한 날에 푸른 물결 남실거리는 대동강변에서 이별이라니, 너무 이질적인 조합이다. 이래서는 흐르는 눈물을 감출 방법이 없다. 작가는 눈부신 풍경과 눈 시린 감정을 극명하게 대비시켜서 찬란한 이별의 정서를 노래한다.

앞서 이야기했듯이, 한시는 노랫가락을 곁들여 음송해야 비로소 미학적 전모가 드러난다. 하지만 한시의 율격은커녕 한자조차 잘 모르는 세대로서는 이 작품의 참맛을 음미하기란 여간 어려운 일이 아니다. 이럴 때는 최대한 상상력을 발휘하는 수밖에 없다.

한 사내가 대동강이 훤히 내려다보이는 어느 누각에 오른다. 사내는 술 한 잔 기울이며 〈송인〉을 노래한다. 구체적인 사연은 알 수 없지만, 사랑하는 이와 가슴 아픈 이별을 한 게 틀림없다. 사내의 노래는 감정을 허투루 낭비하지 않고 별리(別離)의 정서에 충실하게 몰입한다. 〈송인〉이 음송될 때면, 노래하는 이도 듣는 이도 저마다 애틋한 이별의 기억을 떠올리며 속울음을 삼켰으리라. 이별 눈물 때문에 대동강 물이 마를 날이 없으리라는 과장법이 유난스럽지 않게 다가오는 이유다. 별리가 주는 카타르시스다. 별리와 이별은 구성하는 한자가 같다. 하지만 문학작품에서 일반적으로 '별리'는 '떨어져서 이별하다', '이별'은 '서로 갈리어 떨어지다'는 뜻으로 쓰인다. 이별은 행위나 사건에 초점을 맞추고, 별리는 헤어진 후의 감정이나 상태를 나타낸다. 뉘앙스에서 뚜렷한 차이가 난다. 즉 '이별'의 페이소스가 '별리'다.

이 시에 등장하는 남포는 대동강 하류의 나루터다. 고려시대에 남포는 서경으로 들어가는 관문이자 물자와 사람이 오가는 국내외 교역의 중심지였다. 남포에서 배를 타고 나가면 곧바로 서해다. 바닷길은 안전을 장담할 수 없으며, 언제 돌아올지 기약할 수도 없었다. 그러다 보니 남포는 만남의 기쁨과 이별의 슬픔이 공존하는 공간이었다.

사실 "送君南浦"라는 시구는 중국의 시인들도 자주 애용해왔다. 어느 강이건 그 끝자락에 자리 잡은 '남쪽 나루터'는 이별의 공간으로 제격이다. 정지상은 중국 한시를 오마주하면서, 더불어 실제 공간으로서 '남포'를 연상하도록 이 시어를 사용했다. "何時盡"이라는 시구도 기존 한시에서 쓰인 표현이며, 정지상은 이를 차운(次韻)해서 기존 한시의 정서가 중첩되도록 배치했다. 차운이란 기존 시에서 일부 시구를 빌려와 사용하는 한시 창작 기법이다. 차운은 일종의 지적 유희처럼 유행했으며, 후대에 〈송인〉의 시구를 차운한 한시 작품도 다수 등장했다.

이곳 남포 나루터에서 시적 화자는 사랑하는 이와 헤어진다. 이별한 대상이 누구인지는 명확하지 않다. 사랑하던 기생이라는 설도 있고, 오랜 벗이라는 설도 있고, 시적 화자가 관찰자 시점에서 본 이별을 나누는 사람들 일반이라는 설도 있다. 이들 해석에 더해, 나는 조심스레 또 하나의 가설을 보태고자 한다. 그러자면 먼저 정지상에 대해 좀 더 알아보아야 한다.

서경 출신 정지상은 어려서부터 문학적 재능이 빼어났다. 1114년(예종 9년)에 문과에 급제했으며, 서경 출신 관료들의 대표주자로 떠올랐다. 정지상은 서경을 사랑했고, 고려의 기상을 더 크게 떨치려면 도읍을 서경으로 옮겨야 한다고 믿었다. 당시 고려 조정에서는 개경파와 서경파가 사사건건 대립하며 갈등했다.

결국 서경 천도를 주장하던 승려 묘청은 1135년(인종 13년)에 서경에서 군사를 모아 난을 일으킨다. 정지상을 비롯한 조정의 서경 세력은 묘청의 난 여파 속에서 정치적 희생을 당했다. 이때 정지상을 죽이고 묘청의 난을 평정한 주역이 바로《삼국사기》를 편찬한 김부식이었다. 정지상은 고려를 대표하는 문장가였으나, 역사는 그를 온전한 주인공으로 기록하지 않았다. 그는《고려사》열전에서 독립된 지위를 얻지 못한 채, 반역전(叛逆傳) '묘청'편 말미에 부속 인물로 기록되는 수모를 겪었다. 승리자의 기록 속에서 역적의 명단에 겨우 이름을 남긴 것이다. 하지만 보석이 어둠 속에서도 스스로 빛나듯이, 정지상의 작품은 후대 문인들에게 면면이 전해졌으며, 오늘날 20여 편이 남아 있다.

호사가들은 김부식이 묘청의 난을 빌미로 정지상을 가차 없이 죽인 데에는 개경파와 서경파의 대립이라는 정치적 이유 말고도 또 다른 까닭이 있었다고 말한다. 김부식과 정지상은 문장가로서 지위를 놓고도 다투던 처지였다. 김부식도 작가로서 성취가 높았지만, 정지상 앞에서는 언제나 초라해지곤 했다. 훗날 조선 실학자 이긍익은《연려실기술》에 그들을 이렇게 평가했다. "김부식은 풍부하였으나 화려하지 못하였고, 정지상은 화려하였으나 떨치지 못하였다." 이 짧은 문장은 두 사람의 삶과 문학, 이상과 현실 정치 감각의 차이가 빚어낸 비극적 결말을 통찰한다.

서경파는 왜 고려의 수도를 서경으로 옮기자고 주장했을까? 서경은 화려했던 과거의 영화를 들려주는 유적과 아름다운 절경으로 가득한 곳이다. 하지만 서경은 수도 개경의 위성도시로 전락했으며 정치·경제·문화 모든 영역에서 위축되고 있었다. 서경은 영광스러운 과거와 비루한 현재가 불협화음을 일으키는 공간이었다.

이런 형국을 일거에 바꿀 방법은 수도를 옮기는 것이다. 개경파는 유교 이념과 사대주의를 앞세웠으며, 서경파는 풍수지리와 도참사상, 자주적 국가 운영론 등을 사상적 배경으로 삼았다. 역사적 발전 추이를 보자면 현실 정치에 어울리는 개성파가 권력을 움켜쥘 수밖에 없어 보인다. 하지만 서경파에게 서경 천도는 자존과 존립이 걸린 문제였다. 묘청의 난 이후로 서경은 반역의 땅으로 낙인찍힌다.

정지상은 어릴 적 서경을 떠나 개경에서 성장한다. 이때 어쩌면 서경 출신이라는 이유로 직접·간접적으로 차별을 받았을 테다. 무엇보다 정지상은 어릴 적 자랐던 서경에 대한 그리움을 떨칠 수 없었다. 관료가 되어서도 비슷한 사연의 서경 출신 사람들과 어울리며 지냈을 것이다. 정지상에게 서경은 어린 시절 추억이 깃든 고향이며, 정치적·문학적·정서적 뿌리로 자리 잡았다.

정지상의 한시에는 서경이 자주 등장한다. 이때 서경은 과거와 현재, 그리움과 서러움, 차별과 전복의 가능성 등 복합적인 감정이 교차하는 공간이다. 즉, 정지상에게 서경은 단순히 시의 공간적 배경이 아니라, 시적 정서를 이끄는 주인공이다. 정지상에게 대동강 푸른 물결과 남포

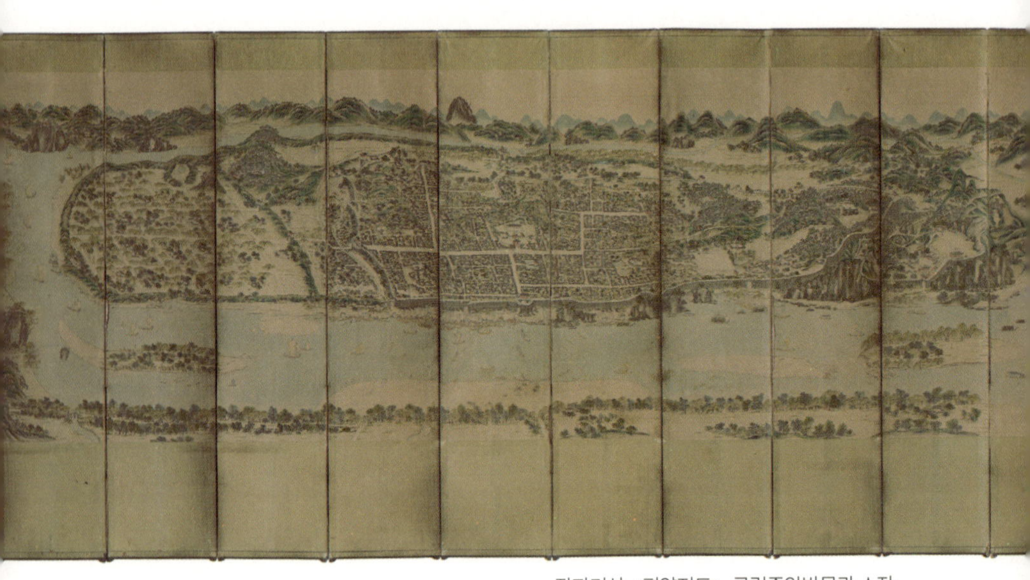

작자미상_<평양전도>, 국립중앙박물관 소장

나루터는 그 자체로 별리이자 페이소스이다. 어쩌면 정지상은 〈송인〉을 쓰면서 이별의 대상으로 특정한 사람이 아니라 서경이라는 시공간을 떠올리지 않았을까. 어쩌면 그 시절 정지상은 〈송인〉으로 서경 사람들의 마음을 대변하고 어루만져주었을 것이다. 정지상의 행적을 떠올리면서 이런 갈래로 풀이해도 〈송인〉은 깊고 그윽하게 공명한다. 작품 자체가 지닌 힘이다.

최사립의 〈대인(待人)〉은 고려의 수도 개경을 공간 배경으로 삼았으며, 완성도가 뛰어나다고 평가받는 한시 작품이다. 〈송인〉이 별리를 노래한 비가(悲歌)라면, 〈대인〉은 떠나보낸 이를 기다리는 송영시(送迎詩)이다.

天壽門前柳絮飛(천수문전류서비)

一壺來待故人歸(일호래대고인귀)

眼穿落日長程晚(안천락일장정만)

多少行人近却非(다소행인근각비)

버들개지 날리는 천수문 앞에서

술 한 병 놓고 오랜 벗 기다리는데

해 지는 먼 길 뚫어지게 바라보니

오가는 사람들 많아도 가까이 오면 아니어라.

작품 속 천수문은 어디일까? 고려 문신 이인로가 지은 《파한집》에서 그 흔적을 엿볼 수 있다. 천수사는 개경 동쪽에 위치한 왕실 사찰로, 천수사 북쪽에는 산봉우리가 우뚝하고, 남쪽에는 시냇물이 흘렀다. 천수사로 들어오는 큰길 양옆으로 월계수 수백 그루가 장관을 이뤘으며, 강남(남송)에서 온 사신이 황도(개경)로 들어갈 때 반드시 이곳에서 쉬었다고 한다. 또한 왕족들도 꼭 천수사에 와서 놀았다고 한다.

천수문은 천수사의 남문이자 개경으로 드나드는 동쪽 관문이었다. 시적 화자는 천수문 앞에서 술 한 병을 들고 친구를 기다린다. 개성의 관문이니 이곳 역시 서경의 남포처럼 만남과 이별의 공간이었으리라. 시적 화자는 천수문을 드나드는 사람들 사이로 애타게 친구를 찾는다. 하지만 해가 저물어가는데도 친구는 모습을 보이지 않는다.

〈대인〉을 해석하는 이들은 이 대목에서 북적이는 사람들에 대비되어 시적 화자의 기다림이 더욱 애절하고 쓸쓸한 정서를 자아낸다고 한다. 이런 해석에 십분 동의하면서도, 나는 〈대인〉에서도 〈송인〉과 비슷하게 또 하나 해석의 갈래를 보태고 싶다. 최사립은 오랜 친구를 기다리는 에피소드를 소재 삼아 사실은 천수문의 아름다운 봄날 풍경을 보여주고 싶었던 것은 아닐까. 천수문이라는 시공간이 본디 오랜 벗을 기다릴 수밖에 없는 서사가 배어 있음을 노래한 것은 아닐까.

이런 해석에 따르면, 술 한 잔 놓고 기다리는 시적 화자는 천수문이라는 풍경의 일부가 된다. 그곳에는 만남의 기쁨도 이별의 슬픔도 기다림의 아련함도 자연스레 공존한다. 고려시대 화가 이령이 그렸다는 〈천수사남문도〉가 바로 이런 풍경이었을 듯싶다.

아쉽게도 우리는 하얀 솜털 같은 버들개지가 날리는 천수문의 아름

다운 모습을 알 길이 없다. 천수사는 고려의 멸망과 함께 폐사되었으며,
조선시대에 천수원이라는 여행객 숙소가 운영되었다고 하나, 그마저도
지금은 흔적도 없이 사라졌다. 하물며 오늘날 우리는 그곳 어디쯤인가
를 서성일 수도 없는 형편이다. 그러니 다시 최대한 상상력을 끌어올려
볼 수밖에. 시적 화자와 함께 천수문 앞에서 술 한 잔 놓고 친구를 기다
려도 좋다. 버들개지 하얀 솜털이 바람에 날리는 5월 봄날, 천수문은 얼
마나 황홀경이었을까. 개경 사람들은 또 얼마나 활기 넘치고 화사했을
까. 그런 의미에서 최사립의 버들개지는 곧 백성들의 애환을 형상화한
것이라고 볼 수 있다.

천수문의 아름다움과 절절한 기다림의 정서를 절묘하게 녹여낸 최사
립의 〈대인〉은 당대 문인들의 마음을 사로잡았으며 수많은 차운시가 쓰
였다. 조선 중종도 그중 한 사람이었다. 1535년(중종 30년) 9월, 중종은
태조의 정비 신의왕후 한씨의 제릉에 참배하고 천수원에 들러 〈대인〉을
차운한 시를 남긴다.

千峯萬壑似雲飛(천봉만학사운비)
五宿松京今日歸(오숙송경금일귀)
望遠山光鋪錦褥(망원산광포금욕)
觀光皆是古人非(관광개시고인비)

천 봉우리와 만 골짜기가 구름처럼 흘러가고
오늘 닷새 만에 송경에 돌아오네.

1·2구에서는 개성으로의 장엄한 귀환 여정을 묘사하며, 3·4구는 자연의 아름다움과 사적지를 찾는 감흥, 그리고 시간의 흐름을 담담히 성찰하는 분위기로 마무리한다. 중종이 시를 지을 때는 천수사가 천수원으로 바뀐 뒤다. 당시 개경은 영광의 시대로부터 꽤 멀어졌으며 숱한 건물이 무너져 폐허로 남아 있었을 것이다. 중종은 〈대인〉을 차운하면서 기다림의 정서를 세월의 무상함으로 바꿔 노래하고 있다. 시가 시를 낳고 노래가 노래를 만드는 문학적 연쇄가 일어난 것이다.

검푸른 바닷가에 비가 내리면

우리는 그를 아름다운 영혼의 가객이라 부른다. 그의 노래엔 시대의 아픔을 치유하는 힘이 있다. 바로 김민기다. 김민기는 한국적 포크 음악의 새로운 가능성을 열어젖힌 싱어송라이터이다.

임진모 음악평론가는 "당시 작사·작곡가들이 가수를 키우던 시스템이었는데 가수인 김민기가 직접 곡을 쓰면서 새로운 문화의 시작을 알렸다. 사실상 싱어송라이터의 시초인 셈"이라고 평가한다. 다만 생전에 김민기는 자신은 '가수'이기보다는 '노래를 만드는 사람'이라고 했다. 그가 노래를 만들어, 사람들이 그의 노래를 불렀고, 그의 노래는 우리의 노래가 됐다.

김민기는 1951년 3월 31일 전라북도 익산에서 태어나 초등학교 때 서울로 이사한다. 그는 평소 그림을 그리며 시간을 보냈는데, 그의 음악적 재능을 알아본 누나로부터 기타를 선물받는다. 서울대학교 회화과에 입학한 김민기는 정작 미술 수업에 흥미를 느끼지 못하고, 그 대신 음악에 빠져든다. 김민기는 이 시기에 양희은과 만났으며, 이후 〈아침 이슬〉〈작은 연못〉〈상록수〉〈늙은 군인의 노래〉 등 수많은 명곡을 만들어 건네주었다. 김민기의 노래 가운데 사연을 품지 않은 노래, 굴곡을 겪지 않은 노래가 없겠지만 그중에서도 〈아침 이슬〉은 유별나다.

긴 밤 지새우고 풀잎마다 맺힌
진주보다 더 고운 아침 이슬처럼
내 맘에 설움이 알알이 맺힐 때
아침 동산에 올라 작은 미소를 배운다
태양은 묘지 위에 붉게 떠오르고
한낮에 찌는 더위는 나의 시련일지라
나 이제 가노라 저 거친 광야에
서러움 모두 버리고 나 이제 가노라

광장에서 선술집에서 〈아침 이슬〉을 불러본 사람이라면, 노래의 모든 구절에서 저마다의 아련한 기억이 한가득 밀려올 것이다. 잠시 그 기억을 밀쳐두고 노랫말에 집중해보자. 얼핏 보기에 내용은 아주 '건전'하다. 노랫말 속 화자는 지금은 비록 힘들고 서럽지만, 또다시 해가 떠올랐으니 분연히 삶의 현장으로 나아가겠다고 결의를 다진다. 1973년 당시 정부가 건전가요로 지정할 만하다.

음악평론가 강헌의 증언에 따르면, 이 노랫말은 김민기가 어느 날 술을 마시고 공동묘지 근처에서 자다가 아침에 햇빛을 받으면서 깨어났을 때의 경험을 가사로 옮겼다고 한다. 개인적으로는 〈아침 이슬〉을 들을 때마다 니체의 영원회귀와 운명애 사상, 즉 '고통을 기꺼이 받아들이며 사랑하기로 선언하고' '미혹과 혼란으로 얼룩진 인간 세계로 나아가는 자라투스트라의 결기'가 느껴지고는 한다.

〈아침 이슬〉은 처음에는 그리 주목받지 못했지만 젊은 세대 사이에 조금씩 퍼져갔다. 젊은 세대는 〈아침 이슬〉을 한국적 포크 음악의 탄생을 알리는 신호탄으로 받아들였다. 음악적 파격과 완성도는 물론이고, "한낮에 찌는 더위는 나의 시련" "저 거친 광야에" "서러움 모두 버리고" 같은 노랫말은 기존 대중가요의 틀을 벗어나 다분히 철학적이고 사색적이었다. 여기에 양희은의 거침없고 딴딴한 목소리가 노래에 생명을 불어넣었다. 단연코 양희은이 아니었다면 〈아침 이슬〉 서사는 완성되지 못했을 것이다. 양희은은 일약 포크 음악을 대표하는 젊은 가수로 떠올랐다.

한편 김민기는 자신의 곡 작업을 이어가며 1971년에 《김민기》라는 앨범을 발표한다. 한국적 포크 음악을 알리는 최초의 음반으로 평가받는 명반이다. 이 앨범에 실린 노래 가운데 하나가 〈친구〉이다.

검푸른 바닷가에 비가 내리면

어디가 하늘이고 어디가 물이오?

그 깊은 바닷속에 고요히 잠기면

무엇이 산 것이고 무엇이 죽었소?

눈앞에 떠오르는 친구의 모습

흩날리는 꽃잎 위에 어른거리오

저 멀리 들리는 친구의 음성

달리는 기차 바퀴가 대답하려나

〈친구〉는 김민기가 고등학교 때 보이스카우트 캠핑을 갔다가 후배가
죽는 사고를 겪으면서 만든 노래다. 우리는 사물 A와 사물 B, 자아와 타
자, 현실과 비현실의 차이를 인지하면서, 비로소 '인간'적으로 사유하고
행동한다. 이를 통해 독립성을 획득하고 생존하도록 진화해왔다. 이 경
계가 무너지면 어떤 일이 벌어질까? 경계가 흐릿해지면 모든 인지 감각
이 작동을 멈추고 혼란과 분열에 사로잡힌다. 결국 삶과 죽음의 경계마
저 무너지고 만다. 후배의 죽음을 도저히 현실로 받아들이지 못하는 김
민기가 지금 그렇다. 바닷가에 빗방울이 떨어져 비산하면 하늘과 바다
의 경계가 사라진다. 축축하고 어두운 바닷속은 더 모호한 공간이다. 평
온한 듯하면서도 어느 순간 거역할 수 없는 공포가 밀려온다.

〈친구〉의 곡조는 아주 느리고, 김민기의 목소리는 더없이 음울하다.
청소년기에 만들었다고는 믿기지 않을 만큼 〈친구〉는 비탄의 정서에 천
착한다. 떠나간 후배의 넋을 달래기 위한 진혼곡, 레퀴엠이다.

앨범 《김민기》는 젊은 세대 사이에서 조금씩 퍼져나갔다. 그중에서도 〈친구〉와 〈아침 이슬〉은 학생들의 술자리와 시위 현장에서 자주 울려퍼졌다. 대중가요의 신선한 도약을 알리는 음악, 서슬 퍼런 유신시대에 억눌려 쌓인 설움을 달래주는 노래였다. 이 와중에 유신정권은 〈아침 이슬〉과 〈친구〉를 금지곡으로 지정한다. 이때부터 〈아침 이슬〉과 〈친구〉는 우리가 익히 아는바, 현대사의 탁류를 따라 흐르다가 1987년 6월 항쟁의 결과물로 해금된다.

여기에서 한 가지 궁금증이 떠오른다. 김민기는 왜 1970~80년대 젊은 세대, 사회 변화를 요구하는 세력의 문화적 아이콘이 되었을까? 김민기는 그저 아름다운 선율과 노랫말을 지어 불렀을 뿐인데, 사람들이 잘못 해석해서 오용한 것일까? 이 질문에 답하기 위해서는 먼저 김민기의 행적을 살펴보아야 한다.

김민기는 앨범 《김민기》를 발표할 즈음에 당대의 저항시인 김지하를 만나 함께 문화 연합회에서 활동하고, 야학을 열어 학교에 진학하지 못한 노동자들에게 공부를 가르치고, 인천 도시산업선교회에서 노동자들과 함께 연극을 만들기도 한다. 또한 국악, 민요, 판소리 같은 전통 음악에도 관심을 가졌으며, 소리굿 대본을 써서 무대에 올리기도 했다. 김민기의 활동은 권력자의 심기를 불편하게 했으며, 그의 앨범은 모두 압수당하고 공연은 금지되고, 심지어 김민기 본인도 공안 기관에 끌려가 고문을 받았다.

정권의 요주의 인물이 된 김민기는 봉제공장과 막노동판을 전전했으며, 이때 노래굿 〈공장의 불빛〉의 노래와 대본을 만든다. 노조를 만들다가 회사 측이 고용한 용역 깡패에 짓밟히는 노동자들의 고투를 담은 〈공장의 불빛〉은 카세트테이프에 담겨 노조, 대학, 종교단체 등에 몰래 배포되어 노동운동 교재로 활용된다.

그의 행적을 보면, 김민기는 분명 1970년대 한국 사회가 부조리하다고 느꼈으며, 사회적 약자의 고통에 민감하게 반응했다. 나아가 김민기는 사회 변화를 위해 자신의 재능을 기꺼이 쏟아부었다. 김민기가 앨범 《김민기》에 담은 〈친구〉〈아침 이슬〉을 비롯한 모든 노래의 기저에는 암울한 현실에 타협하지 않으려는 저항의식이 깔려 있다.

김민기의 완벽주의적인 면모로 보건대, 청소년기에 작곡했던 〈친구〉를 이 앨범에 넣은 이유도 떠나간 후배를 기리기 위해서만은 아니었을 것이다. 말하자면 〈친구〉의 중의적인 의미를 간파하고 현 시기에 충분히 공명할 수 있는 노래라고 판단했기 때문일 것이다. 〈아침 이슬〉은 더 말할 나위 없다.

이후 김민기는 시골로 내려가 한동안 농사일에 매달렸으며, 1984년 서울로 돌아와 1991년 대학로에 '학전' 소극장을 연다. 초기 학전 소극장은 노래 공연이 주를 이뤘다. 김광석, 들국화, 시인과 촌장, 장필순, 강산에, 여행스케치, 윤도현 등이 이곳을 거치며 이름을 알린다. 뒤이어 김민기는 황정민, 설경구, 나윤선 등을 끌어모아 '극단 학전'을 설립하고 〈지하철 1호선〉을 무대에 올린다.

〈지하철 1호선〉은 놀라운 성공을 거두지만, 김민기는 2008년 4천 회 공연을 끝으로 막을 내린다. 그리고는 오랜 염원이었던 어린이극에 몰두한다. '돈 안 되는' 어린이극은 고스란히 빚으로 쌓였으며, 여기에 코

로나19로 직격탄을 맞았다. 설상가상 김민기는 위암 말기 판정을 받았다. 결국 학전은 2024년 3월 15일 문을 닫았고, 그로부터 몇 달 뒤인 7월 21일에 김민기는 향년 74세로 세상을 떠났다.

또 하나 놓치지 말아야 할 부분이 바로 김민기의 우리말에 대한 애착이다. 그의 노랫말과 연극 대본은 담백하면서도 맛깔스럽다. 그는 가장 쉬운 단어로 보통 사람들이 쓰는 입말을 사용하여 날것의 정겨움과 애수와 비장함을 고스란히 전달했다. 김민기 스스로도 여러 차례 우리말의 미감에 대해 깊은 관심을 드러냈으며, 노랫말을 쓸 때 낱말 하나하나가 지닌 정서를 섬세하게 살폈다. 우리말에 대한 애씀은 그의 노래가 사람들 마음에 꽃으로 피어나는 데 밑거름이 되었다.

덕분에 사람들은 그의 노래에서 깊은 공감과 위안을 얻고, 시대적 아픔을 함께 나누며 용기를 얻었다. 오늘날에도 사람들은 〈친구〉와 〈아침이슬〉을 들으면, 때로는 평온을 느끼며 때로는 그때의 열정을 느끼며 또 때로는 오늘날 우리 사회는 얼마나 변화했는지 뒤돌아본다.

단언컨대 한 시대를 담아내면서도, 시대를 뛰어넘어 면면이 살아 숨쉬는 노래는 드물다. 정지상의 〈송인〉과 최사립의 〈대인〉은 역사를 거슬러 우리에게까지 그 정서가 전해진다. 두 작품은 사랑하는 사람과의 이별과 만남의 감흥을 노래하는 데 머무르지 않는다. 서경과 개경의 정취를 주인공으로 내세우면서, 그 시대 사람들의 마음을 어루만지기 위해 분투한 작가적 고민이 담겨 있다. 〈친구〉와 〈아침 이슬〉도 그렇게 기억될 것이다.

몇 해 전, 겨울 제주도에서 해안 도로에 세운 덤프트럭을 뒤엎을 만큼 엄청난 파도를 만난 적이 있다. 쓰고 간 우산은 뒤집혀 이리저리 휩쓸려 날아갔고, 나는 두꺼운 옷자락을 여미고 뒷걸음치며 태풍을 등으로 밀고 숙소로 돌아간 적이 있다. 정말 죽을 뻔했다.

그런데 다음 날 아침, 바닷가에 나가 보니 풍랑은 사그라들고 보슬비가 내리는데 어디선가 영롱한 무지개가 기다랗게 꼬리를 늘이고 반짝였다. 전날 밤 검푸른 바다는 거두어들일 수 있는 모든 삶의 자락을 삼키고 아무 일도 없다는 듯 코발트색 물결을 좌우로 살랑거렸다. 문득 나도 모르게 〈친구〉를 읊조렸다. 그 순간, 나는 김민기의 세계로 초대받았다.

오늘, 김민기의 노래는 여전히 누군가의 마음속에 잔잔히 파문을 만든다. 김민기가 일생을 바쳐 지켜낸 '뒷것'의 가치는 바로 여기에 있다. 찬란한 영웅을 떠나보내고 난 뒤에도 묵묵히 그 자리를 지키는 뒷것들의 깊은 애환과 간절한 희망이야말로 역사를 움직여온 진정한 힘이다.

김민기의 〈친구〉와 정지상의 〈송인〉, 최사립의 〈대인〉은 이별과 만남의 서정을 담아냈다는 점에서 궤를 같이한다. 시는 그 시대를 담아내야 비로소 생명력을 얻는다. 영원히 사랑받는 예술 작품의 숙명이다. 시간은 흘러도 그리움의 음계는 단 한 번도 멈춘 적이 없다.

보통의 사랑과 보통의 이별

_김명원 〈별리〉·윤종신 〈좋니〉

사랑은 시대를 가리지 않는다. 사람의 마음이 뜨거웠던 곳에는 언제나 시가 있었고, 이별이 스쳤던 자리에는 노래가 남았다. 조선의 시인 김명원은 비단 옷깃을 부여잡고 떠나는 연인을 노래했고, 수백 년 뒤 윤종신은 "나와 이별하니 그렇게 좋니?"라며 울먹였다. 형식은 다르지만 두 사람의 언어는 솔직하고, 인간적이며, 시대를 넘어 여전히 유효하다. 사랑하고, 이별하고, 다시 견디는 일은 우리의 오랜 숙명이다. 〈별리〉와 〈좋니〉, 그 사이를 흐르는 '보통 사람의 사랑'에 관한 이야기는 그래서 더욱 살갑고 애틋하다.

두 사람 마음은 두 사람만 알겠지

〈월하정인〉은 혜원 신윤복(1758~1814)의 대표 작품 중 하나로, 국보로 지정된《신윤복 필 풍속도 화첩(혜원전신첩)》중 한 폭이다. 신윤복은 이 작품에서 밝은 달빛을 배경으로 집과 풀숲과 담벼락 아래 두 사람을 은근하면서도 긴장감 넘치게 배치했다. 두 사람의 교차하는 눈빛과 표정은 분명 숱한 사연을 담은 듯하다. 남의 연애사에 참견하는 건 부질없는 일이라며 짐짓 점잖은 척해 보지만 어림없다. 〈월하정인〉은 끝도 없이 우리의 호기심을 자극한다. 신윤복은 짓궂은 눈빛으로 되묻는 듯하다. 세상사 연애 이야기만큼 재미있는 게 어디 있느냐고, 인간사 결국 누군가의 사랑 이야기 빼면 뭐가 남느냐고. 그러니 잠자코 신윤복이 이끄는 대로 그림이 들려주는 이야기에 귀 기울여보자.

깜깜한 한밤중 으슥한 담벼락 밑에서 만난 선남선녀라면 대충 윤곽이 그려진다. 남성은 상투를 틀고 갓을 쓴 것으로 보아 이미 결혼한 양반이다. 여성은 쓰개치마를 쓰고 있는데, 그 매무새로 보아 머리에 풍성한 가채를 올린 게 틀림없다. 따라서 여성은 조선 후기에 가채 유행을 선도했다는 기생일 가능성이 높다. 하지만 유행을 좇던 양반집 기혼 여성일 가능성도 없지 않다. 어떤 경우라도 둘의 관계는 지엄한 도덕률을 강조하던 조선 사회에서 공식적으로는 허용되지 않았다.

사실 신윤복의 풍속화에는 이처럼 양반과 기생, 혹은 신분을 넘어선 남녀의 밀회를 포착한 그림이 많다. 사람들은 이를 두고 양반의 부조리와 부도덕을 풍자한 그림이라고 해석한다. 조선 후기 들어 양반의 권위

신윤복_<월하정인>, 간송미술관 소장

가 추락하고 표현의 자유가 상대적으로 확대되었다지만, 그걸 감안하더라도 신윤복의 그림은 도발적이다. 지배층에 대한 냉소적인 고발은 현대의 르포르타주 같은 느낌이다.

그런데 신윤복의 풍속화를 풍자와 고발을 위한 그림으로만 보기에는 뭔가 아쉽다. 그의 그림에는 미묘한 정서가 기저에 깔려 있다. 바로 성적 욕망에 대한 관음증적 시선이다. 이 때문에 그의 그림은 때로는 달큼하고 애틋한 남녀 간의 사랑을 노골적으로 묘사하는 통속소설처럼 읽히기도 한다. 이런 화풍의 정점에 선 그림이 바로 〈월하정인〉이다.

〈월하정인〉은 두 사람의 밀회에 초점을 맞춘다. 담벼락에 적혀 있는 시구도 분위기를 한껏 끌어올린다.

月沈沈夜三更(월침침야삼경)
兩人心事兩人知(양인심사양인지)

달도 기운 깊은 밤
두 사람 마음은 두 사람만 알겠지.

위의 시구 두 번째 행 "兩人心事兩人知"는 조선 중기 문신 김명원(1534~1602)의 칠언절구 한시 〈별리(別離)〉의 한 구절과 일치한다. 신윤복이 〈별리〉에서 영감을 받아 〈월하정인〉을 그렸음을 짐작할 수 있는 대목이다. 이처럼 시에서 영감을 받아 그린 그림을 시의도(詩意圖)라고 한다. 또한 〈월하정인〉 속 시구처럼 그림에 남긴 시를 화제시(題畵詩)라고 한다. 화제시는 특히 조선시대 문인화에 자주 등장한다.

화제시의 원류는 송대 문인화다. 송나라 시인 소동파는 당나라 시인 왕유의 시를 "시 속에 그림이 있고, 그림 속에 시가 있다(詩中有畫 畫中有詩)"라고 칭송했는데, 이 표현은 송대 문인화의 특징을 나타내는 말로 자주 인용되었다. 문인화는 시와 그림의 원리와 경지가 궁극적으로 동일하다는 시화일률 사상에 기반한다. 이 예술론의 형식적 적용 방식이 화제시이다. 문인화는 여기에 서예를 더해서, 시·서·화 삼절(三絶)을 최고의 예술 경지로 삼았다. 선비들은 자신의 그림 여백에 시를 써서, 작품을 부연하며 깊이를 더했다. 때로는 화가의 지인이 화제시를 써 넣기도 했다.

양반의 뒤틀린 이면을 비웃던 신윤복이 왜 양반의 사랑과 이별을 노래한 시의도를 그렸을까? 이 궁금증을 해결하기 위해 김명원의 〈별리〉를 좀 더 들여다보자.

窓外三更細雨時(창외삼경세우시)
兩人心事兩人知(양인심사양인지)
歡情未洽天將曉(환정미흡천장효)
更把羅衫問後期(갱파나삼문후기)

깊은 밤 창밖에 보슬비 내리고
두 사람 마음은 두 사람만 알겠지.
나눈 정 아직 부족한데 날이 새려 하니

〈별리〉를 지은 김명원은 임진왜란 때 팔도도원수로 임명되어 한강 방어전을 지휘했으나 초반에는 연전연패했다. 다만 이후 명나라 장수 이여송과 협력해 평양성 탈환에 공을 세워 명예를 회복했다.

그는 인품이 뛰어났으며 당파적 이해관계를 떠나 모든 이들과 두루 친교를 맺었다고 한다. 반면에 《명종실록》《선조실록》 등에 따르면 "홍문관 박사 김명원이 자기 행동에 검속함이 없고 벗을 취하는 데도 단정하지 못하니, 도리를 아는 선비로서 비웃음을 당하고 '저것들(저놈들)'이라는 기롱(欺弄)을 면치 못했으니, 그를 파직하소서"와 같은 서슬 퍼런 탄핵 상소 기록도 전해진다. 한정된 역사서만으로는 한 인물의 됨됨이까지 모두 파악할 수 없으니 아쉬울 뿐이다.

야사에 따르면 그는 젊은 시절에 흠모하던 기생이 권세가의 첩이 되자, 잠시라도 그녀를 보기 위해 권세가의 담장을 몰래 넘었다고 한다. 하지만 곧바로 들켜서 권세가에게 붙잡히고 말았는데, 다행히 형 김경원이 사정해서 간신히 풀려났다고 한다. 공식 사료에는 없는 이야기지만, 〈별리〉의 정서와 묘하게 겹친다.

〈별리〉의 첫 구절 "깊은 밤 창밖에 보슬비 내리고"는 자정 무렵의 고요함 속에서 들려오는 가는 빗소리로 시간의 흐름과 쓸쓸한 분위기를 연출한다. 두 번째 구절 "두 사람 마음은 두 사람만 알겠지"는 민요나 잡가에서 볼 수 있는 은근하고 농밀한 정서와도 맥이 닿아 있다. 〈별리〉 속 연인은 비 오는 밤 사랑을 속삭인다. 사람들 눈을 피해 몰래 나누는 사랑이 뜨겁고 기쁠수록 아쉽고 애절한 마음도 그에 비례한다. 어느새 날이 밝아오고 둘은 아쉬움을 뒤로한 채 이별의 인사를 나눈다.

조선시대에 연애니 밀회니 하는 행위는 공공연하게 금기시되었다. 양반 가문은 정략혼으로 부부관계를 맺었으며, 결혼 전에 남녀의 만남은 원천적으로 차단되었다. 물론 정략혼에 따라 부부 사이가 되어 살다 보니 서로를 아끼고 사랑하는 감정이 생길 수도 있다. 하지만 인간의 감정이라는 게 어디 사회적 관습과 도덕률을 따르기만 할까. 조선 사회는 첩과 기생 제도를 이용해 성적 욕망의 분출구를 허용했다. 조선시대 사랑을 노래한 작품에 양반과 기생 사이의 이야기가 많은 지분을 차지하는 이유다.

김명원의 〈별리〉 속 두 남녀도, 정상적인 연애를 하는 처지가 아니다. 남들의 눈을 피해 밤에 몰래 만났으며, 날이 밝기 전에 헤어져야 한다. 유추해보자면, 남성은 결혼했을 것이고, 여성은 기생이거나 유부녀일 듯하다. 어쨌거나 당시 사회 관습으로는 용인되지 않는 사랑을 나누는 중이다. 둘은 지금 너무나 행복하며 빨리 가는 시간이 야속할 뿐이다. 이 사랑이 들키는 날에는 어떤 파국이 기다릴지 뻔하다. 특히 여성에게는 가혹한 형벌이 내려질 것이다. 여성은 지금 이 순간 목숨을 내걸고 사랑을 선택한 것이다.

자, 이제 〈월하정인〉을 다시 살펴보자. 신윤복은 김명원의 〈별리〉에서 영감을 받아 두 구절을 자막처럼 적었으며, 나머지 두 구절은 화가의 상상력으로 '이미지텔링'해서 작품을 완성했다. 신윤복은 〈별리〉의 정서를 시각화하며, 갓을 쓴 양반과 쓰개치마를 두른 여인을 담벼락 아래 배치했다. 두 연인은 다른 이의 눈길을 피해 애틋한 사랑을 나누었지만 이제 헤어져야 할 시간이다. 차마 떨어지지 않는 발걸음을 옮기며, 남자는 얼굴을 살짝 돌려 여자를 바라본다.

그림 속 상황을 상상해보자면, 남성은 이별을 아쉬워하며 "그럼 다음에 다시 이곳에서……" 하며 다음을 기약하려 한다. 하지만 여성은 남자를 애달프게 하려는지, 아니면 다른 근심이 있는지, 쉽사리 답을 주지 않는다. 그럴수록 밤은 농밀하게 깊어간다.

이처럼 문인화나 풍속화 속 화제시는 그림으로 다 보여주지 못한 행간의 뜻을 전달한다. 마치 영화의 클라이맥스 장면을 보는 설렘과 감동이 있다. 그림을 보는 이들은 화제시의 잔상을 따라 그림 속 여인의 자주색 비단신을 보고 데이트를 위해 정성껏 차려입으며 설렜을 마음을 상상하고, 선비의 눈길에서 아직 끝나지 않은 사랑을 읽어낸다.

신윤복은 두 사람의 밀회를 희미한 달빛으로 감싼다. 두 연인은 당장 내일 가혹한 운명이 기다릴지라도, 지금 이 순간의 감정에 충실하기로 작정했다. 〈월하정인〉은 두터운 사회적 금기를 깨뜨리고 사랑을 선택한 두 연인에게 신윤복이 보내는 지지와 응원의 선물이 아닐까.

〈월하정인〉의 속사정 중 하나로, 엄격한 통금제도가 오히려 이들의 밀회를 둘러싼 분위기를 한층 긴장되게 만들었는지도 모른다. 당시 밤 10시 무렵 '인정(人定)'의 종이 울리면 성문이 닫히고 통행이 금지되었다. 인적이 끊긴 도성 으슥한 골목길 밀회는 그래서 더 각별하고 애틋하다.

이제 신윤복의 풍속화에 내재한 에로티시즘의 비밀도 한 꺼풀 벗겨지는 느낌이다. 신윤복은 인간이 자신의 감정을 숨김없이 표현할 수 있기를 바랐을 것이다. 사랑의 감정에는 더더욱 충실해야 한다고 생각했다. 하지만 양반들이 만들어놓은 세계는 정반대다. 도덕과 체면을 앞세우며 사람들의 행위와 감정까지 구속하려 한다. 그러면서도 정작 자기네들은 뒤에서 기생들과 노닥거리느라 바쁘다. 신윤복은 그들의 표리부동한 모습을 그림으로 고발하고 비꼬았다. 동시에 사랑의 감정에 충실한 이들에게는 기꺼이 찬사를 보냈다. 신윤복의 에로티시즘이 비수처럼 날카로우면서도 한없이 해학적인 면모를 지닌 이유다. 예인으로서 당연히 갖춰야 할 덕목이다.

신윤복과 김명원은 출생 연도가 현저하게 차이가 난다. 신윤복은 왜 하고많은 사랑을 노래한 시 중에서 150여 년 전 작품인 김명원의 〈별리〉에 감정이입했을까? 그건 아마도 김명원이 신분의 가면 뒤에 숨지 않고 담담하고도 진솔하게 자기를 드러냈기 때문일 것이다. 당시 양반들의 작품 주제는 대부분 충절, 효도, 자연 예찬, 안빈낙도 등이다. 하지만 김명원은 신분과 체면 따위 아랑곳없이 사랑이라는 감정에 충실하게 몰입한다. 밤에 몰래 사랑하는 여인을 만났고, 뜨거운 사랑을 나누다가, 비단 옷깃 부여잡고 헤어짐을 아쉬워한다. 사랑과 이별의 순간을 이처럼 서정적인 어조로 솔직하게 드러내기란 쉽지 않다. 그 서정적 에로티시즘이 신윤복의 마음을 움직였던 것은 아닐까?

좋아 정말 좋으니 딱 잊기 좋은 추억 정도니

윤종신은 "나는 가사로 말하는 사람이다"라고 자신을 소개한다. 그의 산문집 《계절은 너에게 배웠어》(문학동네 2018)에는 이런 내용이 나온다.

> 1998년 어느 날 제가 상상했던 이별은 미련 때문에 옴짝달싹
> 하지 못하는 이별입니다. 나를 떠난 당신이 반드시 돌아올 거라
> 고 믿는 어떤 사람의 이야기, 분명히 이별했으나 아직도 이별하
> 지 못한 어떤 사람의 이야기이죠.

윤종신은 〈배웅〉의 노랫말을 지으면서 이런 사내를 상상했다고 한다. 과거에 연연하며 질척대는 사내를 생각하면 한편으로는 마음이 짠하다. 그게 일반적인 우리네 모습이기 때문이다. 윤종신의 노래에는 대부분 이런 사내들이 등장한다. 윤종신은 1990년에 밴드 015B의 객원가수로 데뷔했으며, 이후 수많은 노래를 작사·작곡한 음악가로도 명성을 쌓는다. '이별 노래의 장인'이란 별명처럼 윤종신의 작품에는 실연의 아픔을 구체적이고 절절하게 그린 노래가 많다. 뒤끝 있는 실연남의 원망을 담은 노래 〈보답〉(정석원 작곡)의 한 구절을 보자.

> 날 그렇게 무참히 버린 뒤에
> 감히 추억으로 남길 바라니
> (…)

단 한 번만 내게 다시 돌아와

너무도 쓰린 이 상처를 똑같이 느끼게 해줄게

다시 돌아와

〈보답〉은 윤종신의 3집 앨범 《The Natural》(1994년)에 실린 노래다. 화자인 남성은 자기를 차고 떠난 여인에게 쓰린 상처를 되돌려주겠다며 돌아오라고 울부짖는다. 얼핏 보면 무시무시한 복수극을 벌이려는 듯하지만, 가사 곳곳에 이별한 뒤에 헤어진 여성을 그리워하며 보고 싶다고 칭얼거리는 속마음이 드러난다. 반어법을 통해 화자의 간절함을 배가시킨 것이다. 국문학과 출신답게, 이때부터 이미 노랫말을 다루는 솜씨가 돋보인다.

그가 작사하고 성시경이 부른 〈거리에서〉(윤종신·이근호 작곡)를 들어보자. 윤종신의 일기 속 메모를 리라이팅한 곡이다.

이 거리가 익숙했던

우리 발걸음이 나란했던

그리운 날들 오늘 밤 나를 찾아온다

(…)

널 그리는 널 부르는 내 하루는

애태워도 마주친 추억이 반가워

날 부르는 목소리에 돌아보면

텅 빈 거리 어느새

수많은 네 모습만 가득해

가사 속 화자는 아마도 사랑하는 사람과 이별한 지 얼마 되지 않은 듯하다. 화자는 사랑했던 사람과 걷던 길을 마냥 홀로 걷는다. 옮기는 발걸음마다 지난 추억이 밀려들어 거리는 어느새 옛 연인의 모습으로 가득 찬다.

이 노랫말에는 화자의 감정을 구체적으로 표현한 단어가 없다. 그저 도시의 한적한 밤거리를 소묘하듯 덤덤하게 묘사했을 뿐이다. 화자는 '그립다' '슬프다' 같은 단어를 쓰지 않는다. 그런데도 화자가 얼마나 이별을 후회하며 옛 연인을 그리워하는지 생생하게 느껴진다. 이별의 감회를 이토록 서정적이고 담백하게 갈무리한 노래는 흔치 않다. 글을 전문으로 다루는 사람들은 그게 얼마나 어려운 일인지 안다.

윤종신의 노랫말은 사랑과 이별이 주재료다. 대중가요에서 대다수 노랫말이 사랑과 이별 이야기니 새삼스러울 게 없다. 하지만 윤종신의 노랫말은 여느 대중가요 가사와 결이 조금 다르다. 발라드에서는 잘 쓰이지 않는 생활감 넘치는 단어를 자유자재로 구사한다. 그의 농익은 솜씨는 〈이별택시〉에서 제대로 드러난다.

와이퍼는 뽀드득 신경질 내는데
이별하지 말란 건지
청승 좀 떨지 말란 핀잔인 건지
(…)

노랫말 속 화자는 연인에게 보기 좋게 차이고 택시를 잡아타고 돌아오는 길이다. 슬픔에 빠져 허우적대면서 눈물 흘리는데, 와이퍼가 뽀드득거리며 신경질을 부린다. 택시 기사로서는 우는 남자는 정말 최악의 손님일 것이다. 게다가 택시 기사에게 되려 어디로 가야 하느냐고 묻는다. 그야말로 코미디의 한 장면처럼 이별의 장면을 묘사한다. 대중가요 중에서 이렇게 청승맞고 웃픈 이별 노래는 흔치 않다. 이별의 순간에는 온 우주가 슬픔에 잠길 것 같지만 현실은 다르다. 와이퍼가 뽀드득거리고, 택시 미터기가 째깍거리고, 밥을 먹고 잠을 자고 화장실을 들락거려야 한다.

아픔과 어울리지 않는 일상의 반복. 하지만 바로 이 소소한 하루하루를 따박따박 살아내야만 감정의 격랑에서 빠져나와 회복할 수 있다. 일상의 위대함이다. 윤종신은 슬픔의 정서가 희석되지 않는 선에서 자질구레한 일상의 소품을 늘어놓으며, 그게 우리네 현실 속 이별 이야기라고 말한다.

그의 대표곡 가운데 하나인 〈좋니〉 속 실연남은 질투심 많고 까칠하고 졸렬하다. 그는 떠나간 연인을 못 잊어 질질 짜면서도, 아무렇지 않은 척 애써 연기하고, 어디 잘되는지 두고 보겠다며 악담을 퍼붓는다.

좋으니 그 사람 솔직히 견디기 버거워

너도 조금 더 힘들면 좋겠어

진짜 조금 내 십 분의 일만이라도

아프다 행복해줘

(…)

그 알량한 자존심 때문에

너무 잘 사는 척

후련한 척 살아가

좋아 정말 좋으니

딱 잊기 좋은 추억 정도니

난 딱 알맞게 사랑하지 못한

뒤끝 있는 너의 예전 남자 친구일 뿐

스쳤던 그저 그런 사랑

화자는 자기를 떠난 여성이 다른 사람과 사귄다는 이야기를 듣고는 질투와 시기심에 사로잡힌다. 알량한 자존심 때문에 잘 지내는 척하지만 솔직히 견디기 힘들다고 고백하면서, 그녀도 자기처럼 조금 더 힘들면 좋겠다고 절규한다. 뒤끝 작렬이다. 추레해도 어쩔 수 없다. '아름다운 이별' 어쩌고 하는 건 다 거짓말이다. 떠나간 연인이 새로운 사랑을 만나 행복하기를 진심으로 바랄 수는 없다. 아무리 선한 사람도 이별을 사랑할 수는 없다. 이별이 아프지 않다면 어찌 사랑했다고 말할 수 있을까. 그 고통의 순간을 고상하고 아름답게 포장하는 것이야말로 가식이다. 뜨거웠던 사랑일수록 이별은 아리고 힘겹다. 술과 눈물과 푸념으로 달래야 상처가 아문다. 그게 평범한 사람들이 이별에 대처하는 보통의 방식이다.

윤종신은 '남성 일반'의 평균치에 수렴하는 화자의 민낯을 적나라하게 보여준다. 윤종신의 빚어낸 남성은 이별 앞에서 구질구질하고 질척대고 휘청거리지만, 전혀 밉지 않다. 우리 모두의 자화상이니까. 누구나 부끄럽지만 뜨거웠던 추억을 가슴 한편에 묻어두고 살아가니까.

윤종신의 생활 밀착형 가사는 그의 창작 방식에서 나온다. 2010년부터 시작한 '월간 윤종신' 프로젝트는 15년간 매달 새 곡을 발표해왔다. 말 그대로 대장정이다. 국내는 물론이고 세계적으로도 거의 시도한 적이 없는 실험이자 도전이다. 윤종신 본인은 담담하다. 그저 이번 달의 이야기를 기록할 뿐이라고.

그는 히트곡을 겨냥하지 않는다. 차트 순위에도 연연하지 않는다. 매달 마감이 다가오면 그 달에 느낀 감정, 스쳐 지나간 장면들을 노래로 기록할 뿐이다. 비가 오는 날, 집에 가는 길, 혼자 먹는 저녁. 거창하지 않지만 누구나 공감하는 순간들. 평생에 걸쳐 삶의 변화를 노래로 남기는 작업이다.

🌸 🌼 🌸

김명원은 양반 신분으로 금기시되던 사랑과 이별의 감정을 스스럼없이 노래했다. 신분과 지위 고하를 막론하고 사랑의 기쁨과 이별의 아픔은 누구에게나 똑같다는 사실을 기꺼이 인정한 것이다. 사랑과 이별 노래가 넘쳐나는 시대에 윤종신의 시도는 또 다른 의미에서 평범한 이들의 마음을 파고든다. 우리는 일상 속에서 사랑하고 이별한다. 윤종신은 만남과 헤어짐의 장면을 현실감 넘치게 그려낸다. 윤종신이 사랑받는 이유는 우리 추억 속 이야기를 있는 그대로 담아냈기 때문이다.

시대가 바뀌어도 사랑의 기쁨과 이별의 아픔은 변하지 않는다. 조선 시대 달빛 아래서건, 1990년대 공중전화 부스에서건, 2020년대 카톡 '읽씹(읽고도 답장하지 않음)' 앞에서건, 사랑하는 사람들은 여전히 속삭인다. 양인심사양인지, 두 사람 마음은 두 사람만 안다. 그리고 수신 거부당한 이별 넋두리를 노래로 만들어 부른다.

예술은 때로는, 이별을 견디기 위한 몸부림의 결과물이다. 김명원은 시로 견뎠고, 윤종신은 노래로 견뎠다. 그들의 언어는 달랐지만, 마음의 온도는 같았다. 사랑은 그렇게 세대를 넘어 살아남는다. 시대는 달라졌지만 사랑의 서사는 여전히 한 줄로 이어지고 사랑이라는 감정이 얼마나 오래된 예술의 언어인지를 증명한다. 인간은 여전히 사랑하고, 여전히 후회하며, 여전히 노래한다. 그 반복 속에서 우리는 매번 새로운 사랑을 배운다. 또 그 사랑의 잔향이, 오늘도 우리 각자의 삶을 노래하게 만든다.

그대에게 내 마음을 고이 띄워 보냅니다

_ 홍랑 〈묏버들 가려 꺾어〉 · 아이유 〈밤편지〉

버드나무 가지를 꺾어 건네던 한 여인의 손길과 어둠 속 반딧불을 띄워 보내는
한 가수의 숨결이 수백 년을 가로질러 서로를 조용히 바라본다. 사람이 사랑을
붙잡는 방식은 시대마다 형태가 달라져도 그 절실함과 떨림만큼은 조금도 바래
지 않는다. 홍랑은 묏버들에 마음을 실어 운명을 따라 걸었고 아이유는 불면의
밤을 건너며 작은 빛을 노랫말에 담았다. 한 사람은 이별을 막으려 했고, 한 사람
은 외로운 마음을 달래려 했다.

　홍랑의 시조 〈묏버들 가려 꺾어〉는 신분과 국법의 경계마저 넘나든 한 여성의
지독하고 운명적인 사랑은 수백 년의 시간을 훌쩍 뛰어넘어 아이유의 노래 〈밤편
지〉에서 다시 태어난다. 홍랑의 버들가지와 아이유의 반딧불은 우리에게 가장 깊
고 순수한 형태의 그리움이 무엇인지 묻는다.

묏버들 가려 꺾어 보내노라 임의 손에

버드나무는 물을 아주 좋아한다. 사람들은 버드나무 가지와 이파리가 하늘거리며 물빛을 물들이는 풍경을 보려고 일부러 호숫가나 냇가에 심기도 했다. 버드나무는 봄의 전령이다. 물을 흠뻑 머금은 새싹이 돋아나 맑은 냇물에 비치면 사람들은 비로소 봄옷을 꺼내 입는다. 우리나라에 30여 가지 버드나무 고유종이 있다는 사실을 최근에야 알았다. 그렇게 많다니! 생각해보니 고전시가에도 수양버들, 능수버들, 갯버들, 묏버들, 버들개지 등 수많은 이름이 나온다. 물가에 늘어진 버드나무는 고전시가의 단골 풍경이다. 그런데 이 나무가 아름다운 풍경과 어울리지 않게 자꾸만 슬픈 이별의 배경으로 등장하는 까닭은 뭘까?

고대 중국에는 버들가지를 꺾어 헤어짐을 아쉬워하는 절류(折柳) 풍습이 있었다. '유절(柳折)'과 '여기에 머물다'를 뜻하는 '유착(留着)'의 중국어 발음이 비슷하기 때문이다. 그러니까 버들가지를 꺾어주는 행위는 '헤어지기 아쉬우니 떠나지 말고 여기 머물러달라'는 뜻을 담은 중국식 이별법이었다. 실제로 중국 한시에는 이 나무를 배경으로 이별하는 연인이 '절류'하는 장면이 심심찮게 등장한다.

절류 풍습은 우리나라에도 전해졌다. 조선 후기 실학자 이익은 《성호사설》에서 길을 떠나는 이에게 버들가지를 꺾어주는 풍습이 중국에서 건너와 널리 퍼졌다고 소개한다. 그러면서 우리나라에서 절류 풍습이 자리 잡은 이유를 다음과 같이 풀이한다. 첫째, 버드나무는 어디서라도 볼 수 있으며 재물을 들이지 않고서도 정성을 표현할 수 있기 때문이다. 둘째, 버드나무는 생명력이 아주 강하며 우리나라 산과 들에서 흔하게 볼 수 있다. 가지를 꺾어 아무렇게나 심어도 물만 있으면 무럭무럭 잘 자란다. 사람들은 길 떠나는 이와의 인연이 그 생명력처럼 질기고 강하게 이어지기를 바랐다. 이처럼 절류 풍습은 우리나라 환경과 정서와도 맞아떨어졌다.

재미있게도 버드나무는 서양에서도 인연과 이별의 상징이었다. 연인에게 버림받았거나 사별한 사람은 버들잎을 옷에 달고 슬퍼했다. 또 사랑하는 사람이 죽으면 그 가지로 둥근 테를 만들어 집에 걸어놓았다. 특히 16~17세기 영국에서는 버림받은 이가 버들가지와 잎으로 화관을 엮어 머리에 쓰며 비통함을 드러내는 풍습이 있었다.

셰익스피어는 이러한 전통을 작품에 깊이 아로새겼다. 그의 작품에서 버드나무는 죽음으로 인한 영원한 이별을 상징한다. 희곡 《오셀로》에는 데스데모나가 죽음을 앞두고 〈버드나무 노래(Willow Song)〉를 부르는 장면이 나온다. "초록 버드나무여 내 화관이 되어다오"라는 노랫말은 바로 이 상징성과 연결된다. 또한 《햄릿》 4막 7장에서 오필리아는 버드나무 아래 강물에 빠져 죽음을 맞이한다. 강물에 빠지기 직전 그녀가 버드나무 가지에 화관을 걸려던 행위는 햄릿에게 버림받은 사랑의 상처를 자연에 새기는 마지막 몸부림이었다.

이처럼 동서양을 막론하고 버드나무는 이별과 상실의 나무로 자리 잡았다. 버드나무로서는 속상하고 억울하겠지만, 가지가 강물에 축 늘어진 모습이 머리를 풀어 헤치고 슬피 우는 형상을 닮았기 때문인 듯하다. 그나마 버드나무에 위로의 말을 전하자면, 대체로 적대적 이별이 아니라 애틋하고 절절한 사연을 품은 이별 장면의 배경으로 등장한다는 점이다. 서로에 대한 미련과 애정으로 차마 발길을 돌리지 못하는, 운명에 휩쓸려 안타깝게 떠나야 하는 쓰라린 이별의 순간에는 어김없이 버드나무 가지 흐트러진 강변이 등장한다.

> 묏버들 가려 꺾어 보내노라 임의 손에.
> 주무시는 창밖에 심어 두고 보소서.
> 밤비에 새잎 나거든 나인가도 여기소서.

우리 고전시가에서 버드나무를 가장 극적으로 활용한 사례는 홍랑의 시조 〈묏버들 가려 꺾어〉이다. 함께 보낸 수화물은 '묏버들', 수취인은 시를 멋지게 잘 쓰는 젊은 관리 최경창. 고죽 최경창(1539~83)은 조선 중기 문인이다. 당시(唐詩)에 뛰어나 백광훈, 이달과 함께 '삼당시인(三唐詩人)'으로 불렸다. 또한 정철, 서익 등과 교류했으며, 조선 중기 '8문장' 중 한 명으로 이름을 드높였다.

1568년 문과에 급제한 최경창은 1573년에 함경도 경성 지방의 북평사로 부임하다가 함경도 홍원 부사가 마련한 연회에 초대받는다. 마침 홍원 출신 기녀 홍랑은 그 연회에 흥을 돋우기 위해 합석한다. 이곳에서 최경창은 기녀 홍랑과 운명적인 만남을 갖는다. 이름 높은 시인이자 음률에 조예가 깊은 풍류가 최경창과 교양과 미모가 뛰어난 절세가인의 만남이라니, 아무 일도 일어나지 않은 게 오히려 이상할 노릇이다.

홍랑의 출생 연도는 알려지지 않았다. 일부 기록에서는 나이 차이가 십수 년에 이르렀다고 추정하고, 다른 기록에서는 홍랑이 1556년 무렵 태어나 비슷한 나이였을 것으로 추정하나 확실하지 않다. 평소 흠모하던 시인을 눈앞에서 만난 순간, 사랑의 감정이 번개처럼 그녀의 온몸을 관통했다. 홍랑은 최경창이 경성에 머무는 동안 그의 곁을 지키고자 군영의 기생인 방직기(房直妓)로 자원한다.

그러다가 6개월 뒤 최경창이 조정의 부름을 받아 한양으로 돌아가야 했다. 너무 빨리 이별의 날이 찾아왔다. 밤새 눈물로 지샌 홍랑은 떠나는 그를 따라 며칠 길을 동행했고, 어느덧 함관령에 다다랐다. 관기는 소속 관청을 벗어날 수 없었다. 함흥으로 들어오는 관문인 함관령은 홍랑이 더 이상 발을 내딛을 수 없는 경계였다. 이제 정말 헤어져야 할 시간이다.

최경창을 보낸 뒤 홀로 돌아온 홍랑은 시조 한 수를 지었다. 그러고는 이 노래와 함께 묏버들(산버들) 가지를 골라 꺾어 최경창에게 보냈다. 작품 곳곳에는 사랑하는 연인을 떠나보내는 화자의 애절함이 가득하다. 지금은 헤어졌지만 인연의 끈을 반드시 이어가고 싶다는 간절함이 절절히 전해진다. 산버들을 가려 꺾어 건네주며 눈물짓는 홍랑을 떠올리며 최경창은 무슨 생각을 했을까?

이 궁금증을 해결하기 위해서 약간의 상상력을 발휘해보자. 홍랑을 처음 보았을 때 최경창은 어떤 생각이 들었을까? 처음에는 젊은 기생의 생기발랄한 노래와 춤에 눈길이 갔을 것이다. 그런 기생이 자신을 좋아한다며 따라왔으니 기꺼이 받아주었을 것이다. 당시 벼슬아치가 관기를 곁에 두고 지내는 일은 매우 빈번했다.

그렇게 몇 달이 흘렀을까? 최경창은 서서히 홍랑의 매력에 빠져들었다. 젊은 세대 특유의 생기와 빼어난 예인적 기질, 여기에 최경창의 문학 세계를 이해하고 흡수하는 능력도 탁월했다. 최경창은 어느 순간 홍랑을 일개 기생이 아니라 예술과 문학과 삶의 내밀한 고민을 나누는 사이로 받아들였다.

최경창은 홍랑과의 이별 후 결정적인 장면과 마주한다. 묏버들을 꺾어 건네며 노래하는 홍랑의 시조를 받아본 순간, 최경창은 예감한다. '나는 죽기 전에는 절대로 저 여인과 헤어질 수 없겠구나.' 운명처럼 찾아온 사랑을 잃지 않겠다고 다짐했을 것이다. 최경창의 유고문집 《고죽집》에 실린 시 한 편을 보자.

折楊柳寄與千里人(절양류기여천리인)

爲我試向庭前種(위아시향정전종)

須知一夜新生葉(수지일야신생엽)

憔悴愁眉是妾身(초췌수미시첩신)

버들가지 꺾어 머나먼 천 리 밖 임에게 보내오니

부디 나를 그리시어 뜰 앞에 심어 가꿔주소서.

모름지기 알아주소서, 밤새 여린 잎 돋아나거든

초췌하고 수심 어린 이 몸인 줄로 여겨주소서.

이 한시의 제목은 〈번방곡(飜方曲)〉이다. 번방곡은 우리나라 고유의 시가(시조)를 한시 형태로 번역한 작품이라는 뜻이다. 최경창이 홍랑의 시조를 한시로 옮겨 남긴 이유는 불 보듯 뻔하다. 그는 홍랑의 시조를 한시로 옮기면서 〈번방곡〉에 한 연을 추가했다. 최경창은 묏버들을 꺾어 시조와 함께 보내는 홍랑의 초췌하고 수심 어린 얼굴을 선명히 떠올렸을 것이다.

최경창과 홍랑의 다음 이야기는 정사에 기록되지 않고 야사로만 전해진다. 전해지는 이야기를 종합하면, 최경창은 한양으로 돌아온 지 얼마 지나지 않아 병에 걸려 누웠다. 그가 위독하다는 소식이 홍랑에게도 전해지자, 그녀는 관기 신분의 제약과 함경도·평안도 주민의 한양 출입을 제한하는 양계 금지령을 깨고 한양으로 달려갔다. 그리고 최경창을 지극정성으로 간호했다. 최경창은 홍랑의 보살핌 덕분에 빠르게 회복했으며, 둘은 다시 사랑을 이어갔다. 다른 기록에는 최경창이 임기를 마치고 한양으로 돌아올 때 홍랑을 데려와 첩으로 삼아 지냈다고도 한다.

홍랑이 관기 신분으로 수많은 관문을 뚫고 한양에 다다랐다는 이야기나 최경창의 병세가 급격히 호전되었다는 이야기는 너무 극적이라서 후대의 윤색이 개입되었을 가능성을 떠올리게 한다. 하지만 놀랍게도 이 이야기들은 나름 근거를 갖춘 부분이 있다. 역사의 미시적인 속살까지 낱낱이 알 수는 없는 노릇이니, 이왕이면 짜릿하고 흥미진진할수록 후세대는 더 고마울 따름이다.

다시 정사로 돌아와서, 한양으로 돌아온 최경창은 사간원 정언과 성균관 전적에 연이어 임명된다. 그런데 이때 사헌부에서 선조에게 이렇게 상소를 올린다. "최경창은 (…) 북방의 관비를 몹시 사랑한 나머지,

불시에 데리고 와서 버젓이 함께 살고 있는데, 이것은 너무도 거리낌이 없는 행동이니" 파직하라는 내용이었다.

양계의 금은 함경도와 평안도 사람들의 한양 도성 출입을 제한하는 제도였다. 국경 요충지 인구 유지와 성리학적 질서 확립을 위한 엄격한 통제였다. 최경창이 함경도 출신 기녀를 데려와 첩으로 삼은 것은 명백히 이 금기를 어긴 행위였다. 높은 지위에 앉은 관료가 나랏법을 어긴 것도 문제였지만, 더욱이 때가 좋지 않았다. 마침 명종 왕비인 인순왕후가 돌아간 지 1년이 채 안 된 국상 중이었기에, 조정은 이 문제를 엄중하게 받아들였다. 선조는 곧바로 최경창을 좌천시켰다. 홍랑은 고향인 경성으로 쫓겨나야 했다. 또다시 생이별이었다. 이때 최경창은 홍랑에게 시를 지어 건네주었다.

相看脉脉贈幽蘭(상간맥맥증유란)
此去天涯幾日還(차거천애기일환)
莫唱咸關舊時曲(막창함관구시곡)
至今雲雨暗靑山(지금운우암청산)

은근한 정으로 마주 보며 그윽한 난초 한 떨기 건네오니
하늘 끝 아득한 곳에 가시면 어느 날에나 돌아올까.
함관령에서 옛 노래일랑 부디 부르지 마오.
지금 이별의 비구름 내려앉아 푸른 산조차 어둡게 잠겼으니.

두 수로 이루어진 〈증별(贈別)〉 시 가운데 두 번째 작품이다. 첫 구절의 "幽蘭"은 그윽한 난초를 뜻하며, 상대방의 시문을 높여 이르는 관용어이기도 하다. 세 번째 구절 "莫唱咸關舊時曲"은 의미심장하다. "함관령에서 옛 노래일랑 부디 부르지 마오"라는 시구는 최경창과 홍랑이 함관령에서 헤어진 적이 있으며, 나이가 홍랑이 함관령의 경계를 뛰어넘어 최경창과 다시 만났음을 연상케 한다.

이 서사가 정말이라면 홍랑은 주체적이고 진취적으로 신분의 제약을 벗어던진 조선 최고의 사랑꾼이라 할 만하다. 사랑의 온도로 따지자면, 국법에 어긋난다는 사실을 인지했을 텐데도 홍랑을 받아들인 최경창도 못지않다. 사랑은 눈멀게 만들고, 섶을 지고 불길에 뛰어들게 한다. 지독한 환희다.

하지만 이제 그 열락의 대가를 치러야 할 순간이 왔다. 최경창은 홍랑에게 함관령에서처럼 더 이상 묏버들을 건네며 노래하지 말라고 일렀다. 두 번째 이별은 처음 이별할 때와는 비교할 수 없을 만큼 상황이 위중했다. 두 사람의 지나친 애정 행각이 문제가 되어 왕의 심기를 건드렸고, 이제 정말로 영영 못 볼 수도 있었다. 첫 이별 때는 두 사람 모두 재회를 예감했을 것이다. 한창 불타오르는 열정이란 그리 쉽사리 사그라지지 않는 법이며, 최경창 정도의 직위라면 어떻게라도 홍랑을 곁에 둘 방법을 찾아냈을 테다. 하지만 이번에는 최경창이 어찌할 수 없을 만큼 심각했다. 두 사람의 두 번째 이별 장면이 어떠했을지 감히 짐작할 수 없다.

슬픈 예감은 틀린 적이 없다. 두 사람은 이후 만나지 못하고, 간간이 편지로 서로의 마음을 전할 수 있었을 뿐이다. 이별 후 최경창은 복직되어 대동도(평양)에서 역(驛)을 관리하는 한직을 맡았다. 그러다가 1582년 함경도 종성 지역의 수령(부사)으로 임명되었다가 몇 달 지나지 않아 다시 한양으로 돌아오라는 명을 받았다. 최경창은 한양으로 돌아오는 길에 경성 객사에서 갑자기 세상을 뜬다.

여기에서 다시 역사의 행간을 읽어보자. 최경창과 홍랑은 살아생전 만나지 못했을까? 운명의 신은 조선의 사랑꾼들 앞에 거친 탁류를 만들어놓고 건너지 못하게 했을까?

일단 사실 관계부터 살펴보자. 선조는 최경창을 종성 부사에 임명한 지 몇 달 되지 않아 한양으로 불러들였다. 함경도 북병영 방어를 맡던 지휘관의 보고서 때문이었다. "최경창이 군정을 닦지 않고, 창기(娼妓)에만 빠져 있습니다." 이 보고서를 받아본 선조는 그를 다시 좌천하여 불러들인 것이다. 이 보고서에 대해서 역사가들은 대체로 최경창을 허위로 음해하려는 시도라고 본다. 최경창이 당쟁의 여파에 휘말렸다는 해석이다. 하지만 만약 이 보고서가 사실이라면?

최경창은 종성 부사가 되었다는 기별을 홍랑에게 보냈을 테다. 함경도 종성은 당시에는 조선에서 가장 험지였다. 홍랑이 쫓겨난 경성과는 상당히 멀었다. 하지만 그게 홍랑에게 무슨 문제였겠는가? 둘은 기어이 세 번째 만남을 이뤄냈을 가능성이 크다. 내일이 없는 것처럼 뜨겁게 사랑하는데 군정 따위 무슨 의미가 있으랴!

그렇게 둘은 다시 만나 사랑을 나누었으며 최경창은 홍랑 곁에서 생을 마감했을지도 모른다. 최경창이 함경도를 제 발로 벗어나지 못하고 세상을 뜨자 홍랑은 시묘살이를 자처한다. 그녀는 자신의 용모를 훼손하여 다른 남자들의 접근을 막고 오로지 최경창의 묘를 지켰다. 이후 임진왜란이 일어나자 홍랑은 최경창의 작품을 챙겨 피난길에 올랐으며, 전쟁이 끝난 후 최경창의 자손에게 고스란히 전해주었다. 이들 작품은 《고죽집》으로 오늘날까지 전해진다. 훗날 최경창 집안에서는 최경창 부부의 묘 맞은편에 홍랑의 묘를 쓰게 해주었다. 당시로서는 일개 천민 신분인 기생에 대한 최상의 예우였다. 최경창에 대한 홍랑의 끝없는 사랑을 인정하고 추모하려는 뜻이다. 때때로 사랑은 시대도 신분도 관습도 가뿐히 뛰어넘는다.

첫 이별의 순간을 돌이켜보자. 홍랑은 운명을 가르는 순간 묏버들에 자신의 마음을 담아 최경창에게 전했다. 당시 기생의 신분은 재능을 갖췄어도 남성들, 특히 지배계급의 소유물에 가까웠다. 벼슬아치 사내가 이별을 통보하면 잠자코 받아들여야 했다. 홍랑이 자신을 상징하는 물건(묏버들)을 보낸 행위는 이별의 운명을 수동적으로 받아들이지 않겠다는 선언으로 읽힌다. 그런 의미에서 홍랑은 신분의 한계를 뛰어넘어 사랑의 감정에 충실하게 몰입한 주체적 여성이었다.

최경창에게 홍랑의 노래 〈묏버들 가려 꺾어〉는 사이렌(Siren)의 선율처럼 들렸을 것이다. 사이렌, 그리스 신화 속에서 이 세상 어떤 악기로도 흉내 낼 수 없는 완벽한 노래를 부르던 존재들. 그 노래는 듣는 이의 영혼 깊은 곳을 울렸다. 예술로 통하는 지음(知音)의 만남, 운명적 연가. 최경창에게 홍랑의 시조가 바로 그랬을 것이다. 도저히 헤어날 수 없는 황홀경이었으리라.

우리는 인생에 한 번쯤 그런 노래를 마주할 수 있을까…….

김홍도_<군작보희>, 간송미술관 소장

그날의 반딧불을 당신의 창 가까이 띄울게요

아이유는 2019년 미니 앨범 《Love poem》의 타이틀 곡 〈Love poem〉(작사 아이유, 작곡 이종훈)에서 "숨죽여 쓴 사랑 시가 낮게 들리는 듯해/너에게로 선명히 날아가 늦지 않게 자리에 닿기를"이라는 노랫말로 이별의 아픔을 표현한다. 나는 이 노랫말에서 묏버들을 꺾어 보내던 홍랑을 떠올린다. 두 사람 사이에는 수백 년의 간극이 흐르지만, 홀로 사랑의 언어를 써 내려가는 애절한 마음만큼은 다르지 않아 보인다. 너무 억지스러운 연결 고리 아니냐고? 천만에! 이제부터 그 이유를 들려주겠다.

> 난 파도가 머물던
> 모래 위에 적힌 글씨처럼
> 그대가 멀리 사라져버릴 것 같아
> 늘 그리워 그리워
> (…)
> 이 밤 그날의 반딧불을
> 당신의 창 가까이 띄울게요
> 음 좋은 꿈이길 바라요

고백하자면, 나는 아이유에게 그리 눈길이 가지 않았다, 〈밤편지〉(작사 아이유, 작곡 제휘·김희원)를 듣기 전까지는! 아이유는 2008년 데뷔 이래 한국 대중음악계를 대표하는 싱어송라이터로 자리매김했다. 놀랍게도 아이유는 MZ세대를 대표하는 가수이면서도 모든 세대를 아우르며 사랑받고 있다. 오늘날처럼 유행이 빠르게 바뀌고 아티스트의 수명이 짧아지는 시대에 아이유는 분명 하나의 예외적인 현상으로 자리 잡았다. 아이유는 어떻게 오랜 기간 끝없이 영역을 확장하면서도 새로운 이미지를 구축할 수 있었을까?

가수로서 그녀는 독특하면서도 빼어난 자질을 지녔다. 가늘고 여린 몸에서 뿜어나오는 청량한 음색으로 폭넓은 음역대를 넘나든다. 단순히 노래를 잘 부르는 게 아니라, 곡의 분위기에 따라 목소리를 자유자재로 변주하는 능력이 단연 으뜸이다. 경쾌하거나 우울하거나 빠르거나 느리거나 밝거나 어둡거나 가볍거나 무거워도 그녀는 기어이 그에 걸맞은 옷을 걸치고 노래한다.

작곡가로서 능력도 탁월하다. 2집 앨범 《Last Fantasy》(2011년)부터 자작곡을 한두 편씩 발표하던 아이유는 어느덧 앨범을 모두 자작곡으로 채울 만큼 성장했다. 그녀는 어쿠스틱 기타를 기반으로 팝, R&B, 스윙, 발라드, 포크, 댄스 등 다양한 분야를 자유롭게 넘나든다.

작사가로서 노랫말을 다루는 솜씨는 더할 나위 없다. 여느 아이돌 그룹의 노랫말처럼 단선적인 감정만을 소비하지도, 찰나의 화려함을 억지스레 포장하지도 않는다. 가볍고 경쾌하고 솔직하면서도, 은근하고 달콤한 여백을 남긴다.

월요일엔 아마 바쁘지 않을까
화요일도 성급해 보이지 안 그래

2015년 미니 앨범 《CHAT-SHIRE》에 수록된 〈금요일에 만나요〉는 연애를 시작한 젊은 화자의 들뜨고 흥겨운 마음을 고스란히 담았다. 아이유가 이종훈, 이채규와 함께 만든 이 곡의 노랫말 속 화자는 월·화·수·목요일에 만나자고 하면 왠지 너무 속이 보이지는 않을까 싶고, 그렇다고 주말까지 기다리기는 힘들어서 금요일에 연인을 만나려고 한다. 풋풋하고 상큼한 사과 향이 느껴지는 듯하다.

상대적으로 가려진 듯하지만 프로듀서로서의 조율 감각도 빼놓을 수 없다. 그녀는 수많은 아티스트와 협업하며 그때마다 놀라운 성과를 얻어낸다. 덕분에 그녀의 앨범은 무지개처럼 풍성하고 다채로운 스펙트럼을 보여준다. 아이유는 동시대의 젊고 재능 넘치는 아이돌은 물론이고, 한 시대를 풍미했던 선배 음악가들에게 거침없이 손을 내민다. 나아가 70~90년대를 아우르는 대중가요를 리메이크해서 다시 부르기 앨범으로 《꽃갈피》(2014년), 《꽃갈피 둘》(2017년)을 선보이기도 했다.

나리는 꽃가루에 눈이 따끔해 (아야)

눈물이 고여도 꾹 참을래

내 마음 한켠 비밀스런 오르골에 넣어두고서

영원히 되감을 순간이니까

(…)

오 라일락 꽃이 지는 날 goodbye

이런 결말이 어울려

안녕 꽃잎 같은 안녕

하이얀 우리 봄날의 climax

아 얼마나 기쁜 일이야

2021년 발매된 정규 5집 앨범의 타이틀 곡 〈라일락〉에서 이별의 배경으로 '라일락 지는 봄날'을 설정한 순간, 기성세대는 이미 마음이 사르르 녹아내린다. 아이유는 이 노랫말을 쓰면서 분명 이문세의 그 노래를 흥얼거렸을 것이다. "라일락 꽃향기 맡으며 잊을 수 없는" 이별을 추억하던 정서를 받아안으면서도, 아이유는 "하이얀 우리 봄날의 climax/아 얼마나 기쁜 일이야"라고 노래하면서 발랄하게 전복한다.

눈부신 이별 무대를 연출하는 솜씨는 기존 서정적 발라드의 계보를 이었고, 슬픔을 아무렇지 않게 정화하는 솜씨는 MZ세대의 발칙한 생기를 그대로 보여준다. 아이유가 작사하고 임수호, Dr.JO, 웅킴, N!ko가 작곡한 이 노래는 70~80년대 디스코풍 리듬을 좀 더 펑키하고 팝적으로 변주했다. 놀라울 정도로 감각적인 아티스트다.

좀 다른 갈래이기는 하지만 배우로서 활약상도 폭넓은 인기를 구가하는 이유이다. 배우로서 그녀가 출연한 드라마는 늘 수작으로 평가받으며 큰 반향을 불러일으킨다.

이처럼 아이유는 넓고도 탄탄한 지지를 얻으며 순항 중이다. 여기까지는 누구나 확인할 수 있고 수긍할 만한 내용이다. 하지만 이런 해석만으로는 조금 심심하다. 수많은 젊은 아티스트가 아이유에 버금가는 재능을 지녔으며, 왕성한 활동력을 자랑한다. 하지만 아이유만큼 독보적인 존재감을 뿜어내지는 못한다. 기성세대는 아이유를 통해 젊은 세대와 연결된다고 위안을 받으며, 젊은 세대는 아이유를 통해 기성세대에게 자신들의 이야기를 들려준다고 믿는다. 무엇이 다른 젊은 아티스트와의 결정적 차이를 만들어냈을까?

이 비밀을 풀기 위해서 〈밤편지〉가 왜 나를 흔들었는지 먼저 되새겨봐야겠다. 어쿠스틱 기타가 이끄는 아름다운 선율 위로 아이유는 포근하면서도 아련한 사랑의 노래를 가만가만 들려준다. 사랑의 감정을 잔잔하게 독백하는 듯한 노래에서, 그러나 나는 아이유의 또 다른 면모를 발견했다.

〈밤편지〉에서 아이유의 목소리는 왠지 모르게 서걱거린다. 사랑의 밀어를 속삭이는 듯하지만 왠지 모르게 앙마르고 서걱거린다. 아니나 다를까, 아이유는 JTBC 〈뉴스룸〉 문화초대석에서, 불면증을 심하게 앓고 있을 때 〈밤편지〉를 작사했으며, 지금 진짜 사랑하는 사람이 있다면 뭐라고 고백해야 마음이 전해질까를 고민하면서, 그 사람의 숙면을 빌어주는 게 가장 큰 고백이라고 생각했다고 밝혔다. 그 숱한 불면의 밤을 숨기지 않으며, 짐짓 밝은 척 섣부른 위로를 늘어놓지 않으며, 그저 잘 자라는 인사를 건넨 것이다.

나에게 이전의 아이유는 여느 아이돌 가수의 범주에서 벗어나지 않았다. 방송 매체에서 쉴 새 없이 틀어주는 탓에 아이유의 몇몇 노래를 따라 흥얼거리기는 했지만 그뿐이었다. 가끔 무겁고 잔잔한 분위기의 노래를 불러도 밝고 경쾌한 사랑 이야기만 떠들어대기가 아쉬워서 구색을 갖추는 거라고 생각했다. 이 얼마나 지독한 편견인가. 새로움을 거부하고 익숙한 시선으로 세상을 재단하는 나에게까지 아이유는 반딧불이를 보내주었다. 어느 깊은 밤, 잠 못 이루며 뒤척이다 〈밤편지〉를 들었을 때, 어떤 섬광 같은 예감이 나를 훑고 지나갔다. '이제 나는 아이유라는 세계에서 벗어나지 못하겠구나!'

싱어송라이터에게 노래는 지문이고 유전자다. 아무리 감추려 해도 드러나고, 반대로 억지로 만들어내려 해도 금세 밑천이 떨어진다. 아이유는 데뷔 이래 일관되게 내면의 풍경을 숨김없이 드러내 보였다. 거기에는 어린나무가 바람에 나부끼고 있었다. 나무는 때로는 여리고 수줍고 우울하고 푸르렀으며, 잠시도 성장을 멈추지 않았다. 어린나무는 회색의 겨울잠에 빠지기도 했지만, 어느덧 가지를 펴고 잎을 틔우고 새들을 불러 모은다. 이 나무는 아주 가느다란 실바람에도 오소소 몸을 떤다. 햇살을 받아 찬란한 날에도 물결 위로 짙게 드리운 그늘에 가녀린 손을 내민다.

나에게 아이유가 특별한 이유는, 앞서 나열한 음악적 재능보다, 타자에 대한 연민과 공감 지수 때문이다. 그것은 타인의 눈치를 보는 것과는 전혀 다른 차원이다. 나이를 먹는다고 저절로 생겨나는 특권도 아니다. 타인의 목소리를 경청하는 사람은 자신을 낮춘다. 타인의 감정에 공명하는 사람은 늘 자신을 비우고 성찰한다. 사람들은 그녀를 찾아와서 세상의 온갖 이야기를 늘어놓는다. 그녀는 그 모든 이야기를 몸 안에 켜켜이 쌓는다. 이처럼 그녀는 더디고 힘겹게 촘촘하고 짙은 나이테를 새겨가는 중이다.

아이유가 건네는 위로의 방식은 "너도 힘내"라는 격려가 아니라, "내가 당신의 외로움을 알고 있으며 나와 당신은 같은 밤을 지새우고 있어"라는 '정서적 동행'이다. "여기 우리가 함께 있으니 괜찮다"라며 침묵하고 공감해준다.

연민과 공감 지수가 높은 사람은 기본적으로 애수와 멜랑콜리의 정서에 휩싸인 듯 보인다. 하지만 그런 일반적인 카테고리로 규정할 수 없는 더 깊고 그윽한 울림이 있다. 아이유의 이런 성숙한 면모는 인생의 쓴맛 단맛을 경험한 중장년층에게까지 정서적 공감대를 이끌어낸다. 그들에게 아이유는 저마다의 순간에 홍랑으로 다가왔을 것이다. 어린 벗에게 삶의 태도를 배우고 위안을 얻는 게, 한편으로 얼마나 다행스러운 일인지 모른다. 익숙해지고 고이고 낡아가는 내 일상을 부드럽게 흔들어놓은 버드나무 한 그루.

홍랑은 생전에 최경창을 향한 뜨거운 사랑으로 국법과 신분의 제약

을 뛰어넘는다. 역사는 두 사람이 어떤 결말을 맞았는지, 각자의 사랑이 어디로 흘러갔는지 말해주지 않는다. 하지만 그녀의 헌신은 시대를 뛰어넘는 진정성으로 추앙받을 만하다. 오늘날 아이유가 모든 세대로부터 사랑받는 이유는 뛰어난 재능과 더불어 타자에 대한 연민과 공감 능력 때문이다. 〈밤편지〉가 짐짓 밝은 척 섣부른 위로를 건네지 않고 그저 불면의 외로움을 공유하며 잘 자라는 인사를 건넬 수 있는 이유는 타인의 아픔에 공감하는 깊은 성숙도 때문이다.

홍랑의 질긴 버드나무 인연과 아이유의 가녀린 공감의 나이테는 진심 어린 사랑과 위로가 가진 영원한 가치를 증명하며 우리의 일상을 부드럽게 흔들어놓는다. 홍랑이 묏버들에 기대어 남긴 마음과 아이유가 밤편지에 실어 보낸 반딧불은 모두 누군가에게 닿고 싶었던 간절한 손짓이었다.

사람이 사람에게 건네는 작고 조용한 신호들은 그 자체로 누군가의 밤을 견디게 한다. 어떤 사랑은 시대의 장벽을 넘어 전해지고 어떤 음악은 지나간 마음을 다시 깨운다. 그래서 우리는 오늘도 오래전 홍랑의 버드나무와 한밤중 아이유의 반딧불 사이에서 자신만의 작은 떨림 하나를 새롭게 발견하고 설렌다. 내일로 이어지는 힘을 얻는 순간이다.

탑 그림자 드리운 봄밤의 연극 무대

_김부용 〈부용상사곡〉 · 김윤아 〈야상곡〉

어둠이 짙게 내려앉은 밤, 수백 년의 시차를 둔 두 여인의 노랫소리가 묘하게 겹쳐 흐른다. 한 여인은 조선의 기생, 운초 김부용. 서른여섯 행 한시를 탑처럼 쌓아 올리며 18년의 기약 없는 그리움을 노래한다. 다른 한 여인은 "꽃잎 흩날리던 늦봄의 밤"에 아름다워서 더욱 사무치는 그리움을 읊조린다.

두 사람은 모두 '상사'라는 덧없는 감옥에 갇혀 있다. "천 리 밖 임 기다리느라 힘겹기만 한데 군자의 정은 어찌 이리 박한지" 울부짖던 김부용의 절규는 "이제나 오시려나, 나는 애만 태우네" 읊조리는 김윤아의 속삭임과 다르지 않다.

과연 이 애달픈 기다림은 해피 엔딩으로 이어질 수 있을까, 아니면 역사의 거대한 수레바퀴 아래 짓밟힌 채 무력하게 끝나버릴까? 시대를 뛰어넘어 사랑과 존엄을 쟁취하려 했던 두 여성의 치밀하고도 눈부신 '연극 무대'를 따라가 보자.

저 달 속에서 길이 울며 따라다니지 않게

대학 신입생 때 동아리 선배를 짝사랑했다. 선배에게 만나자는 손편지를 보내고 다방에서 무작정 기다렸다. 하지만 선배는 손편지에 써놓은 시간이 지나도 나타나지 않았다. 나는 선배를 기다리며 성냥개비로 탑을 쌓았다. 아슬아슬 쌓아올린 성냥개비 탑이 풀썩 무너져내리자 괜한 서러움에 눈물이 났다. 조금 더, 조금 더 기다렸다. 삐삐도 없던 시절인데, 늦게라도 선배가 왔다가 헛걸음할까 싶었다.

무심결에 창가에 놓인 화분의 식물 잎사귀를 똑똑 떼며 "온다" "안 온다" 읊조리다가 다방 종업원의 따가운 눈초리를 받아야 했다. 결국 선배는 모습을 보이지 않았고, 나는 누구에게인지 모를 육두문자를 뱉으며 집으로 돌아왔다. 일방적으로 사랑했고 대차게 차였다. 매몰차게 선배의 이름을 삭제하고 싶었지만 한동안 그러지 못했다. 가슴 저리는 흑역사다. 저주 섞인 상사곡이라도 한 편 써서 그 선배에게 보냈어야 했다.

서로 생각하고 그리워하는 마음을 담은 노래를 상사곡이라 한다. 서로 사랑하다가 갑작스레 이별하고, 기약 없이 기다리는 내용이 대부분이다. 남녀 간의 사랑을 다룬 작품은 만남의 기쁨 또는 이별의 슬픔을 노래한다. 따라서 제목을 '상사곡'으로 붙이지 않았더라도 사랑 이야기의 절반은 상사곡이다. 상사곡은 애절함과 절망감 등이 주된 정서다. 우리가 사랑했던 시절이 얼마나 행복했는지, 내가 당신을 아직 얼마나 사랑하는지, 돌아오면 얼마나 잘해줄 건지 구구절절 호소했다. 떠난 사람이 상사곡을 듣는다면 곧장 달려오도록 만들어야 했으니 상대방의 감정선을 자극하기 위해 최선을 다해 작품을 써내려 갔다. 그래서인지 상사곡은 문학적 완성도가 높은 절창이 많다. 부용이 쓴 상사곡도 그렇다.

운초 김부용의 정확한 생몰 연대는 알려져 있지 않다. 다만 여러 기록에 따르면 1800년경 또는 1810년경 출생했다고 한다. 어쨌거나 김부용은 그즈음 평안도 성천에서 태어났다.

그녀는 유학자 집안에서 태어났으나 부모가 일찍 세상을 뜨는 바람에 관기로 살아가게 되었다. 김부용은 일찍이 시문을 잘 짓고 미모가 빼어났다고 한다. 사람들은 그녀가 연꽃처럼 아름답다고 해서 '부용'이라 불렀다(조선시대에는 연꽃을 '부용'이라고 표현하기도 했다).

芙蓉花發滿地紅(부용화발만지홍)

人道芙蓉勝妾容(인도부용승첩용)

朝日妾從堤上過(조일첩종제상과)

如何人不看芙蓉(여하인불간부용)

부용화 활짝 피어 온 연못 붉게 물드니

사람들 일컬어 저 꽃이 내 얼굴보다 곱다 하네.

오늘 아침 내 잠시 제방 위를 지났더니

어찌하여 사람들은 꽃은 보지도 않네요.

위의 한시 〈희제(戱題)〉를 비롯해 김부용의 시편으로 미루어 보건대, 그녀는 성정이 당당하고 문학적 재능과 외모에 대한 자긍심이 높았다.

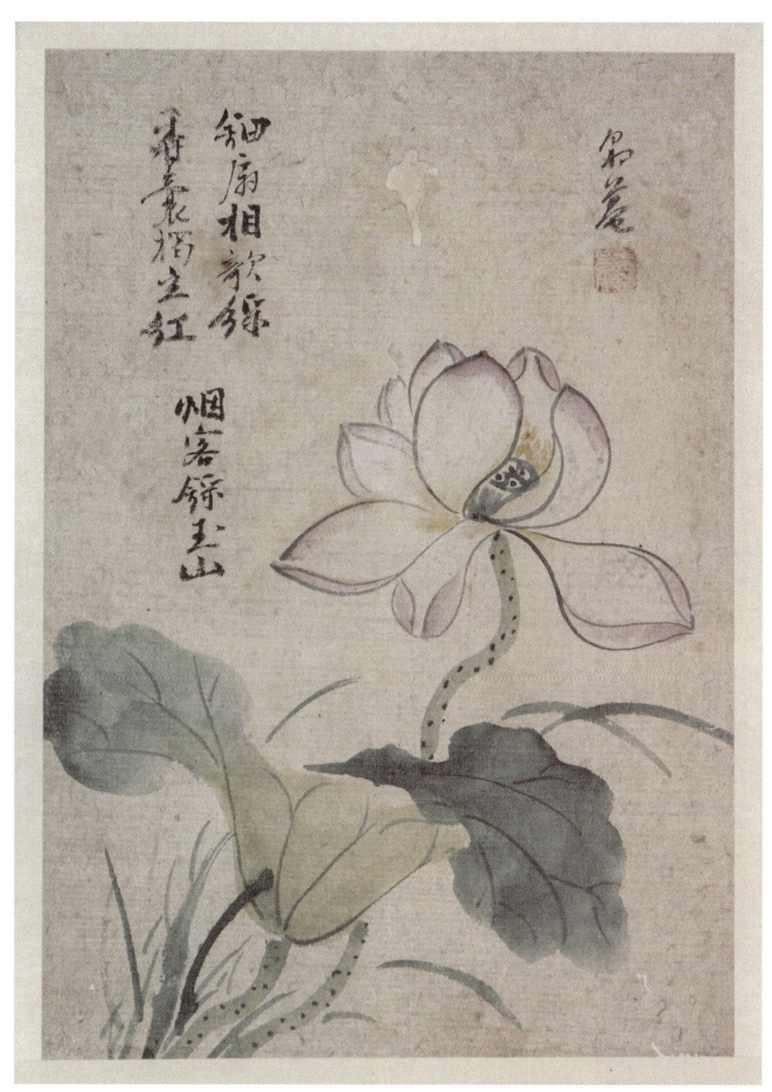

강세황_<연화도>, 국립중앙박물관 소장

수많은 사내가 그녀의 마음을 얻기 위해 찾아왔지만, 김부용은 유려하고 재기발랄한 시편으로 그들의 코를 납작하게 만들어주었다.

그러던 중 김부용은 1831년 대동강 연회에서 김이양(1755~1845년)을 만나게 된다. 김이양은 1795년(정조 19년)에 마흔 살 늦은 나이에 과거에 급제하였으며, 관직에 올라 토지 측량, 세금, 군사, 화폐 등 다양한 분야의 개선책을 모색했다. 두 사람이 처음 만날 때 나이가 김부용이 열일곱, 김이양이 일흔일곱으로 알려져 있다. 하지만 이에 따르면 두 사람의 전후 행적과 잘 들어맞지 않는다. 사실 두 사람이 그해에 대동강 연회에서 처음 만났는지도 불분명하다. 사료의 빈틈을 우리의 상상력으로 메우는 수밖에 없다. 그녀는 김이양의 인품과 문학적 성취를 익히 알고 있었고, 연회 자리에서 스스럼없이 그에게 구애한다. 김이양은 처음에는 늙은 나이를 핑계로 거절했으나, 결국 김부용의 재능에 탄복하며 아끼고 사랑하게 됐다고 한다. 큰 나이 차를 뛰어넘는 사랑이 시작된 것이다. 둘은 시편을 주고받으며 서로에 대해 신뢰와 존경을 쌓아갔다.

그러다가 김이양은 조정의 부름을 받아 한양으로 돌아가야 했다. 어쩔 수 없이 이별하게 되자, 김이양은 부용을 기적(妓籍)에서 빼내어주었다. 그리고는 훗날을 기약하며 혼자서 떠나갔다. 한양에 도착하면 기별을 넣겠다던 김이양은, 그러나 몇 날, 몇 달, 몇 해가 가도 소식이 없었다. 부용은 김이양을 기다리고 또 기다렸다. 때론 잊히지 않았나 싶어 의심하고, 때론 그리움에 휩싸여 뜬눈으로 밤을 새웠다. 하지만 자신이 선택한 사내에 대한 믿음을 꺾지 않았다. 그 세월이 무려 18년이다. 그 인고의 시간을 함축해 쓴 시가 바로 〈부용상사곡〉이다.

別(별)

思(사)

路遠(노원)

信遲(신지)

念在彼(염재피)

身留玆(신류자)

紗巾有淚(사건유루)

雁書無期(안서무기)

香閣鍾鳴夜(향각종명야)

鍊亭月上時(연정월상시)

依孤枕驚殘夢(의고침경잔몽)

望歸雲悵遠離(망귀운창원리)

日待佳期愁屈指(일대가기수굴지)

晨開情札泣支頤(신개정찰읍지이)

容貌憔悴把鏡下淚(용모초췌파경하루)

歌聲嗚咽對人含悲(가성명인대인함비)

揮銀刀斷弱腸非難事(체은도단약장비난사)

攝珠履送遠眸更多疑(섭주리송원모경다의)

朝遠望暮遠望郎何無信(조원망모원망랑하무신)

昨不來今不來妾獨見欺(작불래금불래첩독견기)

浿江成平陸後鞭馬尙過否(패강성평륙후편마상과부)

長林變大海初乘船欲渡之(장림변대해초승선욕도지)

見時少別時多世情無人可測(견시소별시다세정무인가측)

好緣短惡緣長天意有誰能知(호연단악연장천의유수능지)

一片香雲楚臺野神女之夢在某(일편향운초대야신여지몽재모)

數聲良策奈樓月弄玉之情屬誰(수성양생내루월롱옥지정속수)

慾望難望江登浮碧樓可惜紅顏老(욕망난망강등부벽루가석홍안로)

不思自思作奇牧丹峰每歎綠發衰(불사자사사의모란봉매탄록발쇠)

獨宿空房下淚如雨三生佳約寧有變(독수공방하루여우삼생가약녕유변)

孤處香閨頭雖欲雪百年情心自不移(고처향규두수욕설백년정심자불이)

罷春夢開竹窓迎花柳小年總是無情客

(파춘몽개죽창영화류소년총시무정객)

推玉枕攬香依送歌舞者類莫非可憎兒

(추옥침람향의송가무자류막비가증아)

千里待人難待人難甚矣君子薄情豈如是

(천리대인난대인난심의군자박정기여시)

三時出門望出門望悲哉賤妾苦懷果何其

(삼시출문망출문망비재천첩고회과하기)

惟願寬仁大丈夫決意渡江舊緣燭下欣相對

(유원관인대장부결의도강구연촉하흔상대)

勿使軟弱兒女子含淚歸泉孤魂月中泣相隨

(물사연약아여자함루귀천고혼월중읍장수)

이별

그리움

가야 할 길은 멀고

소식 전할 글월은 더디기만 하오.

마음은 오직 임 계신 곳에 가 있건만

이 몸은 이곳에 외로이 매여 있나이다.

비단 손수건은 눈물에 젖어 흥건하고

다시 만날 기약조차 없으니 서러워라.

사찰 종소리 애달피 울려 퍼지는 이 밤

연광정 위로 저 달은 무심히도 차갑게 떠오르네요.

외로이 잠 못 이루다 잠결에 놀라 황망히 깨어나니

하늘 오가는 구름조차 먼 곳으로 떠난 임이 사무치네.

재회할 날이 언제일까 날마다 손꼽아 기다리다 지쳐서

새벽이면 임의 편지 보며 턱 괸 채 하염없이 통곡하네요.

수척해진 얼굴로 거울을 보니 눈가에 피눈물 흐르고

목소리조차 흐느낌이 되니 기다림에 속이 타들어 가네요.

은장도를 뽑아 애끊는 이 목숨 끊어내기야 어렵지 않으나

비단신 끌며 먼 하늘 바라보니 임 향한 의심만 깊어갑니다.

어제도 오늘도 소식 없으니, 임은 어찌 이리도 정이 없나요.

아침저녁으로 먼 곳만 바라보나니, 저만 홀로 속고 있는가요.

대동강 물 다 말라 맨땅이 되면 비로소 말을 타고 오려나요.

우거진 숲이 망망대해로 변하면 그제야 배를 저어 오려나요.

만남은 적고 이별은 이리도 기니 깊은 정을 뉘라서 헤아리며

나쁜 인연 질기고 좋은 인연 짧으니 하늘 뜻을 누가 알까요.

무산에 안개 자욱하니, 어느 여인과 꿈속 사랑을 나누시나요.

달 아래 피리 소리 멎으니, 어느 여자와 정을 나누시나요.

잊기 어려워 부벽루에 오르니, 고운 얼굴만 속절없이 늙었고

생각 말자 다짐하며 모란봉에 오르니, 검은 머리만 희어졌네요.

홀로 빈방에 누우니 눈물이 쏟아지지만, 세 번의 생을 약속한

가약이 어찌 변하겠으며

검은 머리 눈처럼 하얗게 세어도 백 년을 지켜온 일편단심이야

어찌 바꿀 수 있을까요.

봄 잠에서 깨어 창밖 꽃과 버들을 맞아보아도, 내게는 모두 정

한 자락 없는 나그네일 뿐

향기 나는 옷 입고 춤도 취보았으나, 눈앞에 마주하는 사내들

가증스럽고 밉기만 합니다.

천 리 밖 임을 기다리기 이토록 처절하니, 지체 높은 남자의 박

정함은 어찌 이리도 심할까요.

때마다 문밖에 나가 멀리 바라보는 가련한 여인의 애처로운 속

마음은 과연 어떠할까요.

오직 바라건대 너그러운 대장부여, 부디 결심하고 강을 건너와

옛 인연 촛불 아래 기쁘게 맞아주세요.

연약한 아녀자가 슬픔 머금고 저승의 객이 되어, 저 달 속에서

길이 울며 임을 따라다니지 않게 해주세요.

〈부용상사곡〉은 2행마다 한 글자씩 추가해서 탑처럼 쌓아올린 36행 보탑시(寶塔詩)이다. 보탑시는 글자 수를 일정한 모양에 따라 배치하여 쓴 시로, 한시의 정형화된 형식을 벗어난 잡체시(雜體詩)의 한 종류다. 층을 이룬 형태라고 해서 층시(層詩)라고도 하며, 세모, 마름모, 방사형 등 그 형태가 다양하다.

부용이 시어를 한 자 한 자 탑 모양으로 쌓아올린 이유는 명확하다. 그이는 탑 둘레를 돌며 사랑하는 이와 재회하기를 기도하는 중이다. 보통 잡체시는 형태적 유희를 추구하느라 내용이 억지스럽거나 말장난에 그치는 경우가 많다. 하지만 〈부용상사곡〉은 내용이 촘촘하고 치밀하다. 그야말로 형식과 내용의 완벽한 조화다.

이 시에 쓴 첫 글자는 헤어짐을 뜻하는 '나눌 별(別)', 그리고 두 번째 글자는 '생각 사(思)'다. '별'을 적은 다음 '사'로 2층 탑을 쌓기까지 어느 정도의 시간이 경과했는지 알 수 없다. 하지만 마지막 36행까지 완성하는 데까지 몇 달은 족히 걸렸을 것이다. 문학적 재능이 넘치는 그이라도 시어를 수없이 고르고 고르느라 뜬눈으로 밤을 지세웠을 테고, 서러운 감정의 너울에 휩쓸려 수없이 무너졌다가 겨우 몸을 수습하고 다시 시를 이어갔을 것이다.

더욱이 소름 돋는 것은 '별'과 '사'로 시작한 넋두리의 탑을 떠받치고 있는 마지막 35·36행이 바로 18글자라는 점이다. 18년간의 기다림이 흔들리지 않는 이유가 시각적으로도 분명히 드러나면서 그 밀도가 고스란히 느껴진다. 그리움의 노래이면서 그림이기도 한 멋진 시화전을 관람한 기분까지 든다.

부용은 '은장도로 목숨 끊어내기 어렵지 않으나', 그보다 먼저 김이양의 마음과 현재 상태를 알고 싶어 한다. 기별을 넣는다는 약속을 잊었는지, 다른 여인을 만나서 정을 나누고 있는지 의심한다. 하지만, "검은 머리 눈처럼 하얗게 세어도" 굳은 마음은 변치 않을 거라고 다짐한다. 그리고 "연약한 아녀자가 슬픔 머금고 저승의 객이 되어 저 달 속에서 길이 울며 임을 따라다니지 않게" 돌아와 달라고 애원한다.

부용은 이 상사곡을 김이양한테 보냈을 것이다. 자긍심 넘치던 그녀가 선택한 사내다. 그 사내가 변심했는지, 왜 기별이 없는지 어떻게든 확인하려 했을 것이다. 비록 멀리서 하염없이 기다려야 하지만, 최소한 김이양이 그런 그녀의 처지를 반드시 알아야 한다고 생각했을 것이다.

여기에서 드는 한 가지 의문. 김이양은 왜 오랜 기간 부용을 데리러 오지 않았을까?

김이양은 안동 김씨 세도가 출신 인물이었다. 영조와 정조의 탕평책으로 붕당이 힘을 잃은 이후, 어린 순조가 왕위에 오르자 안동 김씨 세력은 조정의 주요 관직을 꿰차고 권력을 독점한다. 이 시기 김이양은 빠르게 요직을 거치며, 헌릉 벌목 사건으로 한 차례 관직을 박탈당한 2년여를 빼고는 승승장구한다. 나는 세도 떨어뜨릴 권력의 핵심 인물이 마음만 먹었다면 부용을 소실로 데려오는 건 식은 죽 먹기였다. 벼슬아치가 첩을 들이는 게 공공연하게 허용되던 때다. 그런데도 김이양은 부용을 불러들이지 않았다.

한양으로 간 김이양이 권력 다툼의 소용돌이에 휘말려 부용을 부를 여유가 없었을 수도 있다. 정치는 아주 자그마한 빈틈도 허락하지 않는다. 아무리 권력을 움켜쥐고 있어도 불안하고 위태로움을 느낀다. 안동 김씨 세력은 권력을 지키기 위해 노심초사하며 상대 세력을 감시하고 몰아냈을 것이다. 그런 시기에 한가로이 후실을 들이는 건 사치였을지도 모른다.

또한 김이양이 정실 부인의 마음을 헤아렸을 가능성도 있다. 김이양은 안동 김씨 가문 출신이기는 했지만, 세도정치 시기의 주요 사건 일지에 그 이름이 거의 등장하지 않는다. 김이양은 학문의 깊이와 문학적 성취가 뛰어나고 풍류를 즐기는 호인으로 평가받는 편이었다. 김이양이 선비로서 품위를 지키려 했다면 정실 부인을 두고 첩을 들이기를 주저했을 수도 있다.

어느 쪽이든, 김이양이 18년 동안 부용을 데려오지 못한 것은 당대 신분제와 정치적 현실이라는 거대한 장벽 때문이었을 것이다. 그럼에도 그가 부용을 잊지 않았다는 것만은 분명해 보인다.

김이양은 일흔하나 되던 1826년에 관직에서 물러난 뒤(김이양의 정실 부인도 이즈음에 세상을 떴다고 한다), 한강이 내려다보이는 남산 기슭에 녹천정이라는 별서를 짓는다. 그런 다음 1831년에 부용을 불러들여 소실로 앉힌다.

18년 동안 김이양을 믿고 기다린 부용도 대단하고, 18년이 지난 뒤에도 부용을 잊지 않고 불러들인 김이양도 대단하다. 이후 부용은 녹천정에서 머물며 김이양과 오래 묵혀두었던 정을 나누었으며, 나아가 당대의 문인들과 교류한다. 김이양의 뒷배 때문이기도 하겠지만, 녹천정은 문학과 예술을 대표하는 명소로 자리 잡는다.

1845년(헌종10년) 김이양은 90세 천수를 누리고 세상을 떠났다. 부용은 외부와의 인연을 끊고, 방에 고인의 제단을 모시고 명복을 빌었다고 한다. 몇 해 뒤, 녹천정에서 홀로 지내던 그녀도 눈을 감았다. 그녀는 김이양의 무덤 근처에 묻어달라고 유언을 남긴다.

김이양은 어땠을지 몰라도, 부용의 김이양에 대한 사랑은 일관되고 뜨거웠다. 부용은 왜 하필 김이양을 평생토록 사랑했을까? 부용이 보기에 세상 사내들은 죄다 젠체하거나 점잖은 척했다. 하지만 부용을 만나는 순간 모두 가면이 벗겨지고 지질하고 비루한 본색이 드러났다. 그들은 부용의 노래와 춤과 시편에 빠져 허우적댔다. 부용은 그 많은 사내들이 시시해졌다. 사내란 다 그렇고 그런 속물이라고 생각하던 부용 앞에 김이양이 나타났다. 김이양은 부용의 치마폭에 휘둘려 비굴해지지 않았고, 무엇보다 문학적·학문적 성취가 드높았다. 부용은 시들었던 꽃잎을 다시 피워올리며 평생토록 사랑을 불태운다.

여기까지가 부용과 김이양의 사랑에 대한 일반적인 해석이다. 사람들은 신분과 나이를 뛰어넘은, 아가페적인 사랑을 완성한, 빼어난 여성 시인이라 칭송한다. 하지만 이런 해석은 왠지 부용을 박제해서 진열대 안에 가둔 느낌이다. 뭔가 아쉽고 미적지근하다.

혹시 부용이 김이양을 전략적으로 선택했을 가능성은 없을까? 관기는 화려한 옷을 입고 주로 양반들을 상대했지만, 엄연히 천민이었다. 각박한 신분사회에서 대다수 관기는 죽을 때까지 천민으로 살아야 했다. 단, 나라에서 특별한 공로를 인정하거나, 고위직 벼슬아치가 추천하면 천민 신분을 벗어날 수 있었다.

부용의 식견이라면 조선 조정의 정세와 김이양의 출신성분을 알고 있었을 것이다. 부용이 신분을 극복하고 한양의 문인들과 어느 정도 대등하게 교류하려면, 김이양만 한 조력자가 없었다. 부용은 특유의 미색과 재능으로 김이양의 마음을 사로잡았다. 두 사람이 헤어질 때 김이양은 부용을 기적에서 빼주었다. 하지만 부용에게 그것만으로는 충분하지 않았다. 김이양이 자신을 한양으로 불러들여 소실로 앉혀주어야 제대로 꿈을 이룰 수 있었다.

〈부용상사곡〉은 김이양에게 보내는 사랑의 노래인 동시에, 자신의 존재를 각인시키려는 시도일 수도 있다. 물론 한 사내에 대한 사랑의 감정이 없지 않으나, 그에 더하여 자신의 꿈과 열망에 대한 사랑으로 확장해서 해석할 여지가 있다.

오랜 기다림 끝에 부용은 기어이 자신의 꿈을 이루었다. 부용은 조선시대에 자신의 재능과 의지로 신분을 극복한 거의 유일한 관기였다. 나아가 자신의 이름이 붙은 작품집을 남긴 몇 안 되는 여성 문인이다. 유고 시문집 《운초당시고(부용집)》에는 부용의 빼어난 시편이 알알이 맺혀 있다. 부용이 일개 관기 신분으로 생을 마감했다면 그 주옥같은 작품들은 어쩌면 모두 잊혔을 것이다. 부용을 조선시대 여성상의 틀 안에서 해방시키는 작업은, 오늘날 우리 사회에서 여성의 지위와 역할을 고려할 때도 시사하는 바가 크다.

계절이 다 가도록 나는 애만 태우네

야상곡을 '세레나데'라고도 한다. '저녁 음악'이라는 뜻을 지닌 세레나데
는 18세기 중반까지 '사랑하는 이의 창가에서 바치는 노래'를 의미했다.
으슥한 저녁, 사내는 사랑하는 여인의 창가에서 "창문을 열어다오" 하
며 구애의 노래를 불렀다. 이후 세레나데는 점차 음악적 장르로 발전했
으며, 한때는 귀족들의 저녁 파티를 위한 연회 음악으로 연주되곤 했다.
오늘날에는 밤의 정취를 담은 몽환적이고 서정적인 곡을 말한다.

　　김윤아는 록 밴드 자우림의 리더이다. '자줏빛 비가 내리는 숲'이라
는 뜻의 자우림은 1997년 데뷔한 후 최근까지 똑같은 멤버로 활동을 이
어온 록 밴드이다. 자우림의 장수 비결은 단연 김윤아다. 그녀는 왕성한
작사·작곡가이자 다양한 음악 장르를 독보적인 음색으로 소화하는 가
수이다.

　　김윤아는 자우림 활동을 하면서 틈틈이 솔로 앨범도 내놓는다. 다채
로운 밴드 음악 활동을 하면서도, 그것으로도 부족한지 음악적 영감을
솔로 앨범으로 분출한다. 김윤아는 《우먼센스》와의 인터뷰에서 "제가
경험하는 모든 일이 음악의 영감이 돼요. 그런 차원에서 접근하면 영감
은 어디에나 있다고 볼 수 있죠. 이는 음악에 국한된 이야기는 아니에
요. 우리가 하는 모든 행동은 자신의 인생에 의미를 부여하기 위한 일들
이에요. 성공하고 싶은 마음, 사랑하고 싶은 마음, 이해받고 싶은 마음
등 모든 것이 결국 내가 존재하는 의미를 찾기 위해 생겨나는 것들이죠"
라고 고백한다.

이에 따르자면, 김윤아의 일상은 모두 음악으로 이루어져 있다. 밥을 먹고 잠을 자고 사람들을 만나고 딴생각에 잠겨 있다가, 그 모든 상황이 오선지에 그려진다. 그 자연 발화는 특정한 음악적 장르로 고정되지 않으며, 그 자리 그 순간의 온도와 분위기에 따라 변화한다. 그녀의 음악 여정은 장르의 경계를 허무는 실험의 연속이었다. 그녀의 목소리는 단순히 아름답기만 한 것이 아니라, 노랫말이 지닌 정서를 섬세하게 건드린다. 그녀가 솔로 작업을 통해 보여준 음악적 스펙트럼은 자우림의 록 기반 사운드와는 또 다른 전경이었다.

솔로 앨범 《유리가면》(2004년)은 그녀의 또 다른 음악적 면모와 재능을 드러낸 앨범으로 평가받는다. 이 앨범에서 김윤아는 서양 악기 편성에 한국적 정서를 입히는 독특한 실험을 선보였다. 〈야상곡〉은 이 앨범에 담겨 있다. 그녀는 기다림의 시간을 음악으로 어떻게 표현할 수 있을지 고민하며 〈야상곡〉을 만들었다고 밝혔다. 이 곡의 음악적 구조를 들여다보면, 그 고민의 흔적이 고스란히 드러난다.

곡은 느린 템포의 피아노 독주로 시작된다. 이 피아노 선율은 시계추처럼 일정한 박자를 유지하며 반복된다. 시간은 흘러가지만 아무것도 변하지 않는, 기다리는 사람의 심리적 시간이 피아노의 반복 속에 응축된다. 김윤아의 보컬이 들어오는 순간, 피아노는 한층 더 절제된다. 그녀의 목소리는 떨림 없이 담담하게 가사를 전달하지만, 그 담담함 속에 깊은 슬픔이 가라앉아 있다. 격정적으로 감정을 쏟아내기보다 감정을 최대한 억누르면서 그 무게를 더 깊이 전달하는 방식이다.

바람이 부는 것은 더운 내 맘 삭혀주려

계절이 다 가도록 나는 애만 태우네

꽃잎 흩날리던 늦봄의 밤

아직 남은 임의 향기

이제나 오시려나, 나는 애만 태우네

애달피 지는 저 꽃잎처럼

속절없는 늦봄의 밤

이제나 오시려나, 나는 애만 태우네

이 곡의 시간적 배경은 "꽃잎 흩날리던 늦봄의 밤"이다. 모든 생명이 움트고 모두가 사랑의 온도로 한껏 달아오른 봄밤에 떠나간 옛 임을 떠올려야 하다니, 너무 잔인하다. 노랫말 속 화자는 떠나간 임을 그리며 속절없이 애만 태운다. 여기에서 기다림과 애태움은 우리 고유의 한 정서와 맞닿아 있다. 더불어 피아노로 연주되는 선율도 한국 전통음악의 계면조(界面調, 판소리나 민요에서 슬프고 애절한 정서를 표현할 때 사용되는 선법)와 유사한 구조를 갖고 있다. 그래서일까. 〈야상곡〉은 서양의 음계와 악기를 사용했지만 동양적 음률이 기저에 흐르는 느낌이다. 일전에 〈야상곡〉 가야금 연주 버전을 들었는데, 원래 가야금 연주용 곡이라고 해도 무방할 만큼 어울렸다.

또한 "이제나 오시려나"라는 반복구는 판소리의 아니리(가락을 붙이지 않고 이야기하듯 엮어나가는 사설)를 연상시킨다. 같은 구절이 반복되면서 기다림의 지루함과 간절함이 증폭된다. 그리고 이 반복은 음악적으로도 효과적이다. 멜로디가 거의 변하지 않은 채 같은 가사가 반복되면서, 듣는 이는 시간이 정지된 듯한 착각에 빠진다.

이렇게 〈야상곡〉은 서양 클래식의 야상곡 형식을 빌려왔지만, 그 안을 채우는 것은 한국 전통음악의 정서이다. 여기에 더해 국악에서 음을 미세하게 흔들거나 끌어올리며 감정을 표현하는 기법인 시김새(국악에서 음정을 미세하게 변화시키면서 감정을 표현하는 기법)가 김윤아의 보컬에서 자연스럽게 배어나와 화룡점정을 찍는다.

누군가는 이 지점에서 〈야상곡〉 속 여성 화자의 캐릭터가 너무 정형적이고 진부하게 느껴질 듯하다. 자우림은 발랄하고 경쾌하게 기성 질서에 딴지를 걸던 록 밴드이다. '마법의 양탄자를 타고 하늘을 날고' '머리에 꽃을 달고 미친 척 춤을 추자'고 노래하던 그녀는 왜 솔로 앨범에서 이처럼 고전적인 음률로 기다림의 정서를 정적이고 구슬프게 노래했을까?

이런 반응은 김윤아를 너무 단선적으로 해석한 탓이다. 김윤아는 《유리가면》 앨범 발매 당시 "각각의 노래를 일인극으로 생각했다"고 말했다. 이에 따르면 〈야상곡〉은 하나의 연극 무대다. 김윤아는 '기다리는 여인' 배역을 맡아 창가에 쓸쓸히 앉아 최소한의 몸짓으로 연기한다. 그녀는 연인이 왜 떠났는지 알지 못한다. 혹시 봄꽃을 보고 자신을 떠올리지나 않을까 기대하지만, 늦봄까지 기별이 없다. 달빛이 비치고 봄꽃 그림자가 드리우는 이 무대에서, 사실 진짜 주인공은 봄밤 그 자체다.

〈야상곡〉 이후, 봄밤은 우리에게 그저 정겹고 아늑한 정서로만 다가오지 않는다. 〈야상곡〉의 봄밤에 대한 해석은 같은 앨범에 실린 〈봄이 오면〉에서 더욱 그 색채가 뚜렷해진다.

> 봄이 오면
>
> 하얗게 핀 꽃 들녘으로
>
> 당신과 나 단둘이
>
> 봄 맞으러 가야지
>
> 바구니엔 앵두와 풀꽃 가득 담아
>
> 하얗고 붉은 향기 가득
>
> 봄 맞으러 가야지

〈봄이 오면〉의 노랫말은 얼핏 보면 온통 꽃향기로 가득하다. 화자는 봄이 오면 "바구니엔 앵두와 풀꽃 가득 담아" 당신과 나들이 가기를 소망한다. 그런데 문제는 아직 봄이 오지 않았다는 점이다. 화자는 봄이 언제 올지 알지 못한다. 다만 연인과 함께 맞이할 봄을 애타게 기다릴 뿐. 이 기다림의 정서는 느리고 암울한 곡조와 어울려 가슴을 아리게 한다. 찬란한 봄날이 백색 고독의 계절로 탈바꿈하는 순간이다.

김윤아는 스스로 연출한 연극 무대에서 주인공이 되어, 전혀 다른 봄 이야기를 들려준다. 놀라우리만치 고고한 자태를 뽐내는 그녀는 절제된 몸짓과 표정과 대사로 기꺼이 미장센의 일부가 된다. 그리고는 우리에게 새로운 정서로 채워진 봄을 선물해준다.

그러고 보니 앨범 제목 《유리가면》이 새삼스럽게 다가온다. 그녀는 가면을 쓰고 배우가 되어 무대에 오른다. 그런데 그 가면은 유리로 만들어져서 속이 훤히 들여다보인다. 가면을 쓰고 연기하고 있지만, 사실 그 배우는 현실의 자신과 다르지 않다. 그녀 안의 봄을 불러내어 연극 무대에 펼쳐 보인 것이다. 그녀의 치밀한 연출과 농밀한 연기는 관객에게 정서적 공감대를 이끌어냈다. 꽃이 만개한 봄날에, 벚꽃 흐드러진 봄밤에 사람들은 이제 그녀의 노래를 흥얼거린다. 그래야 봄을 좀 더 풍성하게 맞이할 수 있다는 사실을 깨달은 것이다.

김윤아는 〈야상곡〉과 〈봄이 오면〉을 통해 봄이라는 계절에 전혀 새로운 의미를 부여했다. 봄은 더 이상 단순히 꽃이 피고 생명이 약동하는 계절이 아니다. 기다림과 그리움, 이별과 고독이 공존하는 복합적인 정서의 공간이 되었다.

김윤아의 전략을 제대로 이어받은 작품이 있다. tvN 드라마 〈미스터 선샤인〉이다. 2018년 방영된 주말 드라마로, 1900년부터 1907년까지 대한제국 시대 의병 이야기를 다룬 작품이다. 일제가 노골적으로 야욕을 드러낸 시기라니, 출발부터 암울하고 화가 치민다. 1871년 신미양요 때 미군 군함에 실려간 한 소년은 미국 군인 '유진 초이'가 되어 자신을 버린 조선으로 돌아온다. 고애신은 명문가에서 태어났으며, 독립군으로 활약하다 비명횡사한 부모의 원수를 갚기 위해, 그리고 독립을 위해 싸운다. 고애신에게는 열다섯 살 때 어른들끼리의 약속으로 약혼한 정혼자가 있다. 하지만 정혼자는 일본으로 유학을 떠나 10여 년간 모습을 보이지 않았고 그녀는 혼기가 한참 지난 스물아홉 살이다. 그런 그녀 앞에 조선과 미국 어디에도 발붙일 데 없는 이방인 유진 초이가 나타났으며, 둘은 운명처럼 사랑에 빠진다.

〈미스터 선샤인〉 영상은 작가의 감칠맛 나는 대사와 어울려 유려하고도 감미롭다. 그중에서도 고애신과 유진 초이가 사랑의 감정을 나누는 장면들은 오래도록 기억될 만큼 눈부시다. 햇살 부서지는 강가에서의 뱃놀이 장면, 눈이 풀풀 내리는 한성 거리에서 서로를 향한 안타까운 마음을 드러내지 못하고 물러서는 장면 등은 그야말로 한 폭의 그림이다. 유튜브에서는 〈야상곡〉을 배경음악으로 삼은 드라마 영상 편집본이 큰 호응을 얻기도 했다. 비극적 결말을 예감하는 분위기를 자아내기에 더없이 잘 어울린다. 사람들이 〈미스터 선샤인〉에 실제 배경음악으로 〈야상곡〉이 쓰였다고 착각할 정도다. '서러운 봄날'의 정서가 영상으로 재현되는 순간이었다.

이 지점에서 김윤아와 김부용은 교집합을 이룬다. 두 사람의 사랑과 기다림은 애절하고 처연하다. 하지만 결코 그 정서에 매몰되거나 자기 혐오에 빠지지 않는다. 대신 자신의 처지를 극대화해서 보여줄 연극 무대를 치밀하게 꾸미고, 스스로 그 무대의 주인공이 된다. 주인공은 가면을 쓰고 연기하지만, 현실의 자신을 투영했다는 사실을 굳이 감추지 않는다. 두 사람은 관객의 공감대를 이끌어내는 데 도가 튼 배우들이다. 두 배우의 필살기는 바로 자신을 객관화해서 숨김없이 드러내는 메소드 연기이다.

고혹적인 자태로 무대에 올라 연기하는 그녀들의 이야기에 귀 기울여보자. 시로 탑을 쌓은 김부용의 보탑시 〈부용상사곡〉과 드라마 〈미스터 선샤인〉의 연인은 신분 차이, 혹은 나이 차이로 서로 떨어져 기약 없이 기다린다. 두 작품의 차이점은 사랑 이야기의 결말이다. 〈부용상사곡〉의 실존 인물 김부용과 김이양의 러브스토리는 해피 엔딩이다. 반면에 김윤아의 〈야상곡〉이 표현하는 기다림의 이야기는 새드 엔딩이다.

그리고 바로 여기가 흥미롭다. 같은 기다림인데, 한쪽은 끝내 손을 잡았고, 다른 한쪽은 역사라는 장벽 앞에서 손을 놓아야 했다. 부용의 노래가 '기다림의 힘'을 증명한다면, 김윤아의 〈야상곡〉은 '기다림의 무력함'을 드러낸다. 그래서 두 작품은 마주 보며 빛난다. 하나는 "그래도 끝내 닿을 수 있다"고 말하고, 다른 하나는 "닿을 수 없는 순간도 있다"고 말한다. 그렇기에 두 노래는 사랑의 양면을 함께 보여주는 거울처럼 느껴진다.

김부용은 18년의 상사를 서른여섯 행의 한시 탑으로 쌓아 올렸다. 그 탑은 그녀의 굳건한 정신의 성이었으며, 낭군에 대한 순정을 세상에 증명하는 유일한 무대였다. 김윤아의 노래 역시 마찬가지다. 〈야상곡〉의 가사 한 줄, 음표 하나는 아름다운 봄밤과 기다림의 애틋함을 대비해서 정교하게 보여주었다.

수백 년의 시간 속에서, 운초 김부용의 서러운 눈물이 강물처럼 흘러 김윤아의 깊은 밤 호수에 닿았다. 그 호수는 슬픔을 머금은 채 밤하늘을 비추며, 기다림의 시간이 곧 자아를 완성하는 시간과 다르지 않음을 조용히 속삭인다. 김부용의 시 탑은 한 글자 한 글자 쌓아 올리는 동안 무너지지 않았다. 18년의 세월이 그 탑을 흔들었을 때도 그녀는 무너지지 않았다. 김윤아의 멜로디는 한 음 한 음 이어지는 동안 끊어지지 않았다. 늦봄의 꽃잎이 모두 떨어져도 그 노래는 사라지지 않았다.

우리는 모두 무언가를 기다리며 산다. 사랑하는 사람을, 이루어질 꿈을, 돌아올 계절을. 그 기다림이 때로는 김부용처럼 결실을 맺을 수도 있고, 때로는 김윤아의 노래처럼 이루어지지 않을 수도 있다. 하지만 중요한 것은, 기다리는 동안 우리가 무엇을 쌓아 올리는가이다. 우리의 삶 역시 끝이 보이지 않는 기다림의 연속일지 모른다. 하지만 사랑했던 기억, 지키고자 했던 존엄, 그리고 고통 속에서 묵묵히 쌓아 올린 나만의 탑이 있다면, 우리는 결코 무너지지 않을 것이다.

결국 이 모든 애달픈 상사는, 비극적 운명 속에서도 만개를 멈추지 않은 두 여인의 가슴 시린 꽃잎이며, 역사를 거슬러 영원히 울려 퍼질 운명적인 서사이다. 오늘 밤, 김윤아의 〈야상곡〉이 더 가슴 깊이 애절하게 파고드는 것은 깊어가는 계절 탓만은 아닌 듯싶다.

떠나간 아내가 사무치게 그리운 시간

_김정희 〈도망시〉 · 임재범 〈내가 견뎌온 날들〉

사랑이 떠난 자리는 언제나 예술이 피어난다. 그리움은 인간이 감당할 수 있는 감정의 끝이자, 예술이 태어나는 첫 진동이다. 조선의 학자 김정희는 귀양지에서 붓으로, 현대의 가수 임재범은 무대 위에서 목소리로 떠나간 아내를 노래했다. 한시와 노래, 시대와 언어는 달랐지만 두 사람의 울음에는 '사랑을 잃은 자의 목소리'라는 공통된 리듬이 있다.

김정희에게 글은 기도가 되었고, 임재범에게 노래는 고해가 되었다. 시간의 간극을 넘어 두 남자의 '도망시'는 오늘의 우리에게 묻는다. 사랑은 잃은 후, 우리는 어떻게 해야 살아갈 수 있는가? 그 질문에 대한 두 예술가의 응답을 따라가 보자.

나 죽고 그대는 살아 그대가 나의 슬픔을 알게 할까

추사 김정희(1786~1856년)는 어릴 적 실학 계열의 북학파 학자 박제가의 가르침을 받았으며, 1809년 과거에 급제하여 관직에 올랐다. 이듬해에 아버지 김노경이 청나라 사신으로 떠날 때 동행한다. 청나라에서 60여 일을 머무르면서 당대의 학자들과 교류한 김정희는 고증학(금석학)과 실사구시론을 접한다. 이 경험을 바탕으로 김정희는 북학파 실학자로서 정체성을 세웠고, 고증학·문자학·경학 분야의 대학자이자 추사체라는 독보적인 글씨체를 확립한 서예가로 이름을 알렸다.

이처럼 조선 후기 학문과 문예의 고산준령으로 평가되지만, 사실 김정희의 생애는 순탄하지 않았다. 아버지 김노경은 순조 때 중용되기 시작했으며 익종의 대리청정 시기에 조정의 핵심 관료로 활약했다. 하지만 순조와 익종의 왕권 강화를 위한 노력은 외척 세력의 파고를 넘지 못하고 좌초한다. 1830년, 김노경은 윤상도의 상소문 사건을 획책한 배후 인물로 지목되어 유배형(절도안치)을 당한다. 그로부터 10년이 지난 1840년(헌종 6년), 대사헌 김홍근은 윤상도 사건을 다시 끄집어내 재심의한다. 이 과정에서 상소문의 내용을 기초한 사람이 김정희라는 증언이 나왔고, 이에 따라 김정희는 제주 대정현으로 유배를 간다. 유배형 중에서도 죄인이 사는 집 주변에 울타리를 두르고, 울타리 밖으로 나오지 못하게 하는 위리안치 형벌이었다. 그의 나이 쉰다섯 살 때였다.

김정희 집안은 유서 깊은 경주 김씨이며, 11촌 대고모는 순조가 어린 나이로 즉위할 때 수렴청정한 영조의 계비 정순왕후다. 뼛속까지 금수

저인 그에게 제주도 유배 생활은 감당하기 힘든 형벌이었을 것이다. 당시 제주도는 함경도와 더불어 가장 험준한 유배지로 손꼽혔다. 제주도를 오가는 뱃길에서 풍랑을 만나는 날에는 불귀의 객이 되기 십상이었다. 무사히 도착하더라도 제주도는 육지 사람이 적응할 수 없을 만큼 궁핍하고 험난했다. 소금기와 습기를 머금은 바람이 하루 종일 매섭게 들이닥쳤고, 척박한 땅은 푸성귀 하나 제대로 길러내지 못했다. 김정희에게 무엇보다 힘겨운 건 외로움이었을 것이다. 학문을 쌓을 책도 턱없이 부족하고, 문예를 교류할 친구는커녕 외로움을 달래줄 말동무조차 없었다.

긴 고독과 절망의 시간을 버티게 한 건 아내 예안 이씨의 내조 덕분이었다. 김정희는 유배지에서 아내에게 틈나는 대로 편지를 써 보냈다.

반 척이나 되는 지네와 손바닥만 한 거미들이 배개와 이불 위를 횡행하는가 하면, 처마에서는 새끼 가진 참새가 날마다 뱀을 경계하여 지저귀고 혀에 난 종기와 콧속에 난 혹이 아직도 사라지지 않고 이렇게 5, 6개월 동안 고통에서 벗어나지 못하고 있습니다.

집은, 처마는 얕고 다 흙벽이어서 바로 얼음집이요 눈구덩이로, 겸하여 한 점 햇빛도 들어오지 않으므로 머리를 감히 이불 밖으로 쳐들지 못하고 손도 감히 토시 속에서 꺼낼 수가 없습니다. 벼루와 붓이 꽁꽁 얼어붙는 것에 대해서는 헤아릴 겨를이 없습니다.

편지글을 보면 추사가 얼마나 척박한 환경과 열악한 집에서 살았는지 짐작이 간다. 다른 이에게 보내는 편지글에서 "독기 피어오르는 바다, 뜨거운 구름으로 아침저녁 푹푹 찌고, 수풀 우거진 곳에선 모기와 파리가 우글거리네"라고 제주의 자연환경을 표현한다. 그 탓에 추사는 종기와 잔병을 몸에 달고 지냈다. 제주의 음식도 그를 괴롭혔다. 그의 입에 제주의 반찬은 짜디짠 염전이었고, 생선은 비리고 역했다.

일껏 해서 보낸 반찬은 마른 것 외는 다 상하여 먹을 길이 없습니다. 약식과 인절미가 아깝습니다. 쉬 와도 성히 오기 어려운데 일곱 달 만에도 오고, 쉬워야 두어 달 만에 오는 것이 어찌 성히 올까보오. 서울서 보낸 김치는 워낙에 소금을 지나치게 간해서 맛은 변했으나 그래도 김치에 주린 입이라 견디고 먹습니다. 새우젓만 맛이 변했고 조기젓과 장볶이가 맛이 그리 변하지 않았으니 이상합니다. 미어(微魚)와 산포(散脯)는 관계없는 듯합니다. 어란(魚卵) 같은 것이나 그즈음서 얻기 쉽거든 얻어 보내주십시오.

서울서 내려온 장맛이 다 소금꽃이 피어 쓰고 짜서 비위를 변치 못하오니 하루하루가 민망합니다. 민어를 연하고 무름한 것으로 가려 사서 보내게 하십시오. 내려온 것은 살이 썩어 먹을 길이 없습니다. 겨자는 맛난 것이 있을 것이니 넉넉히 얻어 보내십시오. 가을 뒤의 좋은 것으로 사오 접이 되든 못 되든 선편에 부치고 어란도 거기서 먹을 만한 것을 구하여 보내십시오.

그런데 편지글을 읽다 보면 우리가 알고 있던 대학자 김정희와는 전혀 다른 면모가 등장한다. 아내에게 어리광 부리듯 음식 투정하는 철없는 남편이라니! 낯설긴 하지만, 한편으로는 인간미 넘치는 모습에 마음이 몽글몽글해진다. 추사는 열다섯 살 때 첫 부인 한산 이씨와 혼인했다가 5년 만에 사별했다. 3년 뒤에 다시 예안 이씨를 아내로 맞아 같이 산 세월이 35년이었다.

> 오늘 집에서 보낸 서신과 선물을 받았소. 당신이 봄밤 내내 바느질했을 시원한 여름옷은 겨울에야 도착했고 나는 당신의 마음을 걸치지도 못하고 손에 들고 머리맡에 병풍처럼 둘러놓았소. 당신이 먹지 않고 어렵게 구했을 귀한 반찬들은 곰팡이가 슬어 당신의 고운 이마를 떠올리게 하였소. 내 마음은 썩지 않는 당신 정성으로 가득 채워졌지만. 그래도 못내 아쉬워 집 앞 붉은 동백 아래 거름 되라고 묻어주었소. 동백이 붉게 타오르는 이유는 당신 눈자위처럼 많이 울어서일 것이오.

아내에게 보내는 김정희의 편지글은 애정이 묻어난다. 오늘날 연애편지 저리 가라 할 만큼 달콤하고 훈훈하다. 여름옷이 겨울에야 도착했다며 투정 한마디 건네지만, 봄밤 내내 바느질했을 아내를 떠올리며 머리맡에 병풍처럼 둘러놓는다. 어렵게 보낸 귀한 반찬을 곰팡이가 슬었는데, 이걸 어렵게 구해서 보냈을 아내를 생각하며 동백나무 아래에 묻어준다. 이런 섬세한 마음 씀씀이는 억지로 짜낼 수 없다. 오직 아내에 대한 지극한 사랑에서 비롯된 것이다. 마지막의 "동백이 붉게 타오르는 이유는 당신 눈자위처럼 많이 울어서일 것이오"라는 문장은 마치 연시 (戀詩)의 한 구절을 보는 듯하다.

유배를 떠난 자신을 생각하면서 울고 있을 아내를 달래는 말일 테다. 김정희가 아내에게 보내는 편지는 한글로 쓰어 있다. 한자를 잘 알지 못하는 아내를 위한 배려이리라. 게다가 김정희는 아내에게 늘 존칭을 사용했다. 평소 그가 얼마나 아내를 존중했는지 보여주는 대목이다. 30여 년을 같이 산 아내에게 이런 예우를 갖추고 애정을 쏟는 남편은 흔치 않다. 이쯤 되면 김정희를 조선의 로맨티스트라고 불러도 부족함이 없을 듯하다.

반대로 보자면 아내 예안 이씨는 김정희의 투정과 크고 작은 요청을 모두 받아주었다. 아내의 희생과 보살핌이 없었더라면 과연 김정희가 유배 생활을 견뎌낼 수 있었을까? 김정희가 한없이 존중하고 기댈 만한 품을 지닌 여성이었을 것이다. 예안 이씨는 평소 지병을 앓았는데, 남편의 귀양살이를 뒷바라지하느라 몸은 더욱 쇠약해졌다. 김정희도 아내의 병이 위중해졌다는 소식에 걱정하는 마음을 담아 편지를 보낸다.

이리 멀리서 걱정과 염려만 할 뿐 어떻다 말할 길이 없사오며, 먹고 자는 모든 일은 어떠하옵니까. 그동안 무슨 약을 드시며, 아주 자리에 누워 지내시옵니까? 간절한 심사를 갈수록 진정치 못하겠사옵니다. 당신 병환으로 밤낮 없이 걱정하오며, 소식을 자주 듣지 못하니 더구나 가슴이 답답하고 타는 듯하여 못 견디겠사옵니다.

김정희가 이 편지를 보낸 날짜가 1842년 11월 14일이다. 예안 이씨는 하루 전인 11월 13일에 세상을 등진다. 아내는 김정희의 편지를 받지 못했으며, 그로부터 한 달쯤 뒤 추사는 아내의 부고를 받는다. 아내의 죽음에도 제주도를 벗어날 수 없었던 추사는 거처에 위패를 만들어 모시고, 추모글 〈부인예안이씨애서문(夫人禮安李氏哀逝文)〉을 올린다.

> 어허! 어허! 나는 행양(桁楊)이 앞에 있고 영해(嶺海)가 뒤에 따를 적에도 일찍이 내 마음은 흔들리지 않았는데 지금 한 부인의 상을 당해서는 놀라고 울렁거리고 얼이 빠지고 혼이 달아나서 아무리 마음을 붙들어매자도 길이 없으니 이는 어인 까닭인지요.
>
> 어허! 어허! 무릇 사람이 다 죽어갈망정 유독 부인만은 죽어가서는 안 될 처지였습니다. 지금 끝내 당신이 먼저 죽고 말았으니, 먼저 죽는 것이 무엇이 유쾌하고 만족스러워서 나로 하여금 두 눈만 빤히 뜨고 홀로 살게 한단 말입니까. 저 푸른 바다. 저 높은 하늘과 같이 나의 한은 다함이 없을 따름입니다.

추사는 피눈물을 흘리며 아내의 위폐 앞에 이 글을 바쳤을 것이다. 유배를 당하면서도 꿋꿋하던 김정희는 아내의 죽음 앞에 기어이 무너지고 말았다. 어떤 극한 상황에서도 든든한 뒷배가 되어주던 아내가 떠났으니 그럴 수밖에 없다. 다른 사람이 다 죽어갈망정 아내만은 죽어서는 안 된다는 절규는 읽는 이의 마음을 엔다. 아내가 죽음에 이르도록 간병하지 못하고, 저승 가는 길도 직접 배웅하지 못한 김정희의 마음이 얼마

김정희_<세한도>, 국립중앙박물관 소장

나 비통했을까. 김정희는 아내를 기리는 도망시(悼亡詩)를 다시 지어 올린다. 죽은 이를 추모하며 쓴 시를 만시(輓詩), 죽은 아내를 애도하며 지은 시를 도망시라 한다.

那將月姥訟冥司(나장월모송명사)

來世夫妻易地爲(내세부처역지위)

我死君生千里外(아사군생천리외)

使君知我此心悲(사군지아차심비)

뉘라서 월하노인께 명부의 일을 아뢰어

다음 생에는 금슬의 연분 서로 바꾸리오.

천 리 먼 곳에 나 먼저 가고 그대 홀로 남아

비로소 이 애끊는 심사를 그대 알련만.

김정희는 사람들의 혼인을 관장하는 월하노인을 시켜서 저승에 가서 다음 생에는 자기가 먼저 죽고 아내가 멀리서 살아남아 사랑하는 이를 떠나보내는 아픔을 느끼도록 해야겠다며 울부짖는다. 늙은 유학자의 깊은 한숨, 장탄식이다. 만시(도망시)는 행간에 고인 눈물 탓에 부연과 주석을 덧붙일 수가 없다. 작가의 비통과 참회를 그저 조심스레 가늠해볼 뿐.

추사 김정희는 아내 사후 6년 뒤인, 1848년 9년간의 제주도 귀양살이를 마치고 집으로 돌아간다. 유배지에서 돌아온 김정희는 더한층 성숙해져 있었다. 절망의 시간을 담금질하여 학문적 예술적 분야에서 일가를 이룬 것이다. 저 유명한 추사체도 이때 완성한다.

아내가 죽고도 그 빈자리를 받아들이지 못한 남자들이 또 있다. 조선 중기 시인 이달은 서얼 출신으로 태어나 최경창, 백광훈과 함께 삼당시인으로 불렸으며, 훗날 제자 허균이 그의 시를 모아《손곡집》을 편찬할 만큼 뛰어난 문인이었다. 그가 도망시를 쓴 것은 아내의 장례를 치르고 요란한 슬픔이 가라앉은 후, 시간이 흘러 비단옷의 향기가 사라지고 화장대 거울에 먼지가 쌓일 무렵이었다. 아내 없는 세상은 일상에서 문득, 불현듯, 기어이 떠올랐다.

어느 적막한 봄밤, 이달은 아내의 방에 들어갔다. 하지만 그녀의 방에 처진 비단 장막에서는 향기는 이미 사라진 뒤였다(羅幃香盡鏡生塵 나위향진경생진). 아내가 매일 들여다보던 거울에 자신의 얼굴을 비춰보았다. 먼지가 거울을 덮고 있었다. 방문을 열고 나오자 뜰에는 복숭아꽃이 흐드러지게 피어 있었다. 인기척 하나 없는 봄밤, 숨 막힐 듯 적막했다(門掩桃花寂寞春 문엄도화적막춘). 아내가 사라졌다고 세상이 달라지는 것은 없었다. 그녀의 방에는 옛날처럼 달빛이 들어와 있었다. 달빛이 너무 태연하게 비치고 있어서, 오히려 아내가 있던 시절이 꿈만 같았다. 그제야 이달은 울먹인다. "모르겠구나, 누가 저 주렴을 걷을지(不知誰是捲簾人 부지수시권렴인)." 달빛은 변함없이 방을 채우는데, 그 달빛을 함께 보던 사람은 영영 떠나고 없다.

이달처럼 일상에서 아내의 흔적을 마주하며 슬퍼한 남자가 또 있다. 조선 후기 문인 심노숭은 서른한 살에 아내를 잃고 2년간 49편의 도망시를 썼다. 어느 날 제수씨가 차린 밥상에 쑥이 올라왔다. 그때 나를 위해 쑥을 뜯던 사람(當時爲我採艾人 당사위아채애인), 한 줌 흙 아래 누운 아내가 문득 떠올라 목이 멨다. 죽은 아내에 대한 그리움은 이렇듯 일상의 틈새에서 갑작스레 찾아온다.

죽음은 한순간이지만, 슬픔은 길다. 장례를 치르고 눈물을 쏟아낸 그 순간보다, 오히려 시간이 지나 평범한 일상으로 돌아온 뒤에 더 큰 허전함이 밀려온다. 비단옷의 향기가 사라지고 거울에 먼지가 앉을 때, 봄이 되어 쑥이 돋을 때, 사소한 일상의 편린이 거대한 빈자리를 일깨운다. 비로소 그 사람이 정말 떠났음을 깨닫는다.

신이 없었던 시간 선 채로 지새운 밤들

대개 고전시가 창작자들은 노랫말을 음률에 얹어 가창하는 싱어송라이터였다. 그와 달리 현대 대중가요는 곡을 만드는 작곡가, 노랫말을 만드는 작사가, 노래를 부르는 가수가 동일하지 않은 경우도 많다. 곡 작업을 하다 보면 작사가의 노랫말에 자신의 목소리를 실어 라임을 맞추고, 음률에 맞게 노랫말을 늘이고 줄이는 과정에 가수가 적극적으로 참여하기도 한다. 그렇다고 앨범 곡 정보에 공동 작사라고 이름을 올리는 경우는 드물다.

가수 임재범은 노래하는 사람으로 남고 싶어 하는 보컬이다. 그는 자신이 부를 노래의 멜로디 라임을 함께 만들어가는 작업만으로도 충분히 행복한 사람이다. 그래서인지 사람들은 임재범이 자신의 앨범 속 상당수 곡의 작사와 작곡에 참여한 사실을 잘 알지 못한다. 그러면 또 어떠한가. 우리는 '가수' 임재범만으로도 이렇듯 황홀하고 감사한 것을.

임재범은 1986년 헤비메탈 밴드 시나위의 1집 앨범에 수록된 〈크게 라디오를 켜고〉 등을 부르며 대중음악계에 혜성처럼 등장한다. 이후 솔로로 전향하면서 음악 장르도 대중적인 록 발라드와 팝까지 확장한다. 〈이 밤이 지나면〉 〈비상〉 〈사랑보다 깊은 상처〉 〈고해〉 〈너를 위해〉 등을 연이어 히트시킨다.

임재범은 록을 바탕으로 삼으면서도 팝과 발라드를 자연스레 넘나드는 몇 안 되는 가수다. 거친 탁성에서 뿜어나오는 고음과 부드러운 저음은 청중을 단번에 옭아맨다. 임재범은 그저 목소리의 기교로만 노래하지는 않는다. 스스로 노래에 몰입해서 무대의 공기를 바꿔내고, 어떤 노래라도 자기만의 해석으로 새롭게 디자인한다. 영혼을 갈아넣어 온몸으로 노래한다는 수식어가 이만큼 어울리는 가수가 또 있을까.

신해철은 "내공과 외공을 겸비해서 어떤 무기를 쓸지 행복한 고민을 하는 불가사리와 같은 만능 아티스트"라고 그를 평했고, 신대철은 "굉장히 좋아했었어요. 우리나라에 저런 보컬이 있다니" 하며 감탄했다고 한다. 뿐만 아니라 윤도현은 "목소리가 정말로 그런 보컬이 없어요. 뭔가 칼 같기도 하면서 목소리 톤도 되게 와이드하고 고급스러운" 느낌을 준다고 말했다.

노래 좀 한다는 남자들이 노래방에서 자주 부르는 록발라드 곡이 있다. 바로 〈고해〉다. "어찌합니까 어떻게 할까요/감히 제가 감히 그녀를 사랑합니다"로 시작하는 이 노래는, 노래방에서 부르기 힘든 노래로도 손꼽힌다. 아무리 목에 핏대를 세워도 임재범의 노래가 주는 감동을 넘어서지 못하기 때문이다. 〈고해〉에서 임재범은 가엾은 자신의 사랑을 허락해달라고 애원한다. 그러나 신은 그에게 있어 '단 하나의 길이고, 아침이며, 생명'인 그녀를 오래도록 곁에 두도록 허락하지 않는다.

2017년 6월 12일, 뮤지컬 배우로 활동했던 그의 아내 송남영 씨가 갑상선암으로 투병하다 마흔다섯 나이로 세상을 떠났다. 임재범은 MBC 예능 프로그램 〈나는 가수다〉 출연 당시 아내의 투병 사실을 공개하기도 했다. 임재범은 아내를 보고 첫눈에 반해 자신이 먼저 고백해 결혼했다고 한다. 그런 그에게 아내의 빈자리는 감당할 수 없는 상처였던 것 같다. 그는 아내를 떠나보낸 후, 모든 대외 활동을 멈췄다. 그러고는 한동안 아내의 흔적이 곳곳에 남겨진 방에 벌주듯 자신을 가뒀다고 한다. 방문을 걸어 잠그고, 텔레비전도 음악도 끈 채 아내를 애도하는 시간을 보낸 것이다.

상실의 슬픔으로 무너지던 그를 일으킨 것은 노래와 무대였다. 2023년 1월 JTBC 예능 프로그램 〈비긴어게인: 인터미션〉에 출연했을 때 그는 이렇게 고백한다. "사랑하는 사람이 저세상으로 가게 되면 처음에는 그냥 그 사실이 믿기지 않더라. 그리고 한참 지난 뒤 그 그림자들이 내 마음을 찢고 찢어서 상처가 아물지 않는 시간들이었던 것 같다." 그 시간이 그의 음악 인생에 7년이라는 긴 공백으로 남았지만, 그는 자신의 숙명인 노래를 들고 팬들에게 돌아왔다.

신이 없었던 시간

선 채로 지새운 그 밤들

니가 떠난 자리 휑한 이 공간엔

앉을 곳이 없어서

부정했던 상실의 비명

후회로 자책한 눈물

우리 언젠가 꼭 만나자

말이 많은 사람이 되어

모두 얘기해줄게

내가 견뎌온 날들

정규 7집 앨범 《SEVEN,》의 수록곡 〈내가 견뎌온 날들〉은 사별의 세레나데이다. 가수 윤상과 임재범이 공동으로 곡을 만들고, 임재범과 25년 넘게 함께 작업하면서 〈고해〉를 비롯해 〈너를 위해〉〈비상〉 등을 작사해온 채정은이 노랫말을 썼다.

느리고 조용히 읊조리는 〈내가 견뎌온 날들〉은 임재범 버전 도망시다. 실제로 임재범은 언젠가는 아내를 다시 만날 수 있다는 소망으로 이 노래를 불렀다고 말했다. 그는 아내의 죽음 앞에서 '신은 없다'고 노래한다. 얼마나 고통스러우면 선 채로 밤을 지새웠을까. 아내가 떠난 그 휑한 공간에 앉을 곳이 없어서 망연히 서 있던 이 남자는 노래를 부르기 위해 견디기로 한다. 우리 다시 만나자. 아니 만날 거야. 그때는 말이 많은 사람이 되어 다정하게 당신 곁에서 모두 얘기해줄게. 내가 당신을 만

나는 날까지 어떻게 살아왔는지. 당신이 "참 잘했어요!" 하고 칭찬해주
도록 노래도 열심히 하고 아이들도 잘 돌볼게.

김정희가 황망하게 맞은 아내의 죽음 앞에서 다음 생에 다시 만나면
'그때는 내가 죽고 네가 나 없는 세상에 살아서' 상실의 슬픔을 맛보게
해주고 싶다고 떼를 썼다면, 임재범은 하늘에 있는 아내가 슬퍼하지 않
도록 잘 견디겠다고 약속한다.

그 약속처럼 임재범은 쉼 없이 노래하고, 텔레비전 프로그램에도 모
습을 드러낸다. 그리고 2025년 10월, 정규 8집 선공개곡 〈니가 오는 시
간〉을 발표한다. 이번에도 채정은이 노랫말을 썼고, 14o2·TMC가 작곡
을 맡았다.

작별하듯 해는 붉게 슬프고

축복하듯 거리엔 또 불이 켜지고

(…)

가시 같았을까 난 너에게

꽉 안으면 안을수록 더 아픈

사막이었을까 그 황량한

나 떠나고 니가 서 있던 그곳은

(…)

너는 들었을까 그리움을

숨죽이고 참고 참는 소리를

너는 들었을까 내 세월을

널 떠난 적 없이 서 있는 마음을

또 매일 밤 다시 치르는 작별을

〈니가 오는 시간〉은 앨범 소개에서 밝혔듯 매일 저녁 찾아오는 노을을 이미 놓쳐버린 사랑에 비유한 곡이다. 아무리 다짐하고 떠나보내도 노을처럼 매일 다시 찾아오는 그리움과 후회의 고통을 노래했다. 노을은 하루의 죽음이다. "작별하듯 해는 붉게 슬프고"라는 구절은 매일 저녁 반복되는 작은 죽음을 떠올리게 한다. 그러나 "축복하듯 거리엔 또 불이 켜지고"는 삶이 계속됨을 보여준다. 누군가는 떠나지만, 세상은 돌아간다. 그렇게 홀로 남겨진 세상에서 그는 아내에게 미안한 마음을 노래한다.

여기에서 주목해야 할 것은 "나 떠나고 니가 서 있던 그곳은" 구절에서 보이는 떠난 자와 남은 자의 변화다. 노래 속에서 '나'는 떠나고, '너'는 홀로 남는다. 김정희가 〈도망시〉에서 그토록 구슬프게 노래하던 '나 죽고 그대는 살아남은' 세계이다. 너는 이곳에서 "널 떠난 적 없이 서 있는 마음" "또 매일 밤 다시 치르는 작별"을 고스란히 느끼게 될 것이다. 이별은 한 번으로 끝나지 않는다. 매일 밤 다시 치러야 한다. 임재범은 오늘도 아내를 떠나보내고 있다. 한 번에 보낼 수 없기에, 매일 밤 조금씩.

　　우리는 대중적으로 거론되는 인물들이 일상을 어떻게 보내는지 모른다. 어떤 습관이 있는지, 어떤 음식과 음악을 좋아하는지, 잠버릇은 어떤지 알지 못한다. 그들의 사생활을 굳이 알아야 할 이유도 없다. 그런데 어느 순간에 그들의 민낯을 의도치 않게 엿볼 때가 있다.

　　김정희와 임재범의 민낯은 보통의 우리와 다를 게 없었다. 아플 땐 칭얼거리고, 사랑할 땐 들뜨고, 슬플 땐 울고, 감당할 수 없는 절망이 밀려오면 주저앉았다. 민낯이 평범하다고 해서 그들의 재능과 업적이 희석되지는 않는다. 다만 그들이 우리와 다른 점은, 그 마음을 글과 노래로 고스란히 담아냈다는 것이다.

　　김정희는 9년의 유배 끝에 돌아왔다. 집으로. 하지만 아내는 돌아오지 않았다. 임재범은 7년의 침묵 끝에 돌아왔다. 노래로. 아내는 돌아오지 않았지만 그들의 애절한 도망시는 남았다. 견딜 수 없었던 날들을 견디며 쓴 기록. 우리는 그 기록을 읽고 들으며, 슬퍼하고 위로받는다.

　　시대는 달라도, 사랑이 예술을 만든다는 진실만은 변하지 않는다. 예술은 결국, 남겨진 자의 언어다. 누군가는 시로, 누군가는 노래로, 사랑의 잔향을 기록한다. 김정희의 붓끝이 남긴 한시와 임재범의 목소리가 남긴 울음은 모두 한 인간의 간절한 사랑의 형상이다. 그들의 작품은, 결국 '잃음의 자리에서도 인간은 여전히 아름답다'는 울림을 준다. 그래서 두 남자의 작품은 사랑하고, 잃고, 견뎌낸 모든 이들의 이야기로 이어진다. 예술은 오늘도 계속된다.

고독에도 품격이 있다

_작자미상 〈노처녀가〉 · 최성수 〈위스키 온 더 록〉

사랑과 결혼, 그리고 고독은 시대를 건너 서로의 얼굴을 바꿔가며 우리에게 말을 건넨다. 방 안에서 비단 옷깃을 부여잡고 우는 조선시대 노처녀는, 오늘날 카페 창가에 앉아 위스키 잔을 바라보는 중년의 남자와 닮아 있다. 한쪽은 '시집 못 간 팔자'를 한탄하고, 다른 쪽은 '멋있게 늙고 싶다'고 읊조리지만, 두 마음의 결은 같다. 외로움과 체면 사이에서 삶의 자리를 지키려는 몸부림이다. 시와 노래는 그 몸부림을 말끔히 옮겨낸다. 고전의 가사도, 대중가요의 후렴도 결국 '나'를 잃지 않으려는 간절한 호소다. 오래된 방의 한숨과 늦은 밤의 위스키 향을 나란히 놓고, 시대가 바뀌어도 변치 않는 '고독의 품격'을 묻는다.

흐르는 이 세월에 아까울손 나의 거동

"연애는 필수, 결혼은 선택"이라는 유행가 가사처럼 오늘날 결혼은 선택의 영역이 되었다. 하지만 조선시대에는 자식을 낳아 노동력을 확보하고 대를 이어야 했기에 결혼은 필수다. 나아가 결혼은 단순히 두 사람의 결합이 아니라 가문의 운명을 좌우하는 필수 의례였다. 신분사회 조선에서 특히 양반가의 결혼은 집안의 흥망성쇠를 가르는 대사였다. 그만큼 상대편 가문과 지위, 경제 규모 등을 면밀히 따졌으며, 자연스레 큰돈을 들여 온갖 체면치레와 허례허식을 거행했다.

고전소설 《장화홍련전》의 계모는 왜 전실 자식을 죽음에 이르게 했을까? 여러 이유가 있겠지만, 이들을 위한 혼례 비용이 자기 아들들이 물려받을 재산의 상당 부분을 축낼 것을 염려한 때문이기도 했다. 조선시대에 과도한 혼례 비용은 심각한 사회 문제 중 하나였다. 조선 후기 문인 이덕무는 《청장관전서》에서 "혼수 비용이 너무 많이 들어 사람들이 딸을 낳으면 '집을 망칠 징조다', 어린 딸이 죽으면 '돈을 벌었다'는 말로 위로한다. 인륜과 도덕이 여지없이 타락한 것이니 어찌 한심하지 않겠는가"라고 한탄한다.

조선 후기 문신 이병영의 1834년 상소에는 "한 번의 혼례에 들어가는 비용이 중인 열 집의 재산보다 많습니다"라는 기록이 남아 있다(《순조실록》). 또한 잔치에 드는 비용이 가난한 백성의 1년 치 양식거리에 달할 정도로 과도하며, 혼수품을 10여 가지나 요구하는 집안이 많아서 혼수품을 마련하지 못하는 이들은 혼기를 놓치는 경우가 허다했다고 한다.

조선 후기 시가(詩歌) 중에 시집 못 간 여성들이 자신의 처지를 노래한 작품이 몇몇 있다. 그중에서 한인석이 엮은 《조선신구잡가》에 실린 작자미상의 규방가사 〈노처녀가〉는 으뜸이다.

답답한 우리 부모 가난한 좀(스런) 양반이
양반인 체 도를 차려 처사가 불민하여
괴망을 일삼으니 다만 한 딸 늘거간다.
적막한 빈방 안에 적료하게 홀로 안자
전전불매 잠 못 이뤄 혼자 사설 드러보소.
노망한 우리 부모 날 길러 무엇하리.
죽도록 날 길러서 자바 쓸가 구어 쓸가.
(…)
적막한 빈방 안에 오락가락 다니면서
장래사 생각하니 더욱 답답 민망하다.
부친 하나 반편이오 모친 하나 숙맥불변
(…)
부귀빈천 생각 말고 인물 풍채 마땅커든
처녀 사십 나이 적소 혼인 거동 차려주오.
(…)
흐르는 이 세월에 아까울손 나의 거동
거울 다려 하는 말이 어화답답 내 팔자여.
갈 데 없다 나도 나도 쓸데없다 너도 너도

우리 부친 병조판서 한아바지 호조판서

우리 문벌 이러하니 풍속 좆기 어려워라.

어느덧 춘절 되니 초목군생 다 즐기네.

두견화 만발하고 잔디닢 속닢 난다.

사근 바자 재생하고 종달새 도두 뜬다.

춘풍야월 세우시에 독숙공방 어이할고.

(…)

머리채는 옆에 끼고 다만 한숨뿐이로다

긴 밤에 짝이 없고 긴 날에 벗이 없다.

안잣다가 누엇다가 다시금 생각하니

아마도 모진 목숨 죽지 못해 원수로다.

화자인 어느 양반가의 딸은 마흔이 되도록 혼인하지 못한 기구한 팔자를 한탄하듯 노래한다. 그녀는 혼사를 그르친 원흉이 가난하고 무능하고 체면치레만 따지는 부모라며, 패륜에 가까운 어조로 힐난한다.

이 작품은 4음보를 1행으로 헤아려 63행의 내방가사다. 화자인 마흔 넘은 노처녀의 부모는 양반인 체 도를 차려 처사가 불민하며 괴망한 일만 하고 노망이 들었는지 정신이 오락가락한다. 할아버지가 호조판서였고 아버지가 병조판서지만 현실은 가난하고 좀스런 몰락 양반으로 딸을 여읠 돈이 없다. 그러면서도 "노망난" "반편이" "숙맥" 부모는 체면치레에 빠져 '인물 풍채만 좋으면 된다'는 그녀의 하소연을 못 들은 체하며 대책 없이 늙힌다.

조선시대 최고 법전인 《경국대전》의 [예전] '혜율' 조항은 30세가 넘도록 혼인하지 못한 사람들에 대한 국가적 구휼 정책을 담고 있다. 특히 빈곤한 사람들의 혼수를 지원했으며, 혼인을 시키지 않는 가장을 처벌한다고 규정하고 있다. 조선 조정이 혼인 문제를 국가의 중요한 정책으로 여겼음을 알 수 있다.

조선의 혼인 정책은 단지 인구수를 늘리려는 목적만은 아니었다. 조선의 유교적 이념에 따르면 남녀의 혼인은 우주적 질서를 따르는 절대 원칙에 가까웠다. 《조선왕조실록》에는, "남녀가 혼인하여 함께 사는 것이 인간의 큰 도리이니, 만약 시기를 어기면 화기(和氣)를 상하는 데 이를 것이다"(성종), "서울과 지방을 막론하고 처녀로서 시집 못 간 자가 매우 많아 그 원망이 화기를 손상하기에 충분합니다"(박문수)와 같은 전언이 곳곳에 등장한다. 백성이 혼인하지 못하면 조화로운 기운이 흐트러져서 국가적 재앙이 생길 거란 경고다.

나쁜 기운을 없애려면 당연히 원인을 뿌리 뽑아야 한다. "옛사람들이 재변은 모두 백성의 원망 때문에 일어난다고 하였으니, 반드시 백성에게 혜택을 베풀어 재변을 그치게 해야 한다"(중종). 실제로 정조는 국비를 지원해 노처녀 노총각 구원 사업을 펼쳤다. 양반집 출신인 28세 김희집과 21세 신씨. 둘은 정실 부인의 자손이 아니라거나 가난해서 파혼을 당한 상태였다. 이 소식을 전해들은 정조는 두 사람을 결혼시키라고 명했다. 결혼식 준비와 예물은 모두 정조가 하사했다.

조선 후기 작가 이옥의 희곡집 《동상기》에도 국가의 지원으로 혼인하게 된 노처녀 신씨 이야기가 나온다. 노처녀 딱지를 떼게 된 그녀는

김홍도_<신행길>(《단원 풍속도첩》), 국립중앙박물관 소장

체면 때문에 남들 앞에서 즐거운 마음을 마음껏 표현할 수 없었다. 남몰래 화장실로 달려간 그녀는 그곳을 지키는 개한테 이렇게 외친다. "나 시집간다! 나 결혼한다고! 정말이라니까!"

작가 이옥은 이 작품에서 당시 세상에서 가장 어려운 세 가지를 힘없는 무반이 벼슬하는 것, 가난한 선비가 과거시험 보는 것, 가난한 처녀가 혼인하는 것이라고 말한다. 조선 후기 문란해진 세태를 꼬집는 일갈이다.

그렇다고 모든 노처녀들이 자신의 처지를 한탄하고 혼례에 목을 맨 건 아니다. 비혼주의자로 멋지게 사는 노처녀도 있었다. 조선 후기 시인 조수삼은 당대의 기이한 인물들의 행적을 이야기체로 서술하고 그것을 칠언절구로 노래한 한시집 《추재집》을 펴냈다. 이 책의 '추재기이' 7권에는 쉰 살 넘은 노처녀 떡장수 삼월이가 등장한다. 노처녀 삼월이는 골목과 시장을 떠돌며 떡과 엿을 파는 장사꾼이다. 그녀는 쉰 살이나 먹었는데도 처녀 복장을 곱게 차려입었으며, 장사를 해서 번 돈으로 화장품을 사서 아침저녁으로 화장했다. 조선시대에 쉰 살이면 할머니 소리를 듣고도 남았을 텐데, 삼월이는 왜 늘 꽃단장하고 장삿길에 나섰을까?

조선 후기는 농업과 상업의 발달로 백성들의 생활 조건과 의식이 크게 변화를 겪었다. 삼월이는 적극적인 경제 활동으로 스스로 생계를 해결했으며, "온 세상 남자가 내 남편"이라며 자유 연애를 즐겼다. 말하자면 조선 후기 변화된 시대상을 상징적으로 보여주는 인물이다. 삼월이에 대한 소문은 한양 바닥에 파다하게 퍼졌고, "배필이 많다는 처녀는 동네 입구 사는 삼월이라네"라는 민요가 구전되기도 했다. 삼월이는 '혼기를 놓친 노처녀’가 아니라 떡을 파는 전문직 여성이자 자발적 비혼을 선언한 당대의 인플루언서였던 셈이다.

삼월이 이야기는 중세 서양의 스핀스터(Spinster)를 떠올리게 한다. 메리엄-웹스터 사전은 스핀스터를 “실을 잣는 여자, 또는 그 일을 직업으로 가진 여자”라고 정의한다. 그러니까 가락바퀴를 손으로 돌려가며 양털을 잣는 모습에서 파생된 단어이다. 스핀스터는 중세 유럽 하급계층 독신 여성이 선택할 수 있는 몇 안 되는 직업 중 하나였다. 스핀스터는 가족의 일원으로서 집안 재정의 상당 부분을 담당했다. 유럽 중세의 법은 남성에게 아내를 지배하는 절대적 권력을 부여했지만, 스핀스터는 재산을 소유하고 거래할 수 있으며, 계약에 서명할 수 있고, 법정에서 자신을 대표할 수 있고, 임금을 받을 수 있는 권리를 가졌다. 그 시기 스핀스터는 ‘스미스(Smith, 금속세공인)’나 ‘테일러(Taylor, 재단사)’처럼 거의 성(姓)처럼 사용됐다. 스핀스터는 중세 유럽의 단단한 장벽에 파열구를 낸 전문직 여성이었다.

“연지분도 있지마는 성적단장 전폐하고/검정치마 헌저고리 화경거울 앞에 놓고” 앉아 장탄식하는 〈노처녀가〉의 화자는 몰락한 양반 가문에서 태어나 신분적 제약과 사회적 관습에 짓눌려 좌절하는 조선시대 여성의 비극을 보여준다. 자발적인 비혼 라이프를 개척한 떡장수 삼월이와 달리, 가문의 테두리에서 벗어나지 못한 양반 여성의 고독과 무기력함이 극명하게 드러난다. 아쉽고 안타깝지만, 조선 후기 혼기를 놓친 여성들의 평균에 가까운 모습이었음이 분명하다.

아름다운 것도 즐겁다는 것도 모두 다 욕심일 뿐

중년의 고독력을 담은 노래가 있다. 싱어송라이터 최성수가 작사·작곡한 〈위스키 온 더 록(Whisky On The Rock)〉이다. 이 곡은 최성수의 7집 앨범 《고독은 시간이 흐를수록》(1994년)에 수록된 포크 & 블루스 곡이다.

요즘엔 결혼이 인생의 필수 코스라는 사회적 압력과 통념을 깨고 자기 삶에 대한 주도권을 쥐고 자유롭게 살고 싶은 싱글, 비혼, 솔로 라이프를 선택하는 사람들이 늘어나는 추세다. 〈위스키 온 더 록〉은 "이번 생은 멋지게 혼자 산다"를 외치며, 혼술의 낭만을 노래하는 듯하면서도, 중년 남자의 사무치는 고독과 멜랑콜리를 멋스럽게 전해준다.

최성수는 1980년대를 대표하는 싱어송라이터다. 1983년 데뷔 이후 앨범의 수록곡 대부분을 자작곡으로 채울 정도로 싱어송라이터로서 역량이 뛰어났다. 가슴을 저미는 선율과 노랫말로 〈남남〉〈동행〉〈해후〉〈풀잎사랑〉 등 수많은 히트곡을 냈다. 최성수는 1993년 이혼했으며, 1995년 돌연 미국으로 유학을 떠나 버클리음악대학에 들어간다. 이국의 땅에서, 솔로 중년의 생활을 이어가던 최성수는 어느 날 저녁 술집에 들러 위스키를 주문한다.

위스키는 중년 남성이 즐긴다고 해서 '아재술'이라고 불리는 독주 중 하나다. 위스키 원액인 '스피릿'은 보리의 맥아 등에서 증류를 거쳐 뽑아낸다. 그 원액을 오크통에 넣고 숙성하면 위스키가 완성된다. 오랜 시간을 견딜수록 깊은 향과 풍미가 우러난다고 하니 위스키는 중년 남성의 중후한 이미지와 잘 어울린다. 위스키는 민감한 술이다. 어떻게 마시느냐에 따라 맛과 향이 완전히 달라진다. 위스키는 마시는 방법에 따라 한 잔을 한꺼번에 털어넣어서 독한 알코올과 맞짱 뜨는 원샷(One Shot), 얼음이나 물 없이 본연의 맛과 향을 음미하는 스트레이트(Straight), 얼음을 채운 잔에 차갑게 희석해 마시는 온 더 록(On the Rock) 등이 있다. 40도가 넘는 위스키를 원샷 하는 건 치기 어린 시절이나 깊은 비탄에 빠졌을 때 인생에 한두 번 경험할 만하지만, 일반적인 선택지는 아니다. 스트레이트로 마시는 것도 목젖이 타오를 정도로 자극적이다.

아무래도 가장 일반적인 방법은 온 더 록이다. 대부분 사람들은 바위처럼 잔을 가득 채운 얼음덩어리 위로 원액을 부어 차가운 위스키를 찬찬히 즐긴다. 온 더 록이 너무 밍밍하다고 느끼는 사람들은 토닉이나 갖가지 음료를 섞어 맛을 돋운다. 쓰면 설탕을 치고, 신맛이 필요하면 레몬을 넣고, 몸이 으슬으슬하면 따끈하게 데워서 정종처럼 마시기도 한다. 취향대로 위스키를 마시며 〈위스키 온 더 록〉을 음미해보자.

비 오는 그날 저녁 카페에 있었다
겨울 초입의 스웨터
창가에 검은 도둑고양이
감당 못 하는 서늘한 밤의 고독
그렇게 세월은 가고 있었다

아름다운 것도 즐겁다는 것도
모두 다 욕심일 뿐

다만 혼자서 살아가는 게 두려워서 하는 얘기
얼음에 채워진 꿈들이 서서히 녹아가고 있네
혀끝을 감도는 위스키 온 더 록

이 노래의 화자인 중년 남자는 겨울 초입에 비 오는 날 스웨터를 입고 카페에 앉아서 "나이를 먹는다는 것 나쁜 것만은 아니야/세월의 멋은 흉내 낼 수 없잖아"라고 혼잣말을 하며 혼술을 한다. "멋있게 늙는 건 더욱 더 어려"운 중년인 그는 카페 창가를 어슬렁거리는 검은 도둑고양이에 감정이입하며 덧없이 흘러가는 세월에 슬퍼한다.

이 노래에서 중년 남성을 지배하는 감정은 페이소스이지만, 〈노처녀가〉의 마흔 넘은 노처녀의 장탄식과는 사뭇 다르다. 이 중년 남자의 고독은 단순한 낭만이 아닌, "다만 혼자서 살아가는 게 두려워서 하는 얘기"라는 솔직한 취중진담을 포함한다. 고독을 즐기는 경지를 노래하기보다, 고독을 감당하고 숙성시키는 중년의 복잡한 내면을 보여주고 있는 것이다.

예나 지금이나 세월이 흐르고 나이를 먹는 건 두렵고 아쉽다. 시집 못 간 노처녀도 떡장수 삼월이도 온 더 록을 마시는 중년의 사내도 마찬가지이다. 문제는 늙어감을 마주하는 태도이다. 이 노래 속 중년 남자는 "얼음에 채워진 꿈들이 서서히 녹아가"는 위스키 잔을 보면서 "아름다운 것도 즐겁다는 것도 모두 다 욕심일 뿐"이지만 자신은 지금 숙성된 위스키처럼 풍미를 품은 채로 늙고 싶다고 고백한다. 차가운 얼음에 서서히 녹으며 쓴맛을 줄이고 단맛으로 목젖을 달래는 위스키의 신비처럼, 인생은 늙어가는 것이 아니라 깊어가는 것이리라.

자기계발서 《시간활용의 달인》(오오북스 2020)에는 "내게 맞는 놀이를 찾는 것이 내 인생에 대한 예의다"라는 구절이 나온다. 최근에 '고독력'이라는 말이 유행이다. 외롭지 않게 고독을 즐기는 것을 일컫는 표현이다. 고독도 취향이고 삶의 과정이다. 유럽 중세의 군주들은 솔리튜드(solitude)라는 작은 성을 만들어 가끔씩 나랏일을 잊고 그곳에서 칩거했다고 한다. 온전히 나를 위해 만드는 고독의 성이다. 때로는 고독의 성에 스스로를 가두고서 세상과 단절하고 내면을 들여다보는 시간이 필요한 법이다.

최성수의 〈위스키 온 더 록〉은 〈노처녀가〉의 시집 못 간 노처녀에게 들려주는 위로와 환기의 노래이다. 어떤 시대건 어떤 처지건 우리는 결국 고독할 수밖에 없다고, 고독을 내면에 숙성시킬 때 비로소 삶의 진경이 펼쳐진다고.

시대는 변해도 혼자의 시간을 견디는 법은 크게 다르지 않다. 조선의 노처녀가 비단옷을 여미며 한숨 쉬던 밤과 도시의 바에서 위스키 잔을 돌리던 한 남자의 밤은 그렇게 이어진다. 어떤 이는 그 외로움을 술로 지우고, 또 다른 이는 노래로 달랜다. 〈노처녀가〉의 한탄과 〈위스키 온 더 록〉의 고백은 결국 같은 진실을 말한다. 외로움은 피할 수 없는 인간의 숙명이지만, 그것을 품는 순간 우리는 비로소 자기 자신이 된다. 그래서 고독은 슬픔이 아니라, 성숙의 다른 이름이다.

소리에 그리움을 얹다

_이화중선 〈추월만정〉 · 나훈아 〈홍시〉

소리는 시간의 그늘 속에서도 사라지지 않는다. 한때 판소리 광대의 입에서 흘러나오던 한의 선율은, 세기를 넘어 트로트 리듬으로 되살아난다. 시대와 장르를 완전히 달리 하는 판소리 명창 이화중선의 〈추월만정〉과 나훈아의 〈홍시〉. 그러나 두 거장의 노래는 나라 잃은 백성의 애통함과 험한 세상의 울타리였던 어머니에 대한 애틋함이라는 한국인의 가장 깊은 심금을 건드린다. 이화중선의 목청에 스민 심청의 울음은, 훗날 나훈아의 〈홍시〉가 되어 또 다른 세대의 가슴을 적신다. 달빛 아래 기러기를 부르던 황후의 탄식이, 겨울 감나무 아래 어머니를 그리워하는 사내의 노래로 번진 셈이다.

소리는 시대의 기록이며, 울음의 또 다른 언어다. 그리움의 양식만 달라졌을 뿐, 판소리와 트로트는 결국 하나의 노래를 부른다. 사랑과 상실, 그리고 그리움에 대하여.

청천의 외기러기는 월하에 높이 떠서

벌써 닭이 꼬꼬. 닭아, 닭아 닭아 우지 마라. 네가 울면 날이 새
고, 날이 새면 나 죽는다. 나 죽기는 설지 않으나, 의지 없는 우
리 부친을 어이 잊고 가잔 말이냐.

고2 국어 시간이었다. 성대모사에 능한 짝이 고전소설 《심청전》 한
대목을 구성지게 읽었다. 심청이 목숨을 팔아 공양미 3백 석을 구하고
인신공양하겠다는 고백에 심봉사가 "어허 이것 웬 말이냐. 에 잉, 여봐
라 청아, 무엇이 어째. 어이. 애비 보고 묻도 않고, 네 이거 웬일. 못하지
야 못하여. 눈을 팔아 너를 살디, 너 팔아 눈을 뜨면, 무엇 보자고, 눈을
뜨고. 철모르는 이 자식아" 하며 몸부림치는 대목에 이르자 나도 모르게
눈물이 찔끔 맺혔다.

눈먼 아비의 개안 비용인 공양미 3백 석은 막대한 액수다. 쌀 한 석은
20킬로그램짜리 아홉 포대니, 요즘 시세로 포대당 5만 원 정도로 환산
하면 1억 3천 5백만 원쯤이다. 심청의 효심이 그만큼 깊고 크다는 뜻일
것이다. 오죽할까, 그 시절 세상 물정 모르는 나에게도 오랜 여운을 남
길 정도였으니 말이다.

최근에 다시 심청을 만났다. 이화중선(1898~1944년)의 〈추월만정(秋月
滿庭)〉이다. 판소리 《심청가》의 한 대목으로, 심청이 용궁에서 다시 인
간세계로 돌아와 황후가 된 후, 홀로 계실 부친을 생각하며 슬퍼하는 내

용이다. 이 대목은 〈심황후사친가〉 〈황후자탄〉 〈심황후자탄가〉 〈추월
은 만정허여〉 등 다양한 판소리 사설들로 전해진다.

> 추월은 만정(滿庭)하여 산호주렴(珊瑚珠簾) 비쳐들제,
> 청천의 외기러기는 월하에 높이 떠서
> 뚜루루루루 끼룩 울음을 울고 가니,
> 심황후 기가 막혀 기러기 불러 말을 하되,
> 오느냐, 저 기럭아. 소중랑(蘇仲郎) 북해상(北海上)에 편지 전하
> 던 기러기냐.
> 도화동(桃花洞)을 가거들랑 불쌍한 우리 부친 전에 편지 일 장
> 전해다오.
> 방으로 들어와서 편지를 쓰려 할 적에
> 한 자 쓰고 눈물짓고 두 자 쓰고 한숨을 쉬니
> 눈물이 떨어져서 글자가 수묵이 되니 언어가 도착(倒錯)이로구나.
> 편지 접어 손에 들고 문을 열고 나가 보니 기러기는 간 곳 없고
> 창망한 구름 밖에 별과 달만 뚜렷이 밝았구나.

이화중선은 구한말과 일제강점기에 활동한 여성 명창이었다. 본명은
이봉학이며, 1899년경 목포에서 태어났다고 전한다. 이화중선은 남원
에서 소리광대 장득진에게 소리를 배운 뒤, 스물세 살에 상경한다.

1923년 경복궁에서 열린 전국명창경연대회에서 〈추월만정〉으로 일
등을 차지하며 명성을 얻었다. 이후 기생 소속사 격인 권번에 소속되어

송만갑·이동백 등에게 소리를 사사받았다. 그리고 1902년 창립했다가 1906년 해체된 협률사 출신 명창들과 함께 전국을 돌며 공연을 펼쳐 큰 인기를 얻었다. 안타깝게도 이화중선은 1944년 일본 나가사키현 앞바다에서 배가 뒤집히는 사고로 세상을 떠난 것으로 전한다. 병사 혹은 교통사고 설이 있지만 확인된 것은 없다.

〈추월만정〉은 그이를 대표하던 노래다. 얼마나 유명했냐면, 그즈음 우리나라에 유입된 유성기 음반으로 녹음되었을 정도다. 조선방송협회 경성방송국 개국(1927년)과 전기 녹음 유성기 음반의 발매(1928년) 이후 우리나라 공연 문화는 일대 변화를 맞이한다. 잡가와 신민요, 유행가와 만담, 신파극이 라디오와 유성기를 통해 대중에게 전파된다. 그중에서도 가장 유명하고 빼어난 실력을 갖춘 가객들만 유성기 음반을 녹음할 수 있었다. 〈추월만정〉은 임방울의 〈쑥대머리〉와 더불어 당대에 가장 널리 유통된 유성기 음반 중 하나였다. 당시 유성기 음반 기술로는 녹음 분량이 3분 정도였으며, 그 탓에 이화중선의 〈추월만정〉은 기존 판소리보다 내용이 축약되었다. 또한 좀 더 대중성을 확보하려는 의도였는지, 서울말에 가까운 말투를 사용했다.

〈추월만정〉은 왜 당대의 청중을 사로잡았을까? 한과 비통함은 일제강점기 조선 민중의 기저에 깔린 감정이었다. 나라 잃은 백성은 순간순간 한없이 비참하고 초라해진다. 살림은 파탄 났고, 한 치의 여유와 서정도 허락되지 않았다. 〈추월만정〉은 앙상하게 메말라가는 사람들 마음을 단비처럼 적셔주었다.

일제강점기 조선 백성은 이산의 아픔으로 점철되었다. 그들은 수탈과 핍박으로 삶의 터전을 잃고 뿔뿔이 흩어진다. 가족 중의 누군가는 먹고 살기 위해, 또는 조국의 독립을 꿈꾸며 간도·만주·연해주·일본 등으로 떠난다. 사람들은 심봉사를 그리워하는 심청의 사부곡을 들으며, 생이별을 한 뒤 생사 확인조차 되지 않는 누군가를 그리워하며 눈물 흘렸을 것이다. 이화중선은 백성들의 애통함을 판소리에 살포시 얹어 대신 울어준 것이다. 마치 장례식장에서 상주를 대신해서 구성지게 울어주는 곡비(哭婢)처럼.

〈추월만정〉은 소리꾼이라면 누구라도 한 번쯤 청중들 앞에서 부르는 유명한 사설이다. 그런데 왜 하필 이화중선이 부른 〈추월만정〉이 유난히 사랑받았을까? 〈추월만정〉은 느린 진양조장단에 구슬픈 계면조로 부르는 사설이다. 그 애통함을 오롯이 표현하려면 상당한 공력이 필요하다.

소리꾼의 목소리는 크게 떡목, 수리성, 천구성, 양성으로 구분한다. 이중 떡목은 너무 거칠고, 양성은 너무 맑은 목소리다. 일반적으로 소리꾼은 수리성이 기본 성음이며, 여기에 다양한 기교와 풍성함을 겸비할수록 명창으로 인정받는다. 맑고 높은 성음의 천구성은 대부분의 여성 소리꾼이 갖춘 목소리다. 문제는 판소리가 한과 애통함의 정서를 중요시하기에 기본적으로 애절한 탄식 유의 탁음과 애원성을 갖추어야 한다는 점이다. 여성 소리꾼은 이 소리를 내기 위해 온갖 노력을 기울인다.

그런데 이화중선은 선천적으로 성음(聲音)이 아름답고 애원성이 낀 천구성을 타고났다고 한다. 하늘이 내려주었는지 숱한 노력으로 이뤄냈는지 알 수 없으나, 그이의 목소리가 사람들 마음을 사로잡았다는 사실은 분명하다. 맑고 높고 둥근 비음은 자연스레 귀에 감겨들면서 부드럽고 은근한 울림으로 조선 민중들의 울음보를 툭 친다. 울고 싶은데 원 없이 울게 해준 것이다. 청중들은 그이를 '소리보살'이라고 불렀다.

명창의 소리는 "또랑또랑한 목은 기본으로 치고 소리에 그늘이 있어야 심금을 울리는 깊은 맛을 자아낼 수 있다"(국립국악원 《한국음악용어사전》)고 하는데 이화중선의 목청은 곰삭은 서러움을 품은 최고의 악기였다. 가냘프고 비장한 분위기를 탁월하게 구사한 그이의 목소리는 〈추월만정〉에서 진가를 발휘한다. 특히 "명주실처럼 가늘게 뽑아내는 '뚜루루루 끼룩' 하는 기러기 소리"(한국음반아카이브연구소, 《추월만정》 음반 해제)는 당대 명창들이 흉내 내고 싶은 영혼의 소리였다고 한다.

판소리는 악보집이 없는 구비문학이다. 판소리는 악보가 없기에 스승과 제자 간에 일대일로 전승되는 노래다. 이렇게 전수되는 과정을 '바디'라고 한다. 바디는 명창 개인의 독특한 소리 스타일이나 해석을 의미한다. 그 때문에 같은 작품이라도 어떤 명창이 부르느냐에 따라 소리의 높낮이, 음색, 가사의 해석, 심지어는 내용까지 미묘하게 달라진다. 그 명창만의 독특한 소리는 '누구누구의 바디'라고 불리며 전수된다. 바디라는 용어의 어원은 두 가지 설이 있다. 하나는 스승에게 전수받았다는 의미의 '받이'에서 변용되었다는 설, 다른 하나는 베틀에 달린 '바디'라는 기구의 이름이 판소리의 바디로 전용되었다는 설이다. 베틀의 바디는 살의 틈마다 날실을 꿰어서 베의 날을 고르며, 북의 통로를 만들어주고 씨실을 쳐서 베를 짜는 중요한 역할을 한다. '소리를 짠다'라는 판소리 용어가 있는 점을 고려하면 후자도 나름 설득력이 있다.

현재 전하는 〈추월만정〉 사설들은 누구의 바디이건 모두 달빛이 마당에 가득한 가을밤을 배경으로 시작한다. 하얀 달빛이 비쳐 눈부시게 반짝이는 옥난간에 기대어 선 심청은 지나가는 기러기를 불러 부친에게 편지를 전해달라 부탁한 뒤 방으로 들어가 편지를 쓴다. 하지만 한 자 쓰고 눈물짓고, 두 자 쓰고 한숨 쉬다 보니 눈물에 글자가 번져 알아볼 수가 없다. 고쳐 쓰고 다시 쓰는 동안 기러기는 사라지고, 심청은 빈 하늘만 바라보며 황망해한다.

사실 《심청가》 초기본에서 이 대목은 그저 심청이 아버지를 걱정하는 간단한 내용이었다. 이후 심청의 애절한 감정을 표현하는 내용이 조금씩 추가되었고, 신재효가 1860~70년경에 정리한 《심청가》에서는 사설 내용이 확대되고 비장미가 강화되어 독립적인 대목으로 자리 잡았다. 다만 신재효의 대목 사설은 서정적 배경 장치 없이, 심청이 혼자서 부친이 과연 눈을 떴는지, 끼니를 잇고 있는지, 다치거나 병들지 않았는지 걱정하고, 어떻게 해야 부친의 생사를 알 수 있을지 고민하는 내용으로만 이루어져 있다.

후대 판소리꾼들은 신재효의 이 기본 뼈대에 풍성함을 더한다. 소리꾼이 기본 사설에 새로운 내용을 추가하거나 기존 창법과 다르게 부르며 자신만의 장기로 삼은 대목을 '더늠'이라고 한다. 무릇 소리꾼이라면 자신만의 더늠의 정도와 수위를 가늠하기 위해 숱하게 갈등하고 고민했을 것이다. 각자가 정통과 혁신의 갈래길에서 어느 길을 선택했건, 오늘날 우리가 목도하는 판소리의 깊이와 너비의 총합은 오롯이 그들이 전해준 유산이다.

작자미상_<평사낙안>, 국립진주박물관 소장

이화중선이라는 물줄기도 그 거대한 강물로 흘러들어 갔음은 자명하다. 사실 이화중선은 〈추월만정〉 사설에 가장 커다란 물줄기를 제공한 소리꾼이다. 앞서 이야기했듯이, 이화중선은 유성기 음반을 녹음하면서 3분이라는 유성기 음반의 시간적 제약을 역이용했다. 장황한 서사를 걷어내고 감정의 정수인 자탄(自歎)에 집중한 이러한 구성은 이후 소리꾼 사이에 표준으로 자리 잡았다. 물론 이후에도 소리꾼들은 편지 내용이 곁들여지거나 서정성을 추가하는 방식으로 더듬했다.

그 시절, 이화중선은 아버지를 그리는 심청의 애잔함과 슬픔을 비탄 어린 소리로 풀어냈을 것이다. 아마도 청중들은 가녀린 체구의 이화중선에게서 눈물짓는 심청의 모습을 발견했을지도 모르겠다. 〈추월만정〉에서 심청이의 감정을 건드린 건 기러기였다. 효녀 심청은 기러기를 통해 아버지 심봉사에게 소식을 전하려 한다. 하지만 생사를 알 수 없는 아버지 생각에 눈물이 앞을 가려 제대로 편지를 이어가지 못한다. 어렵사리 쓴 편지를 전하려 다시 밖으로 나갔지만, 기러기는 자취도 없이 사라진 뒤였다. 효녀 심청은 애먼 기러기를 탓하며 애끓는 사부곡을 노래한다. 이화중선은 여기에 일제강점기 서민들의 나라 잃은 설움까지 얹어 토해낸다. 겹겹이 중첩된 비탄을 감당하려면 어지간한 목소리가 아니고서는 어림도 없다. 이화중선은 장황한 서사를 배제하고 감정선을 극한으로 끌어올렸다. 사람들은 그이의 목소리에 하염없이 눈물을 쏟아냈다. 이화중선이 사랑받았던 이유다.

문득 기러기에게 전하려던 심청이의 편지엔 어떤 사연이 적혔을까 궁금해졌다. 아버지의 눈을 뜨게 하려고 인신공양을 자처한 그녀는 옥황상제의 도움으로 황후가 되었지만, 아비를 그리는 마음에 부귀도 부질없고 영화도 덧없었을 것이다. 가난 때문에 어쩔 수 없이 천륜이 끊겼지만, 이제껏 효도를 못 한 심청은 감히 욕심을 부려본다. 눈뜬 아버지를 다시 만나고 싶다고.

한편, 민간에 퍼진 판소리 사설을 정리해 기록한 신재효 덕분에 판소리 사설 여섯 마당이 전해졌다. 오늘날에는 다섯 마당만 전승되고 있다. 신재효는 창을 하는 가객이나, 새로운 판소리 사설을 만들어낸 문장가가 아니었다. 그 대신 명창의 자질을 가진 소리꾼을 찾아내는 데 탁월한 능력을 지닌 '귀명창'이었다. 귀명창은 직접 창을 하지는 않지만, 소리꾼의 소리를 정확히 듣고 감식할 수 있는 안목을 지닌 이를 말한다.

그는 당시 널리 불린 판소리 열두 마당 중 《춘향가》《심청가》《수궁가》《홍보가》《적벽가》《변강쇠가》 등 모두 여섯 마당의 판소리 사설을 모아서 정리했다. 더불어 판소리 이론을 정립하고, 소리꾼을 모아 양성했다. 요즘 말로 프로듀서에 가까운 예인인 셈이다. 신재효의 이러한 기여로 판소리 사설이 문헌으로 기록되어 오늘까지 온전히 전승될 수 있었다.

홍시가 열리면 울 엄마가 생각이 난다

어릴 때 제일 먹고 싶었던 과일은 바나나였다. 고가의 열대 과일인 바나나를 나는 만화영화에서 처음 봤다. 만화영화 속 캐릭터가 바나나 껍질을 밟고 꽈당 넘어지는 걸 보고 배꼽이 빠져라 웃으며, 나는 바나나가 먹고 싶어졌다. 중1 때 친구네 집에서 바나나를 처음 먹었는데 생각처럼 맛있지 않았다. 창피하지만 그날 친구네 집 쓰레기통에 버린 바나나 껍질을 가져와서 마당에 깔고 만화영화처럼 꽈당 넘어지는 시늉을 해봤지만 결국 실패하고 말았다.

어릴 때 내가 제일 싫어했던 과일이 있다. 홍시다. 이가 없어 딱딱한 걸 못 드시는 할머니를 위해 엄마는 해마다 대봉감을 소주에 살짝 담갔다가 마루 한편에 말려 홍시로 만드셨다. 떫고 딱딱한 대봉감이 익어 새빨간 홍시가 되면 할머니는 아끼는 홍시를 반으로 갈라 나에게 주셨다. 홍시는 물컹물컹하고 씨앗은 입안에 아린 맛을 남긴다. 홍시 덕분에 나는 변비를 달고 살았다.

심청이가 가을 달빛 아래 날아가는 기러기 떼를 보고 아버지를 그리워하듯, 가수 나훈아는 홍시를 보며 돌아가신 어머니를 노래한다. 그는 1960년대 데뷔 후 〈천리길〉〈사랑은 눈물의 씨앗〉 등 히트곡을 연이어 발표하며 큰 사랑을 받았다.

나훈아는 묵직하고 중후한 저음과 매끄럽고 윤기 있는 고음을 자유자재로 넘나든다. 여기에 더해 나훈아만의 트로트 창법을 만들어냈다. 나훈아의 꺾고, 털고, 당기고, 미는 창법은 소리꾼의 득음을 판단하는 조건 가운데 하나인 '시김새'를 떠올리게 한다. '시김새'는 음의 꾸밈과 미묘한 떨림을 통해 감정을 표현하는 기교다. 트로트의 꺾기는 민요의 꺾는 창법에서 비롯되었다는 것이 학계의 중론이다. 시김새가 음의 꾸밈과 미묘한 떨림으로 감정을 표현하듯, 나훈아의 창법 역시 한국적 정서를 담아내는 데 탁월하다. 또한 때로는 부드럽고 때로는 단호한 몸짓으로 무대를 장악하는 나훈아 모습은 소리꾼의 몸짓 언어, 즉 발림을 떠올리게 한다.

나훈아가 작사·작곡한 〈홍시〉는 그이의 화려하고 흥겨운 여느 노래와 사뭇 결이 다르다. 이 곡은 1992년 〈석류가 웃는 이유〉(김지애 노래)라는 제목으로 먼저 발표했으나 크게 주목받지 못했다. 이후 2005년 광복 60주년 기념 공연에서 나훈아가 리메이크해서 노래하면서 비로소 대중의 사랑을 받았다.

생각이 난다 홍시가 열리면
울 엄마가 생각이 난다
자장가 대신 젖가슴을 내주던
울 엄마가 생각이 난다
눈이 오면 눈 맞을세라
비가 오면 비 젖을세라
험한 세상 넘어질세라
사랑 땜에 울먹일세라

나훈아는 분명 어린 시절 자신의 경험을 노랫말에 담았을 것이다. 홍시와 엄마가 일대일로 대응하려면 특별한 경험이 필요하다. 늦가을 마루에 앉아 마당 한구석 감나무에 열린 홍시를 본 기억이 없다면, 감나무 아래로 걸어가는 엄마의 어깨를 본 기억이 없다면 이런 노랫말이 나올 수 없다.

그 시절 우리네 농촌은 가난한 살림과 고된 노동으로 점철된 세계였으며, 그 신산함을 온몸으로 떠안은 사람이 엄마였다. 비쩍 마르고 검게 탄 얼굴, 쩍쩍 갈라진 손과 발, 구부정한 허리……. 지금으로 치면 중년의 나이였을 텐데도 기억 속 엄마 모습은 언제나 초로의 늙은이였다. 얼마나 무거운 삶의 무게를 짊어졌던 것일까.

그러면서도 그 시절 엄마는 나를 지켜주는 가장 안전하고 포근한 울타리였다. 하루 종일 논밭 일에 지친 엄마는 잠투정하는 아이에게 자장가 대신 빈 젖을 물리고, "눈이 오면 눈 맞을세라/비가 오면 비 젖을세라/험한 세상 넘어질세라" 늘 걱정이었다. 어린 자식 빗나갈까봐 호되게 꾸짖고 회초리를 들었다가도 돌아앉아 눈물을 훔쳤다.

나훈아는 자신만의 특별한 경험을 바탕으로 그 시절 우리에게 저장된 공통의 기억을 꺼내 보여준다. 공통의 기억은 공통의 정서를 불러일으킨다. 애틋한 그리움이다. 나훈아는 홍시를 볼 때마다 배 곯던 시절과 엄마의 손길이 연이어 떠올랐을 것이다. 우리 모두에게도 그 시절 엄마를 떠올리게 하는 눈물 단추가 있다. 특정한 물건이나 단어나 행동을 보면 자기도 모르게 목젖이 화끈 달아오르고 눈시울이 붉어진다.

수많은 노래가 어머니를 노래했지만, 오래도록 듣는 이와 공감대를 이룬 노래는 드물다. 여기에는 나훈아의 예인적 자질이 큰 몫을 차지한다. 하모니카 선율이 전주로 깔리면 나훈아는 숨을 고르고 눈을 지그시 감는다. "생각이 난다 홍시가 열리면/울 엄마가 생각이 난다" 이렇게 시작하는 〈홍시〉는 시종일관 미디엄 템포로 잔잔하게 진행된다. 음률은 단조롭게 반복되고 후반부의 클라이맥스도 없다. 나훈아는 특별한 기교를 부리지 않는다. 억지스레 고음이나 비브라토를 넣지도 않는다. 탄식이나 독백에 가깝게 읊조리다가 끝을 맺는다. 어찌 보면 슴슴하고 밍근한 노래는, 그러나 노랫말과 어우러지며 깊은 울림을 준다. 이처럼 그이는 별다른 기교 없이, 사실은 가장 노랫말에 어울리는 발림으로 '그 시절 엄마'라는 우리 공동의 기억을 소환해냈다. 그야말로 무기교의 기교, 정중동의 경지다.

누군가에 대한 추억과 그리움은 시대에 따라 경로와 형식을 달리한다. 이화중선과 나훈아는 그 시대에 걸맞은 그리움의 진폭을 정확히 포착하고 노래했다. 한 시대를 풍미한 가객이자 광대라는 칭호를 부여하기에 전혀 부족하지 않다. 이화중선이 부른 〈추월만정〉 속 심청의 눈물은, 나훈아의 〈홍시〉 속 어머니의 미소로 환생했다.

눈물이 번져 수묵화가 된 심청의 편지처럼, 그리움은 언어로 다 기록할 수 없는 한국인의 영혼에 새겨진 정서다. 한 세기가 흘렀지만, 이처럼 소리가 품은 감정의 무게는 변하지 않았다. 달빛에 젖은 기러기와 가을 햇살에 익은 감, 그 사이엔 한국인의 정서, 그리움의 미학이 흐른다. 그리움이란 어쩌면 슬픔이 아니라, 계속 살아 있으려는 마음의 다른 이름일지 모른다. 그래서 우리는 오늘도 노래한다. 달빛 차오르는 마당 한가운데서, 혹은 홍시 붉게 물든 마루 끝에서.

메마른 땅에 노래가
단비처럼 내리면

자기 안의 생동력으로 관습을 거스르다

_황진이 〈동짓달 기나긴 밤을〉 · 이효리 〈미스코리아〉

무거운 적막을 깨트리는 현악기의 떨림처럼, 시대의 관습을 무너뜨린 두 여인이 우리 앞에 모습을 드러낸다. 한 명은 달빛을 등에 업고 대동강 위에 노래를 띄우던 조선의 기녀이자 예인 황진이, 다른 한 명은 눈부신 스포트라이트 아래에서도 스스로의 리듬을 잃지 않던 현대의 싱어송라이터 이효리. 서로 다른 시공간을 살았지만, 이 두 여성에게는 기묘할 만큼 닮은 결이 느껴진다. 그것은 바로 자신이 누구인지 세상의 잣대에 굴하지 않고 오롯이 '내 속에서 솟아오르려는 것'에 충실했던 생동력이다.

타인의 시선에 길들여지기를 거부한 채 자신의 욕망과 감각, 그리고 예술의 고동(鼓動)을 따라 흔들림 없이 걸어간 삶. 이들의 이야기에 마음을 빼앗기는 이유는 아마도 그 용기와 자유의지가 우리 안의 어떤 갈망과 조응하기 때문일 것이다.

어론 임 오신 날 밤이어든 굽이굽이 펴리라

해어화(解語花), 곧 '말을 이해하는 꽃'이라는 별칭으로 불리던 여인들이 있었다. 꽃인데 사람 말을 알아듣는 꽃이라……. 미인을 일컫는 말이었다가, 훗날 시·서·화와 가무 등의 재능을 겸비한 기생을 뜻하는 말로 굳어졌다. 조선시대를 통틀어 가장 이름 높은 해어화를 꼽자면, 단연 황진이다. 기명(妓名)은 명월(明月), 생몰 연대는 1506년경부터 1560년경까지로 추정한다.

놀랍게도 황진이에 대한 정사 기록은 없다. 남성, 양반, 왕실 위주로 정사를 기록한 시대의 한계다. 그녀의 자취는 야사, 설화, 개인 문집 따위를 통해서만 전해진다. 이들 기록지는 검증 절차를 거치지 않은 '카더라 통신'인 경우가 허다하지만, 기인·예인·가인을 비롯한 일반 백성들의 생활상을 엿볼 수 있는 중요한 사료이다.

황진이에 대한 기록은 다양한 야사 자료에 전해진다. 허균의 《성소부부고》에는 대표적인 황진이 일화가 수록되었으며, 유몽인의 《어우야담》, 이덕형의 《송도기이》, 임방의 《수촌만록》, 김이재의 《중경지》, 서유영의 《금계필담》, 김택영의 《송도인물지》 등도 그녀의 자취를 전한다. 특히 김천택의 《청구영언》과 김수장의 《해동가요》에는 황진이의 시조와 가사가 수록되어 있어, 그이의 예술적 성취를 확인할 수 있다.

황진이는 출생에서부터 비밀에 휩싸여 있다. 황진사의 서녀였다거나 맹인의 딸이었다거나 여러 가지 설이 있지만 어느 것 하나 흔쾌하지 않다. 당연히 기생이 된 연유도 정확하지 않다. 일반적으로는 어머니가 기생이었을 가능성이 크다. 기생은 천민 신분이며 대대로 세습되었다. 양반이나 양민이 중죄를 짓거나 살림살이가 어려워서 천민으로 신분이 떨어지면서, 여성이 기생이 되는 경우도 있었다. 황진이가 관기(官妓)인지 민기(民妓)인지도 아리송하다.

어쨌거나 그녀는 재색을 겸비한 기생으로 이름을 떨쳤다. 시문을 지어 가야금을 연주하며 노래하는 자태는 좌중을 황홀경에 빠트렸다고 한다. 허균의 《성소부부고》에서는 서화담, 박연폭포와 함께 송도삼절(松都三絶)이라고 칭송할 정도였다. 이덕형이 송도 유수 시절 엮은 《송도기이》에도 그녀의 일화가 전해진다. 중국 사신이 우연히 황진이의 빛나는 자태와 청아한 노랫소리를 접하고는, "조선에 천하절색이 있구나"라고 찬탄했다고 한다. 말하자면 중국 사신조차 황진이의 미모와 재능을 인정했다는 일화다. 《송도기이》의 저자 이덕형은 1566년생으로 황진이와 동시대인이 아니므로, 전승된 이야기를 채록해 저서에 옮긴 것으로 추정된다. 조선시대 식자층은 틈만 나면 중국의 평가를 기준으로 삼는 경향이 있다. 앞서 소개한 일화도 마찬가지이다. 이러한 사대주의적 서술 방식을 모두 신뢰할 수 없지만, 그녀의 명성을 방증하는 일화로 참고할 만하다. 이 밖에도 그녀가 아름답고 영민한 해어화라는 사실은 모든 기록지에서 한결같이 강조하는 대목이다.

자, 이제부터 기생 황진이의 명성을 제대로 확인해보자. 벽계수라는 별호로 불린 조선 왕실 종친 이숙종은 황진이의 명성을 귀에 피가 나도록 전해듣는다. 벽계수는 황진이를 만나고 싶어 수소문했으나, 그녀는 "풍류명사가 아니면 만나기 어렵다"는 답변을 전해온다. 벽계수는 애가

정선_<박연폭포>, 개인 소장

달아 이달에게 방법을 묻는다. 이달은 벽계수의 간청에 비법을 알려준다. "황진이의 집 옆 누각에 올라 거문고를 타고 있으면 황진이가 나와서 당신 곁에 앉을 겁니다. 그때 황진이에게 눈길을 주지 말고 곧장 말을 타고 다리를 지나면 성공입니다. 황진이가 무슨 짓을 해도 돌아보지 않아야 합니다."

벽계수는 이달의 말대로 따랐다. 누각에 올라 거문고를 탔더니 황진이가 나와 곁에 앉았고, 곧바로 말에 올라타고 다리를 향해 나아갔다. 그런데 바로 그때, 뒤따라오던 황진이의 노랫소리가 들려왔다.

청산리 벽계수야 수이 감을 자랑 마라.
일도창해하면 돌아오기 어려우니
명월이 만공산하니 쉬어 간들 어떠리.

황홀한 노랫소리에 말도 걸음을 멈췄고, 벽계수는 홀린 듯 뒤를 돌아보았다. 그러다가 그만 벽계수는 말에서 떨어지고 말았다. 그 꼴을 본 황진이는 코웃음을 치고는 뒤돌아 가버렸다. 이 일화는 《성소부부고》를 비롯한 여러 야사에 전하며, 시간과 맥락이 문헌마다 다양하게 기록되어 있다.

황진이에게 사랑은 일종의 유희이자 놀이였다. 황진이는 호기심을 느끼는 상대방에게 성적 매력을 발산했고 기꺼이 육체적인 관계를 맺었다. 문제는 황진이의 호기심을 불러일으키기가 여간 까다롭지 않다는 점이었다. 신분과 지위와 권위에 기대지 않아야 했고, 한 인간으로서 학문적 깊이와 예술적 조예, 그리고 본연의 매력을 지니고 있어야 했다. 하지만 벽계수는 황진이의 기준치를 채우지 못했다. 자신의 별칭을 빗 댄 시조 한 수에 허둥대는 벽계수의 모습에 황진이가 어떤 생각을 했을 지는 뻔하다. 벽계수뿐일까. 당대의 고위 관료와 풍류객들이 황진이의 사랑을 얻고 싶어 했지만, 대다수는 한겨울 삭풍처럼 차가운 바람을 맞 아야 했다.

당대 최고의 문장가로 손꼽히던 소세양과의 일화도 농밀하고 아찔 하다. 이 일화는 주로 《송도기이》에 기록된 전승으로, 후대 여러 문헌에 반복되지만 그 진위는 학계에서도 확정하지 않는다. 평소 소세양은 "여 색에 빠지면 선비가 아니다"라고 호언장담했다. 송도를 방문하게 된 소 세양은 "황진이와 30일만 교제하고 난 뒤, 헤어진 뒤에는 미련을 두지 않겠다"라며 친구들과 내기를 했다. 황진이와 소세양은 만남 전부터 편 지로 탐색전을 펼친다. 그리고 두 사람은 만나자마자 계약 동거에 들어 간다. 어느덧 약속했던 30일이 흐르고 이별의 시간이 다가오자 황진이 는 소세양에게 시를 한 수 전한다.

月下庭梧盡(월하정오진)

霜中野菊黃(상중야국황)

樓高天一尺(누고천일척)

人醉酒千觴(인취주천상)

流水和冷琴(유수화냉금)

梅花入笛香(매화입적향)

明朝相別後(명조상별후)

情與碧波長(정여벽파장)

달빛 스민 뜨락에 오동잎 다 떨어져 쓸쓸하고

서리 내린 들녘엔 국화만 홀로 노랗게 피었네.

높은 누각은 하늘에 닿을 듯 가까운데

천 잔을 나눈들 그대는 취하지 않는구려.

물소리와 거문고 가락 서늘하게 어울려 흐르고

매화 향은 피리 소리에 실려 은은히 감도네.

내일 새벽 그대와 이별하고 나면

애달픈 그리움 푸른 강물처럼 끝없이 이어지리.

계약 동거를 하면서 소세양은 황진이의 미모와 재능에 매료되었다. 하루하루가 꿈처럼 즐겁고 행복했다. 계약 기간이 끝나 마지못해 떠나려던 소세양은 황진이의 눈물 젖은 노랫소리에 그만 무너지고 말았다. 소세양은 친구들과의 내기를 포기하고 황진이와 며칠을 더 보낸다. 호사가들은 소세양과 친구들이 자신을 두고 내기를 했다는 사실을 황진이가 알고 있지 않았을까 예측한다. 그래서 소세양의 마음을 흔들어놓기 위해 짐짓 연기를 했다는 것이다.

어쩌면 황진이가 정말로 소세양의 학식과 인간다움에 푹 빠졌는지도 모른다. 기실 두 가지 가능성은 현상적으로는 똑같은 과정과 결말에 이른다. 황진이는 30일 동안 진심으로 사랑에 빠져(또는 사랑에 빠지는 메소드 연기를 펼쳐) 소세양과 긴긴 밤을 불태웠다. 그리고 며칠 더 여운을 즐긴 뒤 미련 없이 이별을 선택한다.

황진이는 조선시대 여성에게 강요된 모든 억압적 기재를 거리낌 없이 벗어던진다. 황진이가 30년간 면벽 수련을 한 지족선사를 유혹해서 끝내 파계승으로 전락시킨 일화는 아연실색할 정도다. 이 정도 파격과 일탈이면 사회적으로 매장당할 만한데도 오히려 반대다. 절대적으로 우월한 지위를 누리며 '남존여비·일부종사·칠거지악' 운운하던 남성들도 황진이만큼은 예외다. 오히려 천상의 선녀이자 천재 예인이라며 애정하고 추앙했다. 사내들은 애가 닳았고 어떻게든 만나고 싶어 기웃댔다. 그런 사내일수록 황진이는 흥미를 잃었고 눈길 한 번 주지 않았다. 스스로 사내를 선택하고, 주도적으로 사랑을 나누었다.

황진이와 가장 오래 연을 맺은 이는 이사종인데, 그는 선전관으로 군사 업무를 맡았다. 굳이 따지자면 무관 출신 하급 관료였다. 황진이는 왜 지체 높은 사대부도 아닌 이사종에게 마음을 빼앗겼을까? 이사종은 당대에 이름 높은 소리꾼이었다. 첫 만남에서 두 사람은 서로의 시와 노래에 빠져들었다. 황진이는 그 자리에서 이사종에게 파격적인 제안을 했다. "나와 6년 동안 함께 살아보는 게 어떻습니까?" 이사종은 머뭇거렸다. 이미 아내를 둔 유부남이었기 때문이다. 하지만 황진이는 개의치 않았다. 3년은 이사종의 집에서 첩살이를 하고, 3년은 황진이의 집에서 동거하는 조건을 내걸었다. 결국 계약이 성사되고 둘은 뜨거운 동거를 이어갔다.

시조 선집인 《청구영언》에 수록된 〈동짓달 기나긴 밤을〉은 황진이가 이사종과 사랑을 나누던 시기에 지은 시조라고 전해진다. 화자는 차갑고 기나긴 동짓달 밤을 홀로 지새우고 있다. 하지만 아주 외롭거나 쓸쓸하지는 않다. 조만간 사랑하는 임이 돌아올 테니까. 그러니 동짓달 밤을 싹둑 잘라서 봄기운 불어넣으며 기다리면 될 일이다. 사랑하는 임이 오는 날 펼쳐놓으면 따스하고 기나긴 봄밤을 보낼 수 있으니까. 종장의 '어론'의 어원인 '얼우다'는 '남녀가 정을 통하다'는 뜻이다. 이 뜻을 염두에 두고 읽으면 이 작품이 얼마나 성적 상상력을 자극하는 시어들로 넘실대는지 알 수 있다.

섹슈얼리티는 생명 종을 유지하고 번식하는 데 근본 에너지이며, 나아가 사회적·문화적 진화를 추동하는 엔진이다. 황진이는 관습과 제도가 강제하는 여성성을 단호히 거부하며 수동적인 기다림의 고통을 견디지 않는다. 매혹적이고도 발칙한 섹슈얼리티로 시공간을 휘저으며 자신만의 방식대로 재편집한다. 우리 고전시가에서 성적 에너지를 이처럼 담대하고 거침없이 예술 작품으로 승화한 사례는 지극히 드물다. 시조 시인이자 국문학자 이병기는 "사대부들이 머릿속 관념이나 유희로 시조를 읊은 반면, 기녀들은 절박한 삶 속에서 자신이 직접 겪은 감정을 진솔하게 담아냈기에 뛰어난 작품이 많다"고 해석했다. 특히 "황진이의 시조는 사랑과 그리움, 기다림의 감정이 실제 경험에서 우러나온 것이기에 그 시대 모든 노래 가운데서도 대표작이라 할 만하다"고 극찬했다.

황진이의 위명과 전설 같은 일화에 견주어 전해지는 작품은 그리 많지 않다. 하지만 남겨진 몇몇 작품에서 확인하듯, 그녀의 작품은 수려하고 매혹적이다. 그녀는 자신의 삶을 스스로 설계하고 실현했다. 허세 가득한 사내는 가차 없이 밀어내고, 풍류와 시심이 통한 상대에게는 마음을 여는 데 인색하지 않았다. 드높은 자존감과 예인으로서의 긍지가 없으면 불가능한 태도다.

달 밝은 밤이면 황진이는 가끔 송도의 누각에 올라 거문고를 타며 노래했을 것이다. 여성들은 그녀에게 대리만족을 느꼈을 테고 남성들은 그녀의 재색에 압도당하는 데서 오는 굴종의 쾌감을 느꼈을 것이다. 그녀의 자태에 취해 함께 밤을 지새웠을 송도 사람들은 얼마나 황홀하고 따스했을까.

그깟 봄 신기루에 매달려 울고 싶진 않아

헤르만 헤세는 《데미안》 서문에 이렇게 썼다. "내 속에서 솟아오르려는 것. 바로 그것을 나는 살아보려고 했다. 왜 그것이 그토록 어려웠을까?" '내 속에서 솟아오르는 것'이란, 프로이드식으로 말하자면 이드(id, 원초적 자아), 즉 생명의 근원적인 동인(動因)을 일컫는다. 사회적 관계와 질서에 둘러싸인 우리는 이드에 충실한 삶을 살기란 거의 불가능하다. 대다수는 슈퍼에고(superego, 현실 윤리와 규범)에 적당히 타협하면서 에고(ego, 현실적 자아)를 형성하게 마련이다. 그런데 몇몇 사람들의 이드는 너무나 강렬해서 두터운 슈퍼에고의 장막을 뚫고 나와 세상을 뒤흔들곤 한다. 이효리도 그중 한 명이다.

이효리는 1998년 아이돌 그룹 핑클 멤버로 처음 얼굴을 알린다. 핑클은 〈Blue Rain〉〈영원한 사랑〉〈내 남자 친구에게〉〈루비(淚悲): 슬픈 눈물〉〈화이트〉〈영원〉〈Now〉 등을 연달아 히트시킨다. 핑클은 여느 여자 아이돌 그룹과 비슷한 행보를 가져간다. 데뷔 초기에는 상큼하고 귀엽고 발랄한 이미지를 내세우다가, 연차가 쌓여갈수록 여성스럽고 성숙한 노래를 선보인다. 대부분의 아이돌 그룹은 이 과정을 건너지 못하기 마련인데 핑클은 다행히 연착륙에 성공한다. 멤버들이 저마다 역할을 충실히 수행해낸 결과다. 1990년대 대표 여성 아이돌 그룹으로 활약하던 핑클은 2002년 잠정적으로 팀을 해체한다.

우리나라 아이돌 산업의 환경을 고려했을 때, 왜 팀이 해체되었는지보다 그 오랜 세월을 어떻게 정상에서 군림하며 팀을 유지할 수 있었는지 물어야 한다. 그 비결 중 첫째는 단연 '이효리' 효과다. 이효리는 눈부신 존재감을 뽐낸다. 단순히 예쁜 수준을 넘어서, 털털하고 친근하면서도 카리스마 넘치는 성숙미까지 갖췄다. 솔직하고 당돌한 행동거지는 아이돌이 갖추어야 할 미덕에서 한참 벗어났다. 하지만 사람들은 이효리라면 응당 그럴 수 있다고 인정했다. 이효리는 어느 순간부터 '아이돌'로 불리지 않았다. 이효리는 그냥 이효리였다.

I say 너의 그녀는 지금 거울을 보며

붉은색 립스틱 화장을 덧칠하고

Baby 높은 구두에 아파하고 있을걸

나는 달라 그녀와 날 비교하진 말아줘

Just one 10 MINUTES 내 것이 되는 시간

순진한 내숭에 속아 우는 남자들

Baby 다른 매력에 흔들리고 있잖아

용기 내봐 다가와 날 가질 수도 있잖아

팀이 해체된 이후 이효리는 개인 활동을 이어간다. 첫 솔로 앨범의 타이틀곡 〈10 Minutes〉(메이비 작사·김도현 작곡)은 사람들을 충격에 빠뜨렸다. 이효리는 망사 스타킹과 배꼽티를 입고 무대에 올라, 특유의 당돌하면서도 매혹적인 자태를 뽐내며, 10분 안에 마음에 드는 남자를 유혹해서 사랑을 나누겠다고 노래한다.

사람들은 아연실색하면서도 '이효리라면……'이라며 수긍했다. 이효리는 뒤이어 〈Hey Girl〉〈Get Ya〉〈U-Go-Girl〉〈Chitty Chitty Bang Bang〉 등을 연달아 히트시켰다. 호사가들은 우리나라 '섹시 디바' 계보를 잇는 가수가 등장했다며 이슈화했다. 사실 이효리의 출현을 계기로 과거의 가수를 소환하여 '섹시 디바'라는 카테고리가 새롭게 만들어졌다고 보는 것이 타당하다. 이 계보의 최상단에는 당연히 황진이의 이름이 적혀야 할 테다. 이효리는 가수로서뿐만 아니라 예능·광고·패션 등 다방

면에서 눈부시게 활약하며 이른바 '이효리 신드롬'을 일으켰다.

이효리의 화려한 행보에 묻혀 그녀의 음악적 성취에 대한 탐구는 상대적으로 소홀하다. 이효리는 현대 대중음악사에서 최초로 태연하고 당당하게 섹슈얼리티를 전면에 내세웠다. 억지로 연출하지 않아도 자연스럽게 발산되는 이드였다. 그녀의 아우라는 남성과 여성 모두에게 자유와 해방감을 선사했다.

이효리는 앨범을 만들면서 이름이 알려지지 않은 신인 작곡가와 협업을 고집했으며, 꼬박꼬박 작사가로 참여했다. 댄스 팝 위주의 노래를 전면에 내세우면서도 당시에는 하위 장르로 분류되던 힙합적 요소를 적극 수용했다. 그런데 탄탄대로를 걷던 이효리는 2010년 4집 앨범 《H-Logic》 수록곡 중 신예 작곡가에게 받은 곡들이 표절과 무단 도용 시비에 휘말린다. 이전에도 몇 차례 표절 시비로 몸살을 앓았던 이효리는 이 사건으로 자숙 기간을 갖는다. 그녀가 음악적 성취를 위해 얼마나 고민하고 노력했는지에 대한 방증이다.

이즈음 이효리는 유기견을 돌보는 활동에 전념하며, 인디 음악계 기타리스트 이상순과 사귄다. 그리고 2013년, 5집 앨범으로 돌아온다.

독설을 날려도 빛이 나는 여자
알면서 모른척하지 않는 여자
어딘지 모르게 자꾸만 끌리는
Bad bad bad bad girls
Shake Shake 이젠 못 참겠대

착하게 살아봤자 남는 거 하나도 없대
다같이 Shake Shake 이젠 못 참겠대
그동안 쉽게 봤던 너부터 좀 조심하래

이 앨범에 수록된 〈Bad Girls〉를 비롯한 모든 곡은 이효리의 음악적 항로를 갈무리한 듯 장르적 실험을 모색하면서도 높은 완성도를 자랑한다. 그녀는 유명 작사·작곡가들의 곡을 받아 안전하게 복귀할 수 있었을 텐데도 정반대의 길을 선택했다. 수록곡의 절반가량에 작사가·작곡가로 참여했으며, 나머지 곡들도 인디계 음악가들과 협업했다. 또한 댄스 팝 일변도에서 벗어나 락앤롤, 레트로, 컨트리, 블루스, 소울 같은 다양한 장르가 풍성하게 가미되었다. 이 앨범에서 이효리는 여전히 위풍당당하게 섹슈얼리티의 왕관을 쓰고 있었지만, 이제는 후계자 없는 대관식을 치러야 할 시간이라는 사실을 받아들인다.

유리거울 속 저 예쁜 아가씨
무슨 일 있나요 지쳐 보여요
많은 이름에 힘이 드나요
불안한 미래에 자신 없나요
자고 나면 사라지는 그깟 봄 신기루에
매달려 더 이상 울고 싶진 않아
Because I'm a Miss Korea
세상에서 제일 가는 girl이야

〈미스코리아〉(이효리 작사·작곡)는 이상순과 협업한 곡이다. 이 곡의 뮤직비디오에는 미스코리아 왕관을 쓰고 보석 달린 드레스를 입은 이효리가 지지직거리는 흑백 브라운관에 등장한다. 뒤이어 현실에서 명품 브랜드를 발로 걷어차 버리고, 여장을 한 남성들과 함께 피날레를 장식한다. 외적 아름다움에 집착하던 데서 벗어나 자기만의 아름다움을 발견했음을 선언한 것이다.

이후 이효리는 이상순과 결혼하며 제주도에서 유기견·유기묘와 함께 생활한다. 화려한 스포트라이트에서 벗어나 요가와 명상과 농사일과 집안일을 하며 느리고 한적한 시간을 보낸 것이다. 물론 틈틈이 음악 작업과 사회적 활동과 방송 출연을 하면서 개인과 세상에 대한 균형 잡힌 통찰을 보여줬다. 섹시 디바 이효리를 기억하는 사람들은 그녀의 변신에 놀라워하지만, 금세 '이효리니까……' 하며 고개를 끄덕인다. 이제 사람들은 지치고 힘들고 쉼이 필요할 때 이효리를 보며 위안을 얻는다. 환경·젠더·사회 문제에 대한 이효리의 발언을 들으며 방향을 가늠한다.

이효리는 곤충의 탈바꿈(탈피)처럼 전혀 다른 모습으로 변신을 거듭해왔다. 그 힘은 자기 안에서 솟아오르는 이드로부터 나온다. 타인의 시선에 신경 쓰지 않고 내면의 근원적 욕망에 충실하는 힘이다. 그것이 섹슈얼리티이건 아트만(Atman, 참된 자아)이건 중요치 않다. 그녀의 이드는 외형적 아름다움과 내면적 완숙미가 공존할 수 있음을, 궁극적으로는 다르지 않음을 보여주었다.

이효리의 변신은 송도삼절 가운데 두 기둥인 황진이와 서경덕을 둘러싼 일화와 묘한 기시감을 불러일으킨다. 황진이가 서경덕을 시험하기 위해 유혹했다가 서경덕의 인품에 탄복해서 그 후로 오래도록 학문과 예술을 교류했다는 이야기다. 돌이켜보면 황진이와 이효리는 있는 그대로의 자신을 온전히 이해해주는 상대를 평생의 벗으로 받아들인다.

황진이와 이효리에게 춤과 노래는 감성과 지성을 표현하는 수단이자, 스스로 성숙해지는 기재였다. 여성 예술가가 마주하는 구조적 제약은 시대가 바뀌어도 사라지지 않았다. 황진이는 신분과 성별의 이중 제약을, 이효리는 외모 지상주의와 성 상품화의 시선을 내적 생동력으로 돌파했다. 그 생동력은 관습과 통념에 한 치도 타협하지 않으며 삶의 주도권을 누구에게도 넘겨주지 않지만, 그렇다고 유아독존의 별세상을 꿈꾸지는 않는다. 자신의 진면목을 알아주는 사람이라면 언제라도 열렬히 몸과 마음을 나눈다.

이 지점은 보통의 우리에게는 더할 나위 없이 위안을 준다. 우리 모두가 황진이와 이효리가 될 수는 없다. 하지만 우리 모두는 황진이와 이효리의 벗이 될 수는 있다. 물론 그들을 이해하고 끌어안을 만큼의 시선과 품을 갖추는 건 우리 몫이다.

황진이는 스스로 삶을 설계하고, 이효리는 타인의 시선에 신경 쓰지 않고 자신 안의 근원적 욕망에 충실했다. 그들은 허세 가득한 사내와 불

안한 미래에 매달리는 삶을 단호히 거부하고, 진실한 예술적, 인간적 교류를 통해 자신의 진면목을 알아주는 상대와 뜨겁게 연대했다.

이들의 춤과 노래, 그리고 삶 자체가 관습과 통념에 한 치도 타협하지 않은 거대한 예술 작품이었다. 우리는 황진이의 〈동짓달 기나긴 밤을〉에서 시공간을 재편집하는 담대한 섹슈얼리티를, 이효리의 〈미스코리아〉에서 외적 아름다움 너머의 진정한 자아를 발견한다.

그들은 사회가 정해둔 틀의 경계를 느끼는 순간, 주저앉기보다 오히려 그 경계를 발판 삼아 더 멀리 도약했다. 사랑과 예술, 몸과 마음, 욕망과 성찰을 대립시키지 않고 조화롭게 풀어낸 이들의 궤적은 지금도 묵직한 파문을 일으키며 우리에게 전해진다.

자유롭고 싶은 마음, 나답고 싶은 욕망, 잃지 않고 싶은 아름다움. 그 모든 질문 앞에서 두 사람은 자신만의 답으로 살아냈다. 이제 그 대답을 어떻게 이어갈지는 우리 각자의 몫이다. 오늘 밤, 문득 창밖의 달빛이 유난히 맑아 보인다면, 그것은 어쩌면 그들의 이야기가 우리 마음속 어딘가를 살며시 건드렸기 때문일 것이다.

이루어질 수 없는 사랑을 어찌할까

_ 정철 〈사미인곡〉 · 안예은 〈상사화〉

사랑은 언제나 시대를 통과하며 제 몸을 바꾼다. 4백 년의 시차를 두고 애끓는 그리움을 노래한 두 아티스트가 있다. 한 명은 조선시대에 권력 중심부에서 밀려난 문신 송강 정철이고, 다른 한 명은 현대의 대중음악 오디션 무대를 뒤흔든 싱어송라이터 안예은이다.

조선의 선비는 가사로, 현대의 아티스트는 노래로 이루어질 수 없는 사랑을 뜨겁게 기록했다. 정철은 하늘을 잃은 선녀의 입을 빌려 왕을 사랑했고, 안예은은 상사화를 통해 시대의 부름을 받아 떠나간 이를 그리워하는 마음을 노래한다. 서로 다른 시대, 서로 다른 언어지만, 두 사람의 노래는 한 점에서 만난다. 사랑이 끝내 닿을 수 없다는 절망, 그 절망 속에서 다시 피어나는 생의 의지. 결국 노래란 도달할 수 없기에 더욱 간절한 인간의 손짓이다.

저 매화 꺾어내어 임 계신 데 보내고자

〈사미인곡〉과 〈속미인곡〉을 읽으면서 늘 머릿속을 맴돌던 물음이 있다. "정철이 정말 선조를 사랑했을까?" 두 작품의 시적 화자는 전직 선녀다. 그 선녀에게 빙의한 충성스런 신하 정철은 미인, 즉 선조를 사랑한다. 조선시대에는 '사랑한다'라는 동사가 없었다. 오늘날 우리말 '사랑하다'의 어원은 '상대하여 생각하고 헤아리다'는 뜻의 한자어 '사량(思量)'이라고 한다. 당시에는 '사랑하다'는 의미로 '괴다'라는 말을 썼다. 오늘날의 '그리워하다' 또는 '정신적으로 사랑하다'의 의미에 가깝다. 만약 〈사미인곡〉에서 선녀가 옥황상제에게 '얼다'라고 했다면 정철과 임금의 관계는 동성연애다. 왜냐하면 '얼다'는 육체적 관계를 나누는 사랑을 뜻하기 때문이다. 서동이 〈서동요〉에서 선화공주가 '남몰래 얼러(他密只 嫁良)'라고 노래한 바로 그 표현이다. '괴다'라는 표현은 고려 의종 때 문신 정서가 지은 고려가요 〈정과정〉에도 나온다.

내가 임을 그리워하며 우니
산 접동새와 나는 비슷합니다.
아니며 거짓인 줄 아으
이지러진 달과 빛나는 별이 아십니다.
넋이라도 임과 함께하고 싶어라 아으
우기던 사람이 누구입니까.
잘못도 허물도 전혀 없습니다.

슬픈 말입니다.
사르고 끊듯 하구나 아으
임이 나를 벌써 잊으셨습니까.
아아 임이시어, 다시 들이셔서 괴오소셔.

정서는 역모에 가담했다는 죄명으로 귀양을 가게 된다. 의종은 이모부였던 정서를 귀양 보내면서 다시 불러주겠다고 약속했지만, 한동안 아무런 연락도 하지 않는다. 정서는 자신의 억울함과 결백을 호소하며 의종에게 '괴어'달라고 노래한다.

이처럼 〈정과정〉 속 화자는 구체적으로 하소연하는 대상이 존재한다. 맺힌 억울함도 깊고 해명해야 할 사연도 많다. 그러다 보니 자연 글귀는 길어지고, 행간에는 한숨이 가득하다. 사연이 구구절절하기로는 송강 정철(1536~93년)도 못지않다. 〈사미인곡〉 결사에서 정철은 이렇게 노래한다.

하루도 열두 때 한 달도 서른 날 적은 듯 생각 마라 이 시름 잊자 하니, 마음에 맺혀 있어 골수에 사무쳤으니 편작(扁鵲)이 열이 오나 이 병을 어찌하리. 어와 내 병이야 이 임의 탓이로다. 차라리 쓰여지어 범나비 되오리다. 꽃나무 가지마다 간 데 족족 앉다가 향 묻은 나래로 임의 옷에 옮으리라. 임이야 날인 줄 모르셔도 내 임 좇으려 하노라.

정철은 천상에서 하계로 추방된 선녀의 입을 빌려 억울하게 귀양 온 자신의 한을 노래했다. 이생에서는 더 이상 살아갈 의미가 없으니 죽어서 범나비로 환생하리라고 노래한다. 〈사미인곡〉은 어떤 충신연군지사 작품보다 처절하고 애절하다. 추상적으로 신하가 왕을 섬기는 내용이 아니라 구체적인 대상이 있고, 그 대상으로 인해 병까지 얻은 듯하다. 그 연유를 따라가 보자.

정철은 1536년(중종 31년) 한성부 사대부 집안에서 태어났다. 정철의 누이 가운데 한 명이 인종의 후궁 귀인 정씨였으며 둘째 누이가 계림군의 부인이 되면서부터 어린 정철은 궁중에 자유로이 드나들었다. 그러면서 또래의 왕자(경원대군)와 소꿉친구로 지내기도 했으며, 이때 왕실의 구성원이라는 자긍심이 머릿속에 자리 잡은 듯하다. 그런데 얼마 지나지 않아 정철 집안은 큰 정치적 사건에 휘말린다.

인종과 명종의 왕위 계승과 관련하여 조정 신하들이 이합집산하던 가운데, 을사사화와 양재역 벽서 사건에 아버지와 형들이 연루된 것이다. 사건이 터질 때마다 아버지와 형들은 유배를 가야 했으며, 이 와중에 큰형은 죽고, 둘째 형은 벼슬길에 환멸을 느끼고 은거한다. 어린 정철은 아버지를 따라 여러 유배지를 돌아다녀야 했다. 이때 정철은 정치의 무서움을 온몸으로 느끼고, 힘이 없으면 속절없이 당해야 한다는 사실을 절감했을 것이다.

정철은 1562년(명종 17년) 문과에 급제하여 관직에 오른다. 때마침 어린 시절 소꿉친구였던 명종(경원대군)이 정철을 반겨주었다. 정철은 관직에서 승승장구하며, 한편으로는 이황, 이이, 기대승, 성혼 같은 당대의 석학들과 교류한다.

명종은 서른넷 젊은 나이로 후사 없이 세상을 떠났다. 왕실은 고심 끝에 중종의 서자였던 덕흥군의 셋째 아들을 왕위에 옹립한다. 조선왕조 최초의 서손(서자의 후손) 출신 임금, 선조다. 반대가 없을 리 없다. 신하들과 왕실의 찬반 논쟁이 이어지는 긴박한 분위기 속에서 선조는 왕위에 올랐다. 게다가 어려서부터 제후가 될 준비를 한 다른 왕들과 달리 선조는 왕의 자질을 갖출 기회가 없었다.

이때 정철은 선조를 곁에서 모시며 왕실을 지키기 위해 궂은일을 마다하지 않았다. 왕위에 오른 선조는 초기에는 권력을 휘두르던 윤원형 일파를 쫓아내고, 사림을 다시 조정으로 불러들이고, 새로운 인재를 등용하고, 학문에 힘쓰는 등 성군의 모습을 보여주었다.

하지만 다시 조정을 장악한 사림은 서인과 동인으로 나뉘어 다투기 시작했다. 사림은 처음에 수구세력을 모조리 몰아낼 것인지, 몇몇은 관직을 유지하게 해줄 것인지를 놓고 의견이 나뉘었다. 이 사소한 논쟁이 상대방에 대한 감정적인 불만을 낳고 악의적인 공격으로 번졌다. 붕당정치는 선조가 부추긴 측면도 있었다. 선조는 윤원형처럼 특정 신하나 한 세력이 조정을 좌지우지 못하게 서로 견제하면서 균형을 유지하기를 바랐다.

선조의 붕당정치는 또 다른 비극을 낳았다. 동인과 서인은 서로를 헐뜯고 모함했는데, 선조는 그때마다 자신의 권위를 강화하는 쪽으로 결정을 내렸다. 그러다 보니 신하들은 선조의 눈치를 보기에 바빴다. 이 시기에 정철은 서인을 대표하는 인물로 활약했으며, 동인과 절대 타협하거나 물러서지 않았다.

조정에서 우위를 점하고 있던 동인은 선조에게 정철을 파면하라고 여러 차례 상고했으며, 결국 선조는 동인의 손을 들어주었다. 1585년 정철은 벼슬에서 물러나 고향으로 내려간다. 왕에게 버려진 처지가 된 정철은 왕의 곁을 지키지 못하는 자신의 처지에 절망한다. 이때 쓴 작품이 〈사미인곡〉이다.

동풍이 건듯 불어 적설(積雪)을 헤쳐내니 창밖에 심은 매화 두세 가지 피었세라. 가뜩 냉담한데 암향(暗香)은 무슨 일꼬. 황혼에 달이 좇아 베갯머리 비치니, 느끼는 듯 반기는 듯 임이신가 아니신가. 저 매화 꺽어내어 임 계신 데 보내고자. 임이 너를 보고 어떻다 여기실꼬.

옥황상제에게 버림받은 이후, 선녀는 이제 누굴 위해 꽃단장을 해야 하나 싶은 자괴감에 빠져 3년 내내 머리도 안 빗고, 연지분도 안 바르고 산다며 푸념한다. 봄날의 정취를 느끼며 선조를 향한 그리움을 노래한 대목에서 화자는 눈 속에 핀 매화를 보며 임을 떠올린다. 모든 계절, 모든 날에 어떤 사물을 봐도 임 생각뿐이다. 정철은 선조가 왜 자신을 내쳤는지 도무지 이해할 수 없었다. 그저 정적들의 농간에 빠져 잠시 판단이 흐려졌을 뿐이라고 믿었다. 그러니 선조가 자신의 억울한 처지와 변함없는 사랑을 알아주기를 바랄 뿐이었다.

기실 정철은 이전에도 동인의 공격을 받아 관직을 내려놓고 낙향한

적이 있었다. 선조가 몇 차례 관직을 내렸는데도 사양했다. 이즈음에 정철은 짐짓 정치에 환멸을 느껴서 자연과 벗 삼아 지내겠노라며 〈성산별곡〉을 지어 노래한다. 또한 1580년에 강원도 관찰사로 부임해서 관동팔경을 두루 유람하면서 느낌 감흥을 〈관동별곡〉에 담기도 한다. 정철은 선조가 자신을 아끼고, 동인의 체면을 살려주느라 자신을 잠시 멀리한다는 사실을 알고 있었다. 따라서 조만간 다시 자신을 불러줄 것이라고 믿어 의심치 않았다.

하지만 이번에는 조금 달랐다. 동인과 서인의 대결은 한결 과격해졌고, 치열한 다툼의 와중에 선조는 동인의 편을 들었으며, 매우 매몰차게 정철을 내쳤다. 선조는 그 뒤로 몇 해 넘도록 정철을 부르지 않았다. 선조는 왜 정철을 파직했을까? 선조는 어느 날부터 정철의 과격한 언행과 과잉 충성을 부담스럽게 여겼을 것이다. 어쩌면 틈만 나면 서로에게 으르렁대는 사림의 세력다툼에 넌더리가 났는지도 모른다. 선조는 달면 삼키고, 쓰면 뱉기 시작했다. 선조의 마음이 변했다는 사실을 눈치챈 정철은 애가 닳았다. 〈사미인곡〉과 〈속미인곡〉을 연이어 써서 선조에게 자기의 마음을 알아달라고 간절히 요청했다.

그러던 1589년, 상황이 일순 뒤집혔다. 동인과 서인의 갈등이 고조되던 시기에, 정여립이 역모를 꿈꾼다는 비밀 보고서가 선조에게 전해졌다. 관군이 쳐들어가자 정여립은 자살했으며, 역모설은 사실로 굳어졌다. 선조는 이 사건을 정철에게 조사하라고 맡겼다. 정철은 동인 세력을 이 사건과 엮어서 1천여 명을 유배 보내거나 사형시켰다. 이 비극적인 기축옥사는 조선 정치사에 큰 영향을 끼쳤다.

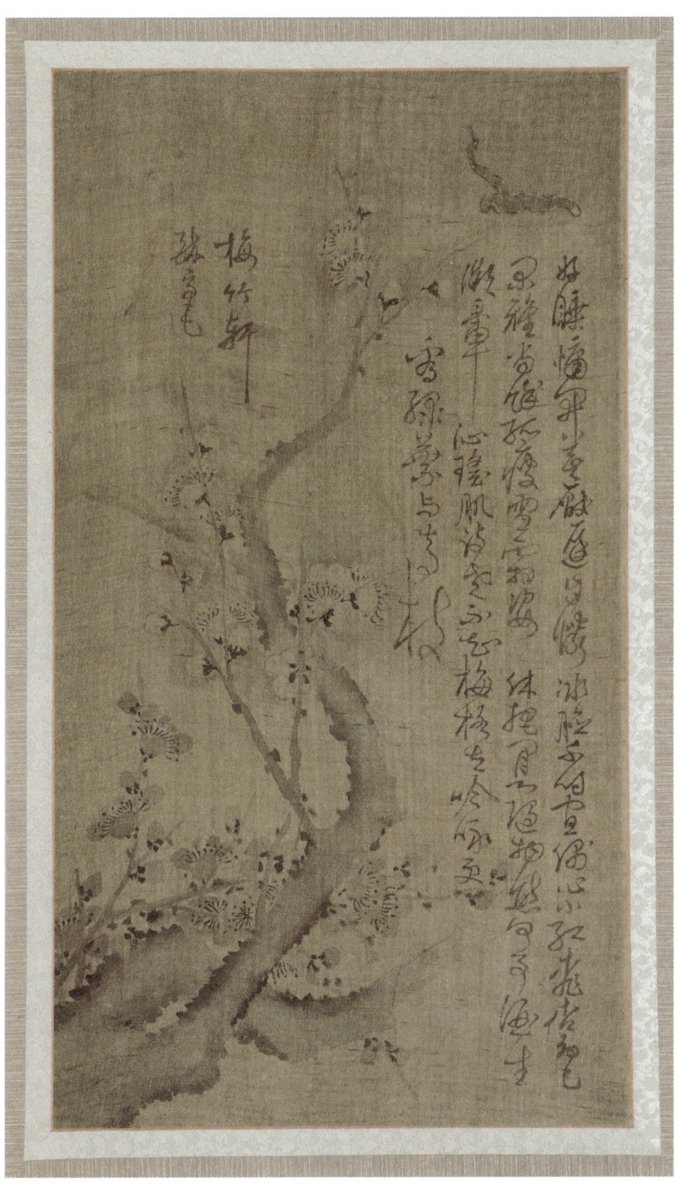

작자미상_<매화도>, 국립중앙박물관 소장

서인과 정철의 무자비한 탄압으로 한순간에 몰락할 위기에 놓인 동인 세력은 숨을 죽이며 반격할 기회를 엿보았다. 몇 해 뒤, 동인 세력은 광해군의 세자 책봉 문제를 기회 삼아 선조와 정철 사이를 갈라놓았다. 선조는 가차 없이 정철을 파직하고 유배 보냈다. 가까스로 다시 권력을 잡은 동인은 정철을 어떻게 처리할지를 놓고 다시 두 세력으로 갈렸다. 벼슬자리를 빼앗고 유배를 보내는 것으로 충분하다는 남인과, 처형해야 한다는 북인으로 갈렸다.

《선조실록》에는 정철을 "성품이 편협하고 말이 망령되고 행동이 경망했기 때문에 원망을 자초하였다"고 기록하고 있다. 그런데《선조수정실록》에는 "청렴하고 강직하고 절개가 있어 한결같은 마음으로 나라를 근심했다"라고 긍정적인 평가를 내리고 있다. 《선조실록》은 동인이 조정에서 힘을 잡았을 때 쓰였고, 《선조수정실록》은 서인이 조정을 장악했을 때 쓰였기 때문이다. 《조선왕조실록》에서 한 인물에 대해 이처럼 상반된 평가가 나온 경우는 드물다. 그만큼 정철은 정치적으로 문제적 인간이었다.

돌이켜보면 정철은 왕실 구성원으로서 자긍심이 높았다. 따라서 왕에 대한 충성은 혈육에 대한 '꿈'이나 다름없었다. 또한 정철은 권력의 무서움을 뼈저리게 경험했다. 권력을 얻으려면 전력을 다해 상대방을 무너뜨려야 했다. 왕에 대한 사랑도, 상대 세력에 대한 적대감도 진심이었다. 정철에게는 자신의 의지와 마음을 내보일 강력한 무기가 있었다. 바로 문학적 재능이다.

〈성산별곡〉〈관동별곡〉은 정철의 초기 작품으로, 사뭇 경쾌하고 호기롭게 자연의 아름다움을 노래한다. 지금은 비록 관직에서 물러나 있지만 당장 내일이라도 왕이 불러주리라고 믿었기 때문이다. 그럴 때는 자신이 권력에 초연하며 강호한정을 꿈꾸는 선비라는 사실만 내보이면 된다. 그래야 왕이 더 믿고 가까이 두기 마련이다.

그에 비해 〈사미인곡〉〈속미인곡〉은 비장하고 간곡하게 왕에 대한 사랑을 고백한다. 왕이 어쩌면 영원히 자신을 내칠지 몰라 두려웠기 때문이다. 그럴 때는 남은 선택지가 없다. 왕에 대한 사랑이 누구보다 지극하고, 왕의 명이라면 어떤 일이라도 벌이겠다고 애걸하는 수밖에.

놀라운 점은 이처럼 현실 인식과 정치적 의도에 따라 쓰인 작품이, 그 자체로 뛰어난 문학적 성취를 이뤘다는 사실이다. 정철의 〈성산별곡〉〈관동별곡〉〈사미인곡〉〈속미인곡〉 등은 조선시대 가사문학을 대표하는 걸작으로 꼽힌다. 이런 성취는 미사여구만을 남발하거나 위기를 모면하기 위한 임기응변용 필력으로는 어림없다. 정철은 각 작품을 쓰던 시기의 상황을 진심으로 자신의 처지로 받아들여 영혼을 실었다. 말 그대로 현실과 이념과 문학적 재능이 혼연일체를 이룬 것이다.

정철은 왜 가사 형식으로 문학적 재능을 발휘했을까? 가사는 고려 말에 모습을 드러냈으며, 조선시대에 와서 율격을 갖춘다. 4음보를 기본 율격으로 할 뿐, 행에 제한을 두지 않는 연속체 운문이다. 한시의 영향을 받았지만, 우리말 구조에 걸맞은 산문 형식으로 진화한 문학 장르이다. 덕분에 가사는 향유 층이 아주 두터웠다. 사대부는 물론이고 양반가의 부녀자, 승려, 서민 등 한자를 잘 모르지만 문학적 재능을 갖춘 이들이 생산자이자 소비자로 참여했다.

얼핏 보자면 정철의 정치 행보는 가사 문학의 자유분방함과는 거리가 멀어 보인다. 하지만 이는 정철이 들으면 서운해할 만한 평가이다. 정철은 본디 술을 좋아하고 친구와의 친교를 더없이 소중하게 여기는 사람이다. 다만 냉엄하고 어지러운 현실 정치에 발목이 붙잡혔을 뿐. 어쩌면 정철은 한시(시조)의 율격이 현실 정치처럼 빡빡하고 답답했는지도 모른다. 자신의 재능과 예술관을 발현하는 문학만큼은 이런저런 구애받지 않고 할 말을 다 하고 싶었을 것이다.

정철 문학의 특성이 뚜렷이 드러나는 작품이 〈속미인곡〉이다. 〈사미인곡〉의 후속작이지만 그 절박함이나 간절함에서 〈사미인곡〉과는 현격한 차이를 보인다. 작품 속 선녀(을녀)는 여전히 선조를 그리워하지만, 다만 체념 섞인 투로 조용히 읊조릴 뿐이다.

> 을녀: (…) 아 허황한 일이로다. 이 임이 어디 갔는가? 잠결에 일어나 앉아 창문을 열고 바라보니, 가엾은 그림자만이 나를 따르고 있을 뿐이로다. 차라리 사라져서 지는 달이나 되어 임이 계신 창문 안에 환하게 비치리라.
>
> 갑녀: 각시님 달은커녕 궂은비나 되시오.

정철은 더 이상은 선조에게 자신이 필요하지 않다는 사실을 받아들인 듯하다. 여전히 왕을 사랑하지만, 다시는 조정에 오를 가망이 없다. 지난날의 정치 행보에 대한 자기반성과 회한마저 엿보인다. 현실 정치에 대한 집착을 내려놓은 듯 쓸쓸해 보이면서도 어조가 한결 부드러워졌다. 죽어서라도 왕의 창가를 비추는 달이 되고 싶었지만, 결국 달은커녕 굿은비 같은 존재임을 깨달은 것이다. 정철은 이 복잡미묘한 내면의 풍경을 〈속미인곡〉에 온전히 쏟아놓는다. 순우리말을 전면에 내세우고, 두 선녀의 대화 형식으로 구성한 실험정신도 돋보인다. 마치 오늘날 대화문 소설이나 희곡을 보는 듯하다. 문학적 영역에서도 정철은 문제적 인간이다.

그대로 끝날 듯하던 정철의 정치 생명은 다시금 격랑에 휩싸인다. 1592년 7월 임진왜란이 발생한 것이다. 정철은 선조의 부름을 받아 피난길을 호위한다. 하지만 정철은 이미 젊은 시절의 그가 아니었으며, 술에 취해 업무를 제대로 처리하지도 못하는 상태였다. 또한 조선에 군사를 보내준 명나라에 감사 인사를 전하는 사절단으로 연경(베이징)에 가서 일본군이 모두 철수했다는 거짓 보고를 올려 논란이 되기도 했다. 결국 다시 파직당한 정철은 1593년 향년 58세에 외로이 세상을 떠났다.

기다리던 봄이 오고 있는데 이리 나를 떠나오

수선화과에 속하는 여러해살이 구근식물 중에 상사화라는 꽃이 있다. 상사화는 봄에 잎이 먼저 나와서 광합성을 하고, 7월부터 9월 무렵에 잎이 시들고 나면 꽃줄기가 올라와 꽃을 피운다. 꽃과 잎이 피고 지는 시기가 달라서 서로 그리워한다고 붙여진 이름이 상사화다. 심지어 꽃말도 '이룰 수 없는 사랑'이다.

상사화로서는 진화를 거쳐 획득한 나름의 생존전략이겠지만, 사람의 눈으로 보면 참 낯설고 쓸쓸해 보인다. '상사화'의 '상사'는 연인 관계에서 자주 등장하는 말이다. '서로 상[相]' '생각 사[思]', 연인이 서로 만나고 싶어 그리워하는 상태를 뜻한다. 또한 그리움의 강도가 더해져 별리의 아픔을 한 아름 안게 되는 병리적 상태를 상사병이라고 한다.

잎사귀 다 떨군 뒤 가녀린 줄기에 피어난 상사화 꽃은 이름에서 연상되는 정서와 맞물려 유난히 화려하고, 그만큼 애처로워 보인다. 이런 상사화의 강렬하고도 무참한 미학적 정서를 소재로 다루기란 여간 만만치 않다. 그런데 여기에 도전장을 내민 가수가 있다. 싱어송라이터 안예은의 노래는 제목부터 〈상사화〉다. 아니나 다를까, 듣는 내내 심장 깊숙한 곳이 찌르르하다.

사랑이 왜 이리 고된가요
이게 맞는가요 나만 이런가요
(…)
다시 돌아올 수 없는
그 험한 길 위에
어찌하다 오르셨소
(…)
기다리던 봄이 오고 있는데
이리 나를 떠나오
긴긴 겨울이 모두 지났는데

〈상사화〉는 국악적 선율을 바탕으로, 안예은 특유의 타령에 가까운 창법이 얹어진다. 노래를 듣고 있으면 어느샌가 과거로 거슬러 올라가 조선시대를 배경으로 두 남녀의 사랑 이야기가 펼쳐지는 듯하다. 어느 날 사랑하는 사내가 큰 뜻을 품고 험한 길을 떠난다. 안위를 알 수 없으니 기다리는 여인은 선홍빛으로 타들어 간다. 꽃을 피웠으나 보아줄 이 없는 여인의 처지는 상사화를 닮았다.

〈상사화〉는 전통음악 선법(旋法) 중 하나인 계면조를 주선율로 삼았다. 하지만 전체적인 곡조는 국악보다는 발라드에 가깝다. 사람들은 안예은의 창법이 타령조라고 규정하지만, 단지 특유의 음색과 발성일 뿐 정작 그이는 전통 소리를 배운 적이 없다. 심지어 〈상사화〉를 연주하는 주종 악기도 피아노와 첼로이다(나중에 여러 음악가들이 전통 악기로 연주했으며, 역시나 매우 잘 어울렸다). 그런데도 사람들은 〈상사화〉를 전통음악 장르로 받아들인다. 왜 그럴까? 여기에 안예은의 특별함이 있다.

안예은은 SBS 오디션 프로그램 〈K팝스타 시즌5〉에 참가하여 준우승을 차지하며 대중의 주목을 받았다. 안예은은 경연 과정에서 대부분 자작곡을 선보였다. 심사위원들은 이전에 없었던 음악적 실험이라서 대중성이 떨어진다는 평과 이미 자기만의 독보적인 세계를 완성한 아티스트라는 평으로 극명하게 나뉘었다.

이처럼 상반된 평가는 사실 같은 뿌리에서 나온 갈래이다. 안예은은 가창력이 뛰어난 가수는 아니다. 이런 가수는 자신을 처음 알리는 경쟁 오디션 프로그램에서는 매우 불리하다. 다행히 안예은에게는 이 불리함을 이겨낼 음색과 분위기, 무엇보다 음악적 독창성이라는 무기가 있었다. 안예은은 피아노를 두드리며, 팝, 스윙, 재즈, 블루스, 발라드 등 온갖 장르를 혼합한다. 사실 여기까지는 음악적 재능을 가진 사람이라면 어느 정도 가능한 영역이다. 안예은은 여기에서 한발 더 나아간다. 바로 한국적 정서와의 결합이다.

안예은은 자신의 음색이 우리의 전통 정서와 맞닿아 있다는 점을 받아들이고 십분 활용한다. 이 실험은 실패할 확률이 높다. 동양과 서양, 현대와 고대의 이질적인 간극을 메우기도 어려울뿐더러 그 결과물에 대한 호불호도 장담할 수 없다. 심사위원들의 초기 반응을 보면 확연히 드러난다.

하지만 안예은은 오디션을 진행할수록 조금씩 존재감을 드러냈으며, 결국 최종 무대까지 오른다. 안예은은 어떻게 심사위원과 시청자들의 마음을 사로잡았을까? 그이는 시종 자신의 색깔을 포기하지 않았으며, 심지어 어떤 노래라도 자신만의 방식으로 소화해냈다. 자기의 음악 세계를 단단히 구축하고 그곳으로 사람들을 초대한 것이다.

〈K팝스타 시즌5〉를 통해 얼굴을 알린 안예은은 본격적으로 활동을 시작한다. 〈상사화〉는 MBC 드라마 〈역적: 백성을 훔친 도적〉의 OST로 만들어진 노래다. 〈역적: 백성을 훔친 도적〉은 연산군 시기에 홍길동과 백성들의 봉기를 다룬 드라마다. 〈상사화〉는 길동과 여주인공이 엇갈리는 장면에서 배경음악으로 흐른다. 사내는 여인을 사랑하지만, 시대의 요청을 저버릴 수 없다. 여인도 사내를 사랑하지만 대의를 위해 보내주어야 한다는 사실을 안다. 이처럼 〈상사화〉 속 남녀의 사랑은 시대적 서사를 밑바탕에 깔면서 더욱 애절하고 가슴 저민다.

드라마 〈역적: 백성을 훔친 도적〉에는 안예은의 곡이 또 하나 OST로 들어가 있다. 바로 〈봄이 온다면〉이다.

우리에게 봄이 온다면

먹구름이 걷히고 해가 드리우면

그날이 온다면

나는 너에게 예쁜 빛을 선물할 거야

우리에게 봄이 온다면

따스한 하늘이 우리를 감싸면

그날이 온다면

나는 너의 무릎에 누워 꿈을 꿀 거야

같은 드라마에 들어간 OST인 만큼 〈상사화〉와 〈봄이 온다면〉은 하나의 세계관을 공유하는 노래다. 〈상사화〉에서 사내가 왜 '다시 못 올 험한 길'을 걸어갔는지, 왜 여인은 사내와의 이별을 가슴 시리게 받아들여야 했는지, 〈봄이 온다면〉에서 그 이유가 드러난다.

사내는 사랑하는 여인의 무릎에 누워 단꿈을 꾸고 싶어 한다. 하지만 먹구름 뒤덮인 세상은 그 자그마한 행복을 허락하지 않는다. 왜냐하면 권력자의 배를 채우기 위해 만백성이 굶주림과 노역에 시달리고 있기 때문이다. 사내는 모든 사람이 다 같이 손에 손잡고 잘사는 세상을 꿈꾼

다. 먹구름 걷히고 따스한 햇살 드리우는 봄날을 열어젖히기 위해 사내
는 기꺼이 몸을 던진다.

한 사람을 향한 사랑이 지극해져서 모든 세상을 향한 사랑으로 발화
하는 경지다. 이러한 사랑의 상승 개념은 정철의 〈사미인곡〉과 대척점
에 선다. 정철은 소수 권력층에 소속되었으며, 권력의 꼭짓점을 향해 애
정 공세를 퍼붓는다. 그렇다고 정철의 사랑이 개인적인 부귀영화를 위
한 비틀린 욕망이라고 단정할 수 없다. 정철의 입장에서는 왕에게 충성
하고 잘못된 정치를 바로잡는 것이 곧 유교적 이상세계를 이루는 지름
길이기 때문이다. 정철은 선조가 유교적 이상세계에 어울리는 성군이
며, 선조를 에워싼 간신배를 몰아내면 군신공치를 실현할 수 있다고 믿
었다.

안예은의 〈상사화〉와 정철의 〈사미인곡〉은 모두 처절하고 애끓는 사
랑, 개인의 사랑과 대승적 사랑의 융합을 노래한다. 자신을 기꺼이 희생
해서라도 이루고 싶은 고귀하고 숭고한 사랑이다. 안타깝게도 두 세계
관은 마주 보고 치달리는 중이다. 〈상사화〉 속 사내가 이루려는 사랑은,
〈사미인곡〉 속 선녀가 이루려는 사랑을 무너뜨려야 가능하다. 반대의
경우도 마찬가지이다.

사랑은 때로는 이처럼 거대한 불화와 쟁투를 불러일으킨다. 사랑으
로 세상을 구원하려는 열망에 한 치의 양보도 있을 수 없다. 모든 걸 걸
어야 한다. 어떤 사랑이 결국 살아남을까? 인류 앞에 놓인 영원한 난제
의 해답을 우둔한 내가 어찌 알 수 있으랴. 그보다 내 고민은 좀 더 개인
적이다. 그런 사랑이 찾아온다면, 나는 온전히 받아들일 수 있을까? 그

조차 잘 모르겠다.

사족을 붙이자면, 우리는 안예은 하면 '국악 발라드'라는 장르를 떠올린다. 이는 곧 '안예은이 장르다'라는 명제가 성립하는 지점이다. 나아가 안예은은 매우 다양하고 실험적인 음악을 선보이고 있다. 〈능소화〉〈창귀〉〈쥐〉〈지박〉 같은 호러 음악은 소름이 오소소 돋을 만큼 괴기스럽고, 〈문어의 꿈〉〈바나나차차 트로피컬〉 같은 동요는 아이들의 커다란 환영을 받았고, 〈8호 감방의 노래〉〈열 달 아흐레〉 같은 역사적 함의를 담은 노래는 우리를 한없이 숙연하게 만든다.

안예은의 음악실은 마치 천재 과학자의 실험실을 보는 듯하다. 온갖 실험 도구가 나뒹굴고 정체를 알 수 없는 냄새와 연기가 자욱한 가운데 박사는 산발한 머리를 긁어대며 실험에 몰두한다. 훗날 그이가 어떤 음악가로 평가될지 지금으로서는 도무지 예측할 수 없다. 다만 여기에서는 글밥으로 쓰기 위해 그 음악 세계의 일부분만을 자의적으로 추려왔다. 안예은의 앞길을 격하게 응원한다.

우리는 정철의 '처절한 몸부림'과 안예은의 '숭고한 염원'이라는 두 개의 거대한 사랑을 마주했다. 한쪽은 나비의 날갯짓으로 임금의 옷에 향을 옮기려 했고 다른 한쪽은 모두에게 드리울 따스한 봄날의 햇살을 위해 험한 길을 택했다.

시간은 흘러도 사랑의 본질은 바뀌지 않는다. 정철의 선녀가 그리워한 임금도, 안예은의 여인이 기다린 사내도 모두 '이루어질 수 없는 존재'였다. 그러나 그 불가능이야말로 인간이 노래를 만드는 이유고 노래를 부르는 까닭이다. 사랑은 완성될 때보다 부재 속에서 더 빛난다. 그리움은 실패의 감정이 아니라 인간이 인간으로 남는 마지막 증거이기 때문이다. 정철의 매화와 안예은의 상사화가 서로 다른 계절에 피어나듯 우리의 사랑도 어쩌면 그렇게 어긋나야 비로소 아름다울지 모르겠다. 어긋났기에 더 아쉽고, 부재하기에 더욱 그립고, 닿을 수 없기에 그 사랑이 더더욱 애틋하다. 그게 노래가 되고 이야기로 만들어져 사람들 마음과 기억 속에 깊이 새겨졌기에 그들의 목소리는 오늘도 우리를 위로한다.

비루하고 궁상맞은 일상에 물들 때

_박인로 〈누항사〉·장기하와 얼굴들 〈싸구려 커피〉

가끔 오래된 비닐장판 위를 맨발로 걸을 때가 있다. 발바닥에 쩍, 하고 달라붙었다 떨어지는 그 눅진한 감각. 그 미세한 짠내가 문득 조선시대 몰락한 양반의 헛기침 소리와 겹쳐 들릴 때가 있다. 4백 년의 시간을 사이에 둔 두 남자, 한 사람은 소를 빌리러 이웃집 문 앞에서 머뭇거리고, 다른 한 사람은 미지근한 싸구려 커피를 마시며 천장 낮은 반지하를 맴돈다.

　마음이 짠하고 가슴이 눅눅한 이 기분. 박인로의 〈누항사〉 속에서 느껴지는 그 처연한 페이소스는, 오늘날 장기하와 얼굴들의 〈싸구려 커피〉에서 흘러나오는 무기력하지만 왠지 모를 유머가 담긴 궁상맞은 생활감과 실은 한 뿌리다. 비록 배경은 초가집과 반지하 월세방으로 다를지라도, 그들이 현실을 받아들이는 방식은 시대를 초월하여 우리의 마음을 흔든다.

풍채 저근 형용애 개 즈칠 뿐이로다

가사나 시조 같은 고전시가는 주로 악공의 연주에 따라 가창(歌唱)하거나, 악기가 없더라도 고저장단을 넣어 읊조리던 노래다. 대표적인 고려가요 〈가시리〉 역시 《악장가사》에 노랫말이, 《시용향악보》에 노랫말과 악보가 실려 있다. 가사 작품도 일부는 가창 형태로 실연되었다.

조선 초기에 등장한 가사는 처음에는 양반들이 주로 향유하던 문화였다. 양반들은 주로 유려한 자연 경관을 묘사하고 그곳에서 살아가는 선인(仙人)을 노래하며 자신을 투영했다. 더불어 그들은 운치 있는 정자에서 기녀와 긴소리 짧은소리로 가사를 송영(誦詠)하며 풍류를 즐겼다.

하지만 임진왜란과 병자호란 이후 가사의 형식과 내용은 급격하게 탈바꿈한다. 두 전란을 겪으며 신분제 사회가 붕괴하면서 일부 양반이 몰락한다. 관직에 오르지 못하고 살림이 빈궁해진 그들은 자연 속에 은거하거나 손수 농사를 짓기도 한다. 그러면서 가사는 서민들의 생활상을 묘사하는 내용이 부쩍 늘어났다. 사대부의 향유 문화였던 시가가 서민문화로까지 확장된 것이다. 조선 후기 '일상시가'는 살고자 하는 혹은 살아야 하는 이상향이 아니라 살고 있는 현재를 노래한다. 여기에서 이른바 이상과 현실의 괴리가 발생한다.

안빈낙도는 유학자가 입이 마르도록 상찬하던 이상적 자아의 모습이다. 하지만 가난이 정말로 일상을 뒤덮을 때도 과연 그들은 세상 물정과 동떨어져 선비의 기개와 이상향을 노래할 수 있을까? 이 시기 몰락한 양반들이 쓴 가사에는 그 격변의 현장이 고스란히 담겨 있다. 그들은 빈궁한 살림살이를 여과 없이 보여주기도 하고, 가난에 몸부림치면서도 짐짓 선비로서 품위와 체통을 지키려고 애쓰기도 한다. 현실과 이상의 경계에는 페이소스와 해학이 가득하다. 한양에서의 화려했던 생활과 달리 유배 생활의 곤궁을 한탄하는 안조원의 〈만언사〉, 가난귀신을 쫓아내려다 오히려 설득당해 함께 살기로 한 정훈의 〈탄궁가〉 등. 박인로의 〈누항사〉도 그 연장선상에 놓인다.

박인로(1561~1642년)는 어릴 때부터 시재에 뛰어났으며 정철, 윤선도와 함께 조선의 3대 시가인(詩歌人)으로 꼽힌다. 박인로의 작품은 대부분 마흔 살 이후에 지어졌는데, 여기에는 그럴 만한 시대적 배경이 있다. 1592년 임진왜란이 일어나자 서른두 살 박인로는 붓을 내려놓고 의병으로 활동한다. 의병장 정세아와 수군절도사 성윤문의 휘하에서 수차례 공을 세운 박인로는 1599년 무과에 급제하여 수문장·선전관을 지내기도 한다. 그는 마흔즈음에 관직에서 물러나 은거하며 본격적으로 작품 활동에 매진한다. 전쟁의 아픔을 생생하게 드러낸 〈선상탄〉, 경기도 광주의 사제라는 곳에서 소요자적하는 이덕형에게 바치는 〈사제곡〉, 그리고 〈누항사〉 등이 이 시기에 나온 그의 작품이다.

〈누항사〉는 4음보 연속체의 독백과 대화체를 섞어 쓰는 독특한 서술 방식으로, 누추하고 곤궁한 자신의 일상을 가감 없이 내보인다. 오랜 벗 이덕형이 그에게 "자네 어찌 사나?" 하고 묻자, "걱정 붙들어매슈. 비록 가난하고 헐벗었지만 여기가 선비의 낙원이니" 하며 지은 작품이라고 한다.

어리고 우활(迂闊)할산 이내 우해 더니 업다.

길흉화복을 하날긔 부쳐 두고,

누항(陋巷) 깁푼 곳의 초막을 지어 두고,

풍조우석(風朝雨夕)에 석은 딥히 셥히 되야,

셔 홉 밥 닷 홉 죽(粥)에 연기도 하도 할샤.

셜 데인 숙냉(熟冷)애 뷘 배 쇽일 뿐이로다.

생애 이러하다 장부 뜻을 옴길넌가.

안빈일념(安貧一念)을 젹을망정 품고 이셔,

수의(隨宜)로 살려 하니 날로 조차 저어(齟齬)하다.

가알히 부족거든 봄이라 유여(有餘)하며,

주머니 뷔엿거든 병(甁)의라 담겨시랴.

빈곤한 인생이 천지간의 나뿐이라.

(…)

신야경수(莘野耕叟)와 농상경옹(壟上耕翁)을 천타 하리 업것마난,

아므려 갈고젼달 어내 쇼로 갈로손고.

한기태심(旱旣太甚)하야 시절이 다 느즌 졔,

서주(西疇) 놉흔 논애 잠깐 갠 녈비예

도상(道上) 무원수(無源水)를 반만깐 대혀 두고,

쇼 한 적 듀마 하고 엄섬이 하난 말삼

친절호라 너긴 집의 달 업슨 황혼의 허위허위 다라 가셔,

구디 다단 문 밧긔 어득히 혼자 서셔

큰 기참 아함이를 양구(良久)토록 하온 후에,

어와 긔 뉘신고 염치업산 내옵노라.

초경도 거윈대 긔 엇지 와 겨신고.

연년(年年)에 이러하기 구차한 줄 알건마난

쇼 업산 궁가(窮家)애 혜염 만하 왓삽노라.

공하니나 갑시나 주엄 즉도 하다마난,

다만 어제 밤의 거넨 집 져 사람이,

목 불근 수기치(雉)을 옥지읍(玉脂泣)게 꾸어내고,

간 이근 삼해주(三亥酒)을 취토록 권하거든,

이러한 은혜을 어이 아니 갑흘넌고.

내일로 주마 하고 큰 언약 하야거든,

실약(失約)이 미편(未便)하니 사셜이 어려왜라.

실위(實爲) 그러하면 혈마 어이할고.

헌 먼덕 수기 스고 측 업슨 집신에 설피설피 물러오니,

풍채 저근 형용애 개 즈칠 뿐이로다.

와실(蝸室)에 드러간들 잠이 와사 누어시랴.

북창(北窓)을 비겨 안자 새배랄 기다리니,

무정한 대승(戴勝)은 이 한을 도우나다.

(…)

무심한 백구(白鷗)야 오라 하며 말라 하랴.

다토리 업슬산 다문 인가 너기로라.

무상(無狀)한 이 몸애 무산 지취(志趣) 이스리마난,

두세 이렁 밧논를 다 무겨 더뎌 두고,

작품 속 화자는 초가집에서 죽으로 연명하는 비루한 무반(武班)이다. 화자의 처지는 박인로 자신의 상태를 그대로 반영한 듯하다. 박인로가 전쟁이 끝나고 집에 돌아왔을 때 노비들은 달아나고, 농사지을 소 한 마리 남지 않았다고 한다.

작품 속 화자는 손수 씨를 뿌려 곡식을 거두기로 마음먹는다. 엉킨 억새밭도 뒤집을 정도로 쟁기를 날카롭게 갈아두고, 잠깐 지나는 여우비에 흐르는 물을 밭에 반쯤 대놓고는, 언제고 필요하면 소 한번 빌려주마고 말한 이웃집에 소를 빌리러 간다. 양반 체면에 소 빌리러 가는 것이 부끄러운 그는 달 없는 어둠을 등지고 소 주인 집 문밖에서 서성인다. 오래도록 '헤헴' 인기척을 넣은 뒤에야 소 주인이 문을 연다. 화자와 소 주인의 대화를 재현해보자면 다음과 같을 것이다.

소 주인: 초경(저녁 7시~9시)도 거의 지났는데 어쩐 일이오?

화자: 구차한 줄 알지마는, 소 없는 가난한 집에서 농사 걱정이 많아서 왔습니다.

소 주인: 공짜로든 값을 받든 간에 빌려주고 싶지만……. 사실 어젯밤에 건넛집 사람이 목이 붉은 수꿩을 구슬 같은 기름에 구워 내오고 갓 익은 술을 취하도록 권하더이다. 그 은혜를 모르는 체할 수 있겠소. 내일 소를 빌려주기로 굳게 약속해버렸네요. 미안하지만 지난번에 했던 말을 지키기가 어렵겠구려.

화자: 사정이 그러하다니 어쩔 수 없지요.

소 주인의 어쭙잖은 변명과 완곡한 거절이다. 화자는 헌 모자를 눌러쓰고 축이 없는 짚신을 신고 맥없이 물러난다. 여기서 압권은 뒤축이 있는 미투리도 아닌 뒤축이 없는 짚신을 신고 뒷걸음질 치는 장면이다. 화자는 초라하게 쪼그라든 자신을 보고 개가 짖는다는 피해의식에 사로잡혀서 설피설피 물러나 집으로 돌아온다. 그가 돌아온 집은 누항은 고사하고 달팽이집처럼 초라하고 옹색하다.

'누항'은 공자와 제자 안회의 대화에서 나오는 말로, 청빈하게 생활하고 학문을 닦으며 도를 추구하는 공간으로 자주 언급된다. 화자가 자기 초가집을 '누항'이라 일컫는 이유는 자명하다. 가난을 원망하지 않으며 자연을 벗 삼아 안빈낙도하겠다는 의지를 표명한 것이다. 하지만 그 결의는 신산한 현실 앞에 덧없이 무너지고 바래진다.

화자는 비참하고 서글픈 마음에 뜬눈으로 밤을 새운다. 화자는 강호

양기훈_<밭갈이>, 국립중앙박물관 소장

자연과 더불어 살겠다고 꿈꾼 지 오래되었으나 먹고사는 일이 고되어 그만 잊어버렸다고 고백한다. 그리고 오랜 상념 끝에 가난과 천함이 싫어서 손을 내젓는다고 물러가겠으며, 남의 부귀 부러워한들 오겠느냐며 현실을 긍정적으로 수용하기로 한다. 빈이무원(가난하지만 원망하지 않음)이 어렵다지만 자신의 삶에 서러운 마음은 없다고 의지를 다진다.

돌이켜보건대 박인로의 가사는 정철과 윤선도의 작품 세계와는 결이 다르다. 그 차이는 아마도 출신성분에서 비롯되었는지도 모른다. 정철과 윤선도는 비록 당쟁에 휩쓸려 고난의 길을 걷기도 하지만 태생이 금수저였다. 그들은 걸출한 가문의 자손이었으며, 빼어난 실력으로 문과 과거에 급제하여 높은 관직에 오른다.

그에 비하면 박인로는 타고난 흙수저였다. 시골의 가난한 양반가에서 태어났으며 서른이 넘도록 관직에 오르지 못한 몰락한 양반이었다. 그는 임진왜란 이후 무과에 합격하여 거제도의 자그마한 포구를 지키는 관직을 지내기도 한다. 게다가 마흔 살즈음에는 그 자리마저 물러나 농사를 지으며 작품 활동에 매진한다.

당대의 명성과 문학적 기재로 보아, 그는 문반으로서 벼슬길에 오를 수도 있었을 게다. 그런데 왜 시골 벽지에서 궁상맞은 생활을 이어갔을까? 그의 작품 곳곳에 묘사된 가난의 질감과 그걸 온전히 받아들이는 선비의 태도에서 그 이유를 짐작할 수 있다. 어쩌면 그는 조선 후기 어지러운 정치의 소용돌이에 휘말리기보다는 자발적 유폐를 선택했을 것이다. 물론 학문적 성취가 부족해서일지도 모른다.

어쨌거나 박인로는 비록 허울뿐인 양반이었지만, 똥구멍이 찢어지도

록 가난해서 숭늉을 마시고도 고기 먹은 양 이를 쑤셨다는 남산 딸깍발이 선비들처럼 허세와 체면치레에 물들지 않았다. 그래서 그런지 스스로 농사를 지어 가족을 보살피려 한 〈누항사〉의 양반님은 짠하면서도 제법 멋지다.

싸구려 커피를 마신다

밴드 '장기하와 얼굴들'의 대표작 〈싸구려 커피〉의 리듬과 라임은 굼뜨고 나른하다. 단조롭게 반복되는 선율을 따라 맥없이 읊조리는 노래는 놀랍게도 많은 이들의 뜨거운 사랑을 받았다. 왜일까? 사람들은 스토리텔링의 힘에 주목한다. 예컨대 대중음악 평론가 김작가는 "70~80년대의 한국 록에서 읽을 수 있는 자기 관찰과 해학의 정서"를 되살리고, "한국 대중음악 가사에서 점차 사라져가고 있는 서사의 중요성과 힘"을 입증했다고 평한다.

2008년 10월에 발매된 장기하와 얼굴들의 〈싸구려 커피〉는 당대의 키워드인 88만 원 세대의 애환과 생활상을 절묘하게 포착한다. 네이버 지식백과에서는 "88만 원 세대란 고용난에 시달리는 2007년 전후 한국의 20대를 지칭한다. 여기서 '88만 원'은 20대의 95%가 비정규직 노동자가 될 것이라는 예측 아래 비정규직 평균임금 119만 원에 20대 급여의 평균 비율 74%를 곱한 수치이다"라고 정의한다. 88만 원 세대는 저성장과 비정규직 경제 체제로의 진입을 온몸으로 맞닥뜨려야 했다. 취직의

길은 막혔고, 어렵사리 직장을 구했다 한들 하루살이 목숨에 저임금인
비정규직이었다. 그들은 싸구려 커피를 마시며 반복되는 비루한 일상에
무기력하게 젖어들었다.

싸구려 커피를 마신다
미지근해 적잖이 속이 쓰려온다
눅눅한 비닐장판에 발바닥이
쩍 달라붙었다 떨어진다
이제는 아무렇지 않어
바퀴벌레 한 마리쯤 쓱 지나가도
무거운 매일 아침엔
다만 그저 약간의 기침이 멈출 생각을 않는다
축축한 이불을 갠다
삐걱대는 문을 열고 밖에 나가본다
아직 덜 갠 하늘이 너무 가까워 숨쉬기가
쉽지를 않다 수만 번 본 것만 같다
어지러워 쓰러질 정도로 익숙하기만 하다
남은 것도 없이 텅 빈 나를 잠근다
(…)
뭐 한 몇 년간 세숫대야에
고여 있는 물 마냥 그냥 완전히 썩어가지고
이거는 뭐 감각이 없어

오래된 비닐장판이 발바닥에 쩍쩍 달라붙는 반지하 월세방에서 사는 백수 청년은 기관지염을 늘 달고 사는지 잔기침이 멈추지 않는다. 이불은 축축하고 나무문은 뒤틀어졌는지 아귀도 안 맞아 삐걱댄다. 그가 체감하는 하늘은 조금만 뛰어도 정수리를 쿵 하고 찧을 듯 낮고 흐리다. 집 밖 세상은 능력 넘치는 사람들로 북적여 자신이 비집고 들어갈 공간이 없다. 온종일 누워서 뒹굴다 보니 내가 장판인지 장판이 나인지 구분이 안 가고, 구부러진 칫솔로 잇몸을 피가 나도록 문질러봐도 당최 치석은 빠져나올 줄 모른다.

〈싸구려 커피〉의 화자는 가난에 찌들었으며, 게다가 이 비참한 상황은 개선될 여지가 없다. 본디 젊음은 동서고금을 막론하고 강력한 특권이다. 자본주의 사회에서 젊은 세대는 자기 능력(노동력)을 팔아 밥벌이를 마련하고, 점차 중산층으로 진입해간다. 또한 기성세대와의 갈등과 타협을 통해 조금씩 사회적 주류로 진입한다. 이는 자본주의 사회가 순환하고 발전하는 동력이다.

그런데 어느 시기에 한국 자본주의는 기형적으로 뒤틀린다. 어쩌면 태생적으로 내재된 문제가 곪아터진 것일지도 모른다. 그 이유가 무엇이건, 88만 원 세대는 자본주의의 수혜를 입지 못했다. 절대적·상대적 빈곤의 굴레에 짓눌린 그들은 옴짝달싹할 수 없다. 이제 한국 사회는 극단의 배금주의와 능력주의가 득세하며 양극화를 당연하게 인식한다. 요컨대 한국 사회는 88만 원 세대에게 숨쉬기조차 버거울 만큼 잔혹하다.

수백 년 세월이 흘렀는데도 〈누항사〉의 달팽이와 〈싸구려 커피〉의 바퀴벌레는 처지가 나아지지 않은 듯하다. 조선의 서민과 한국의 시민에게 현실은 어쩜 이리도 냉혹할까. 이들에게 현실은, '아무리 닦아도 빠져나오지 않은 치석'처럼 고착되었다.

두터운 현실의 무게에 짓눌린 〈싸구려 커피〉의 백수 청년은 다만 자신에게 주어진 가난을 곧이곧대로 직시할 뿐이다. 자신을 둘러싼 현실을 왜곡하거나 부인하지 않는다. 오랜 경험을 통해 그것이 루저의 유일한 생존 전략이라는 사실을 체득했기 때문이다. 자신을 냉정하게 객관화할수록 아픔은 깊어지겠지만 생존 가능성은 많아진다. 사회가 그들에게 바라는 모습이니까.

백수 청년은 '처마 밑에서 쭈그리고 앉아서 멍하니 빗줄기를 보다가도 이건 뭔가 아니다 싶지만' 금세 익숙하게 체념한다. 남들 눈에 해학이나 페이소스로 보이건, 푸념이나 허튼소리로 들리건 개의치 않는다. 얼마든지 비참과 무기력을 받아들인다. 어쭙잖은 위로나 근거 없는 희망은 사절이다. '아프니까 청춘이다'라고 외친들 고통과 회한만 가중될 뿐이다. 그러니 그저 입 닫고 그들이 어떤 세상을 살아낼지 지켜볼 일이다. 바라건대 백수 청년이 견뎌온 날들이 한국 사회의 격변을 위한 오랜 과도기이며, 장차 전에 없던 신세계를 살아간 신인류로 기록되기를!

〈누항사〉의 '나'는 헌 모자를 눌러쓰고 축 없는 짚신에 설피설피 물러나며, 4백 년 후 〈싸구려 커피〉의 '나'는 "이거는 뭔가 아니다 싶지만" 미지근한 체념 속으로 발을 들인다. 이들은 패배를 인정하는 대신, 좌절의 진흙탕 속에서 자신만의 좁고도 단단한 정신의 성을 쌓아 올리는 생활력을 보여준다. 4백 년 전 흙수저 양반이 '단사표음을 족히 여긴다'고 스스로를 일으켜 세웠듯, 오늘날의 청년도 싸구려 커피의 쓴맛에서 삶의 작은 불씨를 발견하려 애쓴다. 그 묵묵함이야말로, 우리가 비루하고 궁상맞은 이야기에 진심으로 마음을 내어주고 마침내 눈시울을 붉힐 수밖에 없는 이유다. 시대가 던져준 현실의 무게 아래에서도 인간이 잃지 말아야 할 최소한의 존엄과 긍정의 불꽃. 우리의 팍팍한 삶에도, 그들처럼 달 없는 밤의 침묵을 걷어내는 위로와 축축한 비닐장판을 딛고 일어서는 한 줄기 희망이 깃들기를 간절히 소망한다.

내 작품의 제단에 나를 바치다

_허난설헌 〈곡자〉 · 김광석 〈일어나〉

조선의 한 여인이 두 아이를 잃고 무덤 앞에서 눈물로 시어를 써 내려가던 순간. 그리고 수백 년 뒤, 한 가수가 무대에서 자신의 공허를 노래로 토해내던 순간. 인간은 언제나 비슷한 방식으로 상처받고, 비슷한 방식으로 애도한다.

시대와 경로는 다르지만, 허난설헌과 김광석은 모두 자신이 낳은 작품에 희생 제의로 바쳐진다. 그 제단은 황량한 폐허에 절대 슬픔으로 장막을 두르고 있다. 누구라도 그 제단의 진경을 확인할 길이 없다. 다만 그 제단에서는 구슬프고도 아름다운 노래가 희미하게 울려나온다. 두 아티스트의 슬픔은 개인의 울분에 그치지 않고 더 나은 세상으로 나아가기 위한 진통이었고, 다음 세대에 공감의 씨앗을 뿌린 행위였다.

죽음과 상실이라는 거대한 파도는 시대를 초월해 인간의 마음을 휩쓸고, 예술은 그 잔해 위에 가장 아름답고 비통한 언어를 꽃피운다. 바로 예술이 존재하는 이유이다.

너희 무덤에 검은 술 올리어

인간은 이 세상에 태어나 자라고, 사랑하며 이별하다가 저세상으로 떠난다. 그 과정에서 누구나 생로병사를 겪으며 사회적 존재로서 관계를 맺어간다. 이때 수많은 기쁨과 슬픔을 마주하며, 그중에서도 인간은 슬픔의 정서에 자주 휩싸인다.

고대로부터 인간은 매서운 자연환경과 생태계에서 수없이 패배를 맛보았으며, 무엇보다 죽음이라는 운명에서 벗어날 수 없었다. 이러니 비극의 서사가 더 빈번하게 발생할 수밖에 없다. 문제는 이 슬픔의 정서가 절대로 익숙해지지 않는다는 점이다. 슬픔은 언제나 슬픔이다. 슬픔에 빠지면 어지간해서는 헤어날 방법이 없다. 몸과 마음이 천 갈래 만 갈래 뜯기고 찢긴다.

가장 고약한 슬픔은 아무래도 사랑하는 사람과의 사별이다. 죽음은 영원한 이별을 뜻한다. 살아생전 다시는 만날 수 없다. 사람들은 궁금해했다. 사후에 어떤 일이 벌어지는지, 혹여 저세상에서 다시 만날 수 있을지. 하지만 오늘날까지도 전혀 밝혀진 게 없다. 죽음 앞에 놓인 인간은 아무것도 하지 못한다. 천하를 통일한 제왕도 죽음 앞에서는 무기력하고, 천하 명의도 죽은 개미 한 마리 살리지 못한다. 이 지엄하고 예외 없는 단절은 인간을 절대 슬픔에 빠트린다.

자식을 먼저 떠나보낸 부모는 완전히 다른 차원의 슬픔을 겪는다고 한다. 중국에는 새끼를 잃고 울다 죽은 어미 원숭이의 창자가 끊어져 있었다는 단장지애(斷腸之哀), 공자의 제자 자하가 자식을 잃고 통곡한 끝

에 눈이 멀었다는 상명지통(喪明之痛) 고사가 전해진다. 우리나라에도
관련된 속담이 있다. '부모는 땅에 묻지만, 자식은 가슴에 묻는다.' 여기,
자식을 잃고 그 참혹한 슬픔을 노래한 작품도 있다.

去年喪愛女(거년상애녀)

今年喪愛子(금년상애자)

哀哀廣陵土(애애광릉토)

雙墳相對起(쌍분상대기)

蕭蕭白楊風(소소백양풍)

鬼火明松楸(귀화명송추)

紙錢招汝魄(지전초여백)

玄酒尊汝丘(현주존여구)

應知弟兄魂(응지제형혼)

夜夜相追遊(야야상추유)

縱有腹中孩(종유복중해)

安可冀長成(안가기장성)

浪吟黃臺詞(낭음황대사)

血泣悲吞聲(혈읍비탄성)

지난해에 애오라지 딸아이를 잃더니

올해에는 사무치는 아들마저 잃었네.

아아, 서럽도다 광릉의 푸른 언덕이여.

나란한 두 봉분이 쓸쓸히 마주 섰구나.

사시나무 가지에는 스산한 바람 울고

소나무 가래나무엔 인혼 불빛 어른거리네.

지전을 사르며 너희 넋을 부르고

너희 무덤에 검은 술 올리어 제하노라.

응당 알리라, 너희 오누이 혼백이

밤이면 밤마다 서로 의지해 노니는 것을.

설령 태중에 아이 깃들었다 한들

어찌 온전히 자라기를 바라리오.

부질없이 황대의 비가를 읊조리니

피눈물로 통곡하며 그 소리마저 삼키네.

허난설헌(1563~89년)의 〈곡자(哭子)〉는 가슴에 묻은 자식을 애도하는 오언고시 한시다. 실록과 문집에 따르면 그녀는 1563년 당대 석학 허엽의 딸로 태어났다. 본명은 초희, 호는 난설헌(蘭雪軒). 허난설헌은 어린 시절부터 문학적 기재를 뽐냈다. 아버지 허엽은 난설헌의 재능을 알아보고 글과 서예와 그림을 가르쳤으며, 시인으로 명성이 자자했던 이달에게 시 쓰는 법을 배우게 했다. 조선시대 여성의 처지를 고려할 때, 허엽의 딸에 대한 처우는 매우 이례적이고 파격적이었다. 그만큼 허난설헌의 문학적 재능이 빼어났다는 뜻이기도 하다.

이러한 문학적 재능은 집안 내력이기도 했다. 허난설헌의 동생은 그 유명한 《홍길동전》을 쓴 허균이다. 사람들은 아버지 허엽과 그의 네 자녀를 '허씨 오문장가'라고 칭송했다. 집안 사람들의 자애롭고 적극적인 보살핌 속에서 허난설헌은 당당하고 진취적인 작품을 내보인다.

秋淨長湖碧玉流(추정장호벽옥류)

蓮花深處繫蘭舟(연화심처계난주)

逢郎隔水投蓮子(봉랑격수투연자)

或被人知半日羞(혹피인지반일수)

가을빛 맑은 너른 호수엔 옥빛 물결 일렁이고

연꽃 숲 깊은 곳에 향긋한 배 매어두었지요.

그대를 만나려고 물 너머로 연밥 던졌다가

혹여 누가 알아볼까 한나절 내내 부끄러웠답니다.

이 한시 속의 여인은 연잎 사이에 쪽배를 숨겨두고 마음에 둔 낭군을 기다린다. 마침내 그가 나타나자 연밥을 던져 기척을 알리고는, 혹시 남들이 눈치챌까 싶어 부끄러워한다. 조선시대 양반집네 규수가 이렇게나 명랑하고도 적극적일 수 있을까 싶다. 첫사랑에 빠진 그녀의 두근거리는 마음과 발그레한 웃음이 눈앞에 선하게 어른거린다.

귀엽고 사랑스러운 문학소녀로 자라던 그녀는 열다섯 나이에 안동 김씨 김성립과 혼인한다. 그녀의 글재주와 학문적 조예를 본 남편의 반응은 어땠을까? 김성립은 조선시대 평균적인 남성상을 넘지 못했다. 허난설헌과 학문과 문학을 논할 생각이 없었고, 오히려 못마땅하게 여기며 피했다. 아마도 김성립은 기생집에서 풍류를 즐기는 데 더 관심이 많았던 듯싶다. 남편의 싸늘한 태도에 허난설헌이 어떤 심정이었을지 짐작이 가고도 남는다. 그런데 그 와중에 걸음마도 못 뗀 아들과 딸을 연이어 병으로 잃는다. 이때 지은 시가 바로 〈곡자〉이다.

〈곡자〉는 어린 남매를 잃은 어미의 처절한 슬픔으로 가득하다. 자식을 잃은 슬픔을 한가득 토해낸다. 슬픔이 머리끝까지 차오르면 우리는 언어를 상실한다. 그럼에도 그녀는 왜 기어이 참혹한 슬픔의 시어들을 길어 올려 아이들의 무덤 앞에 바쳤을까?

나는 이 지점에서 허난설헌이 마주할 또 다른 슬픔을 예감한다. 〈곡자〉의 행간에는 그녀를 향해 성큼성큼 다가오는 죽음의 그림자가 짙게 드리운다. 뱃속에 새로운 아이를 잉태했지만, 전혀 생명의 환희를 느끼지 못한다. 생기발랄하던 모습은 온데간데없고, 먼저 죽은 남매의 혼이 만나서 어울리기를 바라며 슬픈 울음을 속으로 삼키는 앙마른 아녀자로 탈바꿈한다. 어쩌면 그녀는 이 시기 이미 스스로 생을 마감하려는 결심을 굳혔는지도 모른다. 이렇게 본다면 〈곡자〉는 아이들에게 바치는 진혼곡이자 세상과의 결별을 선언하는 유언장으로도 읽힌다.

어린 남매를 잃은 후 시댁의 구박은 더 심해졌고, 남편은 더욱 그녀를 멀리한다. 결국 허난설헌은 뱃속 아이마저 잃고 스물일곱 젊은 나이에 세상을 떠났다. 허난설헌이 죽은 이후, 동생 허균은 그녀의 작품이 그대로 묻히는 게 안타까워 명나라에 소개한다. 선조 39년, 사후 17년 만에 중국에서 처음 간행된 시집 《난설헌집》은 당대 시인들의 격찬을 받았으며, 18세기 초 일본에까지 소개되었다. 《난설헌집》을 간행한 명나라 문인 주지번은 서문에서 "그녀의 시는 주옥같다"고 평했고, 문인 양유년 역시 "이 시는 매우 아름다워 중국의 역대 시집 가운데서도 두드러진다"고 극찬했다. 허난설헌은 일약 동아시아를 대표하는 여성 시인으로 떠올랐다.

그녀의 죽음 이후에야, 조선의 선비와 문인들은 부랴부랴 조선이 천재 여류 시인을 보유하게 되었다며 반색했다. 그러면서도 그들은 마음 한편에서 '여성'이 천재적 시인이라는 사실을 받아들이기 힘들었던 듯하다. 허난설헌의 작품이 중국 작품을 베꼈다거나 허균이 대신 써준 작품이라거나, 심지어 허난설헌의 성품이 온화하지 못했다며 흠집을 내기도 했다. 그녀의 성품에 대한 논란은 일고의 가치도 없다. 다만 표절에 대한 논란은 오늘날까지도 의견이 분분하다. 실제로 그녀의 작품에서 당나라 시인의 문장을 그대로 가지고 온 대목이 확인되기도 한다. 하지만 그것을 의도적인 표절이라고 단정할 수는 없다.

인쇄술이 발달하지 못했던 시대에, 여성은 타인의 작품을 암기하고 되뇌면서 자양분으로 삼을 수밖에 없었다. 그 과정에서 자기도 모르게 자신의 표현으로 오인하고 썼을 가능성도 염두에 두어야 한다. 어쩌면 문학적 유희와 약간의 지적 허영을 즐겼을 수도 있다. 한시에는 엄연히 다른 작품을 화운·차운하는 기법이 통용된다. 몇몇 시어가 겹치는 경우는 다른 작가들 한시에도 셀 수 없이 나타난다. 어쨌거나 쉽사리 들통날 걸 아는 그녀가 의도적으로 베껴 쓰기 했을 이유는 어디에도 없다.

동아시아의 문인들이 허난설헌의 작품에 매료된 이유는 허난설헌이 다른(남성) 작가들과 전혀 다른 시적 감성과 전경을 펼쳐 보였기 때문이다. 여성에 대한 멸시의 시선, 그녀의 시 세계를 이해하지 못하는 이들의 어깃장에도 오늘날까지 생생하게 살아남은 이유이기도 하다.

허균은《난설헌집》서문에서, "평생을 저술하여 매우 많은 글을 지었지만, 유언에 따라 불태워버렸다. 전하는 작품은 매우 적으나 모두 동생 균이 베껴서 적어놓은 것에서 나왔다"고 밝힌다. 극히 일부 작품만 옮겨놓았다는《난설헌집》에는 한시 210여 수와 산문 등이 수록되어 있다. 이에 따르면 그녀는 창작 에너지가 핏속에 내재된 유형이다. 글을 써야 숨이 쉬어지고, 글을 써야 비로소 살아지는 사람이었다. 글을 쓸 수만 있다면 비루한 현실 따위는 전혀 개의치 않았다.

하지만 그녀를 둘러싼 세상은 여성이 문자를 아는 것 자체를 금기시했다. 문학적 재능과 열정은 부메랑이 되어 그녀를 덮쳤다. 시대는 그녀를 시기하고 질투했으며 기어이 그녀를 살해하고 말았다.

碧海浸瑤海(벽해침요해)
靑鸞倚彩鸞(청란의채란)
芙蓉三九朶(부용삼구타)
紅墮月霜寒(홍타월상한)

창해는 요해로 스며들고
청란은 채란과 어울리는데
연꽃 스물일곱 떨기 늘어져
달밤 찬 서리에 붉게 지네.

전허난설헌필_<작약도>, 국립중앙박물관 소장

〈몽유광상산(夢遊廣桑山)〉. 그녀가 생의 마지막 시기에 남긴 작품이다. 그녀는 '푸른 바다는 옥구슬 바다로 스며들고, 청란과 채란(봉황과 비슷한 상상 속 새)이 어울리는' 세상을 꿈꾼다. 하지만 가부장적 사회와 여성의 글쓰기를 억압했던 현실에 좌절하고 만다. 이 작품을 읽노라면 조선시대 여성 지식인의 시퍼런 원혼이 여전히 우리 곁을 맴도는 듯하다.

허난설헌. 한겨울 피어난 연꽃처럼 시대를 잘못 태어났다. 그녀는 문학적 재능을 모두 꽃피우기도 전에 시대의 풍파에 스러졌다. 언젠가 그녀의 무덤 앞에 꽃 한 송이 바치고 싶다.

일어나 일어나 봄의 새싹들처럼

영화 〈공동경비구역 JSA〉에서 남한의 대중가요를 듣던 북한군 중사는 문득 혼자 읊조린다. "근데……, 광석이는 왜 그렇게 일찍 죽었다니?" 이 대사의 배경으로 흐르는 노래가 김광석이 부르는 〈이등병의 편지〉이다. 사실 〈이등병의 편지〉는 김광석이 처음 부른 노래가 아니다. 1986년 포크 가수 김현성이 작사·작곡해 7인 옴니버스 음반에 실었던 노래였다. 처음에는 그다지 관심을 끌지 못하다가 김광석이 1993년 《다시 부르기1》 앨범에서 부르게 되었는데, 그때부터 사람들은 김광석 노래라고 받아들였다. 그만큼 찰떡같이 어울린 탓이다.

김광석은 1980년대 초반 대학에 들어가 그 시대 젊은이들과 마찬가지로 사회문제에 관심을 가지게 된다. 그러다가 친구에게서 받은 《젊은 예수》라는 노래책을 보고는 "라디오에서 나오던 사랑 노래들이 아니라 세상을 향해 부르는 노래들"에 눈뜬다. 김광석은 그길로 대학 연합 노래 모임에 가입해 활동했으며, 이 시기에 김민기와도 인연을 맺는다.

그런데 김광석은 이른바 운동권의 정도를 걷지 않고, 한편으로는 신촌 등지 카페의 밤무대에서도 노래를 불렀다. 한때 '노래를 찾는 사람들' 공연과 집회 현장에서 운동가요를 부르기도 했지만 오래가지 않았다. 잠깐의 군대 생활 이후에 복학한 김광석은 형의 도움으로 카페를 운영하면서 음악 활동을 이어갔다. 그는 대학교 1학년 때부터 어울려 다니던 친구들과 함께 만든 노래를 카세트테이프에 녹음한다. 이 노래를 들은 가수 김창완은 정식 음반 발매를 제안했으며, 이렇게 해서 '동물원'이라는 그룹 이름으로 만든 음반《동물원》이 세상에 빛을 보게 되었다.

운동권과 언더그라운드에서 실력을 쌓은 김광석은《동물원》을 통해 일약 대중가요의 샛별로 떠올랐다. 그룹 동물원에서 2집까지 발매한 이후, 김광석은 솔로 활동으로 전환해서 연이어 음반을 발표한다. 이들 음반에 수록된 〈거리에서〉〈변해가네〉〈흐린 가을 하늘에 편지를 써〉〈혜화동〉〈기다려줘〉〈사랑했지만〉〈사랑이라는 이유로〉〈그날들〉〈나의 노래〉〈잊어야 한다는 마음으로〉〈외사랑〉 등은 서정적이면서도 시적인 노랫말과 단정하고 세련된 선율로 가득했다. 나아가 노래 대부분에 참여한 김광석의 곧고 단단하면서도 우수에 찬 목소리는 단박에 사람들의 마음을 사로잡았다. 김광석은 80년대 한국 사회를 청춘의 이름으로 살아온 사람들의 음악적 정서를 대변하는 아이콘이었다. 때마침 1987년 정치적 민주주의와 함께 대중문화계도 엄청난 변화를 겪는다. 이 시기에 김광석은 학전을 비롯해서 관객과 가장 가까이에서 호흡할 수 있는 소극장 공연을 시작한다.

김광석은 1993년에 동물원과 솔로 앨범 수록곡의 일부, 그리고 자신이 평소 즐겨 부르던 노래를 리메이크해서 앨범《다시 부르기1》을 발표했다. 그런데 이 앨범에는 〈이등병의 편지〉와 함께 이른바 '운동권 노래'인 〈그루터기〉〈광야에서〉가 담겨 있었다. 자신의 음악적 자양분 가운데 한 줄기가 '사회 현실에 대한 참여와 변화를 이끄는 노래'에서 비롯되었음을 밝힌 것이다.

뒤이어 발표한 4집 앨범의 〈일어나〉〈바람이 불어오는 곳〉〈너무 아픈 사랑은 사랑이 아니었음을〉〈서른 즈음에〉〈자유롭게〉, 그리고《다시 부르기2》앨범의 〈바람과 나〉〈그녀가 처음 울던 날〉〈두 바퀴로 가는 자동차〉〈불행아〉〈어느 60대 노부부 이야기〉〈내 사람이여〉 등에서는 김광석의 농익은 음악 세계가 한껏 펼쳐진다. 특히 4집 앨범에는 그가 직접 작사·작곡에 참여한 노래가 다수 실린다.

검은 밤의 가운데 서 있어 한 치 앞도 보이질 않아
어디로 가야 하나 어디에 있을까 둘러봐도 소용없었지
인생이란 강물 위를 뜻 없이 부초처럼 떠다니다가
어느 고요한 호숫가에 닿으면 물과 함께 썩어가겠지
일어나 일어나 다시 한번 해보는 거야
일어나 일어나 봄의 새싹들처럼

〈일어나〉는 삶의 허무함과 답답함을 받아들이면서도, 그러기에 더더욱 "봄의 새싹들처럼" 얼음장을 뚫고 일어서자는 활기차고 힘찬 노래다. 김광석 노래 가운데 드물게 가사와 선율이 밝고 경쾌하다.

> 설레임과 두려움으로 불안한 행복이지만
> 우리가 느끼며 바라볼 하늘과 사람들
> 힘겨운 날들도 있지만 새로운 꿈들을 위해
> 바람이 불어오는 곳 그곳으로 가네

〈바람이 불어오는 곳〉은 어느 날 문득 배낭 하나 짊어지고 길을 나서는 화자의 발걸음처럼 홍겹고 향긋하다. 이 여행자가 발 딛고 선 녹록지 않은 현실까지 어루만져주는 솜씨가 따사롭고 포근하다.

이들 음반의 연이은 성공과 더불어, 1995년 8월 11일 대학로 학전 소극장에서 소극장 1천 회 공연이라는 기록을 세운 김광석은 한국 포크 음악의 계승자이자 새로운 흐름의 시원(始原)으로 공공연하게 인정받는다. 김광석은 자신이 부른 모든 노래에서 대체 불가의 존재감을 보여준다. 김광석 이후 어떤 가수도 쉽사리 그의 노래를 부르지 못한다. 특유의 목소리는 물론이고, 고뇌와 우수에 찬 아우라는 감히 흉내 낼 수 없는 경지였다.

쉼 없이 노래를 만들고 부르던 김광석은 1996년 1월 6일 새벽, 서울 자택에서 갑작스럽게 세상을 떠났다. 몇 시간 전까지 노래하고, 이후 음악에 대한 계획을 이야기하던 그였다. 공식으로는 '우울증에 의한 자살'

로 발표되지만, 사람들은 영화 〈공동경비구역 JSA〉의 북한군 중사처럼 되뇐다. '김광석은 대체 왜 그랬을까?'

번잡한 음모론을 걷어내고 다시 찬찬히 들여다보자. 김광석은 늘 노래에 굶주려 있었다. 대학생 노래 연합 모임에서, 카페 밤무대에서, 집회에서, 소극장에서 쉼 없이 노래하고 노래했다. 1988~95년 사이에 동물원 앨범 2개, 솔로 앨범 4개, 다시 부르기 앨범 2개를 냈으며, 더 많은 앨범을 계획 중이었다. 그는 몸 안에 노래로 가득 찬 사람이었다. 자신이 좋아하는 노래를 사람들에게 들려주는 행위 자체를 사랑했다. 어떤 범주로 구분되건, 누가 부른 노래이건, 그 노래에 대해 사람들이 어떤 평가를 내리건, 오직 자신이 좋아하는 노래에만 집중했다.

모든 에너지를 음악에 쏟아부은 탓인지 그의 외양은 가녀리고 초췌해 보이기까지 했다. 어쩌면 김광석은 마치 영혼을 음악과 맞바꾼 듯, 마지막 숨결까지 노래로 토해낸 것이다. 그는 가끔 지인들에게 자신이 음악적 한계에 다다랐다며 우울해하거나, 새로운 경지를 깨달았다며 기뻐했다고 한다. 일반인으로서는 도무지 이해하기 힘든, 하지만 한 분야의 마이스터(Meister)에게 흔히 나타나는 모습이다.

이제 와서 보자면, 김광석이 부른 모든 노래는 하나의 강줄기로 수렴한다. 자기가 좋아하는 노래를 사람들에게 들려주는 노래꾼이었으니 당연한 귀결이다. 문제는 그 정경이 일반인의 시선에는 을씨년스럽고 스산하다는 점이다. 그는 사랑과 행복이 넘실거리는 세상을 동경하거나 믿지 못하는 것처럼 보였다. 김광석은 "찢기는 가슴 안고 사라졌던/이 땅에 피 울음"이 있다는 사실에 동의했지만, 그렇다고 사회가 더 나은 방향으로 나아갈 거라는 거대 담론에 휩쓸리지 않았다. 김광석은 한결같이 오늘을 살아가는 개별 인간에 천착했다. 그가 보기에 우리 모두는 "아무도 뵈지 않는 암흑 속에서/조그만 읊조림"을 되풀이하는 외롭고 쓸쓸한 존재였다. 그는 그 공허의 공간을 섣부르게 희망의 노래로 채우지 않았다. 왜냐하면 "인생은 그렇게 흘러 황혼에" 기울기 때문이다.

지친 회색 그늘에 기대어 앉은 오후에는
파도처럼 노래를 불렀지만 가슴은 비어
그대로 인해 흔들리는 세상
유리처럼 굳어 잠겨 있는 시간보다 진한 아픔을 느껴

〈기대어 앉은 오후에는〉(유준열 작사·작곡)은 김광석의 세 번째 앨범에 수록된 노래다. 나는 김광석의 내면 풍경을 가장 뚜렷이 드러낸 노래라고 생각한다. 처절한 염세와 허무의 정서이다. 그는 사람들에게 자신이 좋아하는 노래를 들려주려 했지만, 바로 그 노래가 자신의 영혼을 황폐하게 만들었다. 지독한 역설이 만든 악순환이다. 김광석은 노래를 부르면 부를수록 삶의 생기를 갉아먹히고 있었는지도 모른다.

물론 김광석을 단순한 우울의 가수로만 규정할 수는 없다. 김광석이 저항적 슬픔의 계보에 서는 이유는 단순히 고독한 노래를 불렀기 때문이 아니다. 그는 우리가 알지 못하는 어떤 장벽과 어둠에 맞서 뜨겁게 몸을 내던졌는지도 모른다. 그의 죽음을 둘러싼 숱한 가설과 궁금증은 '가객' 김광석을 향한 그리움의 무게와 정비례한다. 젊은 시절 탁류를 건너게 해준 그 노래가 여전히 우리 귓가에 생생하게 맴도는 탓이다.

　허난설헌의 시가 조선 여성들의 닫힌 마음을 여는 열쇠가 되었듯, 김광석의 노래는 90년대 이후 청년들에게 세상의 불의에 맞설 내면의 용기를 심어주었다. 허난설헌과 김광석의 작품은 같은 방향을 가리킨다. 사람이 슬픔을 견디는 방식, 상실을 기록하는 방식, 그리고 절망을 예술로 끌어올리는 마지막 몸부림까지.

　예술가에게는 종종 자신이 만든 세계에 가장 먼저 희생되고 마는 존재라는, 잔혹하지만 거부할 수 없는 운명이 있는 걸까? 그 희생으로 남겨진 시와 노래는 시간을 건너 살아남아 우리에게 귀 기울이라고, 조용히 듣고 오래 기억하라고 말한다. 그래서 우리는 오늘도 그들의 목소리 앞에서 잠시 멈춰 서서, 슬픔들을 붙잡아 빛 속으로 끌어올린다.

얼음이 얼었다, 봄은 언제쯤

_김창협 〈착빙행〉·한강 〈12월 이야기〉

한겨울 강물이 얼어 단단한 얼음이 생긴다. 누군가는 그 얼음을 깨며 생을 부지했고, 누군가는 한여름에 그 얼음으로 더위를 식히며 잔을 기울였다. 얼음은 언제나 두 얼굴을 가졌다. 한쪽은 생존의 고투, 다른 한쪽은 권력의 향락이었다. 3백 년의 시차를 둔 두 예술가, 조선 후기 명문가의 자제 김창협과 현대의 노벨문학상 수상 작가 한강은 '차가운 얼음'이라는 동일한 이미지를 통해 세상의 아픔에 응답한다. 세기가 달라도 그들이 마주한 세계는 부조리와 폭력으로 얼룩진 '겨울 왕국'이었다. 그들은 정당한 분노와 슬픔의 연대를 노래하며 그 추위를 견뎌냈다. 그리고 그 노래는 지금도 우리를 향해 조용히 말을 건넨다.

　"당신은, 아직 따뜻한가요?"

유월 대낮 허공에 흰 싸락눈 흩날린다

어릴 적 동네 구멍가게의 '아이스케키' 통은 커다란 고무주머니에 얼음을 가득 채워넣고 굵은소금을 함께 뿌려 저온을 유지했다. 어머니가 얼음 조각을 넣어 만들어준 수박화채는 더위와 피로를 날리는 최고의 선물이었다. 어물전에서도 얼음은 절대 필수품이었다. 이 귀하디귀한 얼음은 어디에서 왔을까?

푹푹 찌는 삼복더위에 수박화채를 만들려면 당당히 '어름 팝니다' 간판을 내건 얼음집에 가야 했다. 겨울에는 연탄과 불탄을 파는 곳이 여름철 얼음집으로 변신했다. 나는 얼음 심부름을 좋아했고 50원이나 100원어치 얼음덩어리를 받으려고 기다리는 사이에 펭귄이 된 기분도 맛보았다. 주인 아저씨가 얼음을 톱질하면 흩날리는 부스러기들을 혀로 받아먹곤 했는데 그 차가움은 뒷골을 찡하게 자극했다. 떨어져나간 얼음 조각을 덤으로 받아 아그작아그작 씹으며 가는 길은 행복했다. 동네 얼음집은 한때 눈코 뜰 새 없이 바쁘게 돌아갔다. 변두리에 살던 국민학교 시절 냉장고가 있는 집은 눈 비비고 찾아봐도 드물었다. 하지만 얼음집은 가정용 냉장고가 등장하면서 빠르게 사라져갔다.

시간을 거슬러 올라갈수록 얼음은 귀한 대접을 받는다. 전기와 냉장 기술이 없던 시절에는 겨울 외의 계절에 얼음을 구하기란 거의 불가능했다. 그런데 놀랍게도 조선시대에도 한여름에 얼음을 구할 수 있었다고 한다. 《경국대전》을 보면 선혜청이 얼음과 관련된 물자를 관리했으며, 빙고별감을 파견해 얼음창고(빙고)를 정기적으로 점검했다는 기록이

나온다. 또《세종실록지리지》에서도 빙고에 대해 기록하고 있다.

한양에는 빙고가 둘인데 하나는 두모포 빙고, 다른 하나는 백목동 빙고다. 동빙고가 있던 두모포는 중랑천과 한강 본류가 합류하는 옛 나루터, 서빙고가 있던 백목동은 지금의 성동구 옥수동의 한강변이다.

동빙고는 상대적으로 한강 상류이니 더 깨끗한 얼음이었고, 왕실 조상을 모시는 제사에 사용했다. 서빙고의 얼음은 궁중에서 필요할 때 사용했으며, 왕이 사대부를 비롯한 문무대관에게 내리는 특별한 하사품이었다. 복날이면 왕은 빙표(氷票)라는 얼음 사용권을 신하에게 하사했는데, 돈으로도 살 수 없는 특권이었다.

한양의 동빙고와 서빙고는 골격이 나무로 만들어져 그 흔적을 찾아볼 수 없다. 궁궐 안에도 내빙고가 있었는데, 서빙고와 동빙고보다 규모가 작았다. 이 밖에 경주·창녕·안동·해주 등지에도 빙고가 있었는데, 이들은 돌로 만들어져 현재까지 골격이 남아 있기도 하다. 물론 이들 빙고는 모두 조정의 엄격한 관리를 받았다.

빙고는 어떻게 얼음을 보관했을까? 먼저 땅속 깊이 굴을 파 사계절 서늘한 방을 만들고, 햇볕이 들지 않으면서도 환기가 잘 되는 구조의 천장을 덮고, 바닥에 배수구를 내어 빙고를 만들었다. 그런 다음 겨울에 강에서 채취한 얼음을 넣어서 보관했다. 빙고가 아무리 잘 만들어지고 철저하게 관리되어도 한여름까지 얼음 상태가 그대로 유지될 리 없다. 아마도 얼음의 대부분은 녹아 사라졌을 것이다. 따라서 아주 소량의 얼음이 남았을 테고, 이 얼음을 사용하거나 먹을 수 있는 사람도 극소수였다.

왕실과 고관대작이 쓰는 얼음이니 빙고는 매우 엄격하게 관리되었다. 특히 겨울에 한강에서 얼음을 채취해서 빙고까지 옮겨 채워넣는 일이 가장 중요했다. 얼음을 채취하는 일은 한양 백성들에게 의무적으로 부여된 국역이었다. 이를 장빙역(藏氷役)이라고 한다. 백성들은 12월과 1월 사이 새벽 2시경에서 해가 뜨기 전까지 얼음을 채취했다. 살을 에는 추위에 떨며 얼음을 채취하는 일은 고역 중의 고역이었다. 동상에 걸리는 건 다반사고, 심지어는 얼어 죽는 사람도 있었다. 얼마나 힘들었는지 이를 피해 도망치는 이가 속출해 장빙과부라는 말까지 생겼다고 한다. 조선 후기 문신 김창협(1651~1708년)은 〈착빙행(鑿氷行)〉에서 장빙역 문제를 준엄하게 꼬집는다.

季冬漢江氷始壯(계동한강빙시장)

千人萬人出江上(천인만인출강상)

丁丁斧斤亂相斲(정정부근란상착)

隱隱下侵馮夷國(은은하침풍이국)

斲出層氷似雪山(착출층빙사설산)

積陰凜凜逼人寒(적음늠늠핍인한)

朝朝背負入凌陰(조조배부입능음)

夜夜椎鑿集江心(야야추착집강심)

晝短夜長夜未休(주단야장야미휴)

勞歌相應在中洲(노가상응재중주)

短衣至骭足無屝(단의지한족무비)

江上嚴風欲墮指(강상엄풍욕타지)

高堂六月盛炎蒸(고당육월성염증)

美人素手傳淸氷(미인소수전청빙)

鸞刀擊碎四座徧(난도격쇄사좌편)

空裏白日流素霰(공리백일류소산)

滿堂歡樂不知署(만당환락불지서)

誰言鑿氷此勞苦(수언착빙차노고)

君不見道傍喝死民(군불견도방갈사민)

多是江中鑿氷人(다시강중착빙인)

한겨울 한강에 얼음이 단단해지자

천 명 만 명이 강 위로 나아간다.

정정 울리는 도끼 소리 어지럽게 얼음을 깨니

그 소리 은은히 물의 신이 사는 나라까지 닿는구나.

찍어낸 층층의 얼음은 눈 덮인 산과 같고

쌓인 차가움이 서늘하게 사람을 엔다.

날마다 등에 지고 얼음 창고로 들어가고

밤마다 정과 망치 들고 강 가운데 모여든다.

낮은 짧고 밤은 긴데 밤에도 쉴 수 없어

노동의 노래만이 모래섬에서 화답한다.

짧은 옷에 정강이 드러나고 발에는 짚신조차 없는데

강 위의 매운바람이 손가락을 떨어뜨릴 듯하다.

유월 무더위가 극성인데 높은 기와집에서는

고운 이의 하얀 손이 맑은 얼음을 내오고

예리한 칼로 부수어 사방에 나누니

대낮 허공에 흰 싸락눈 흩날린다.

온 집안이 기뻐하여 더위를 잊었으니

누가 말하랴, 얼음 캐는 이 고된 일을.

그대는 보지 못했는가, 길가에 더위로 죽은 백성들

대부분이 강에서 얼음 캐던 사람들이라는 것을.

백성들은 동지섣달 한밤에 정강이가 드러난 홑옷에 맨발 차림으로 손가락이 떨어질 듯 매서운 강바람 속에서 얼음을 깨서 빙고로 나른다. 빙고에 저장된 얼음은 한여름에 높은 기와집으로 옮겨진다. 그곳에서 고관대작들은 흰 싸락눈(얼음 알갱이)을 흩날리며 기생들과 술판을 벌인다. 그러는 동안 얼음을 캐던 백성들은 더위에 죽어서 길가에 나뒹군다.

〈착빙행〉은 백성들의 힘겨움과 권력가들의 사치와 타락을 적나라하게 대비해서 보여준다. 세태를 비판하는 한시가 적지 않지만 〈착빙행〉은 그 수위가 최상급이다. 등골이 오싹할 만큼 매섭고 직설적이다. 만약 왕이나 벼슬아치들이 이 시를 보았다면 글쓴이는 목숨을 부지하기 어려웠을 테다. 김창협은 대체 어떤 사람이며, 왜 이런 시를 썼을까?

김창협은 조선 후기 문신이다. 그의 증조부는 시조 〈가노라 삼각산아〉로 유명한, 좌의정을 지낸 김상헌이며 아버지는 영의정까지 오른 김수항이다. 〈착빙행〉은 김창협이 진사과에 합격한 지 얼마 지나지 않은 스물네 살 무렵에 지었다고 한다. 이게 사실이라면 더욱 놀랍다. 1675년 무렵은 숙종이 갓 즉위한 때이며, 조정은 붕당으로 사분오열되어 서로를 헐뜯고 배척했다. 김창협의 아버지 김수항도 서인 세력을 이끌며 남인과 다투고 있었다. 김수항은 당쟁의 소용돌이에 휘말려 관직을 내려놓기도 하고 유배를 다녀오기도 했지만, 주요 관직을 두루 거친 고위 관료, 이른바 고관대작이었다.

김창협은 그야말로 명문가에서 태어나, 위세를 떨치던 아버지를 둔, 한창 촉망받는 인물이었다. 그러니 그저 '공자 왈, 맹자 왈' 하며 유학 경전을 읽거나, 자연의 아름다움과 임금의 덕망을 노래하면 꽃길이 보장된 터였다. 그마저 심심하다 싶으면 아버지를 따라 서인 세력의 일원이 되어 상대 세력을 비판하면서 정치적 입지를 다질 수도 있었다. 그런데 왜 김창협은 고관대작들을 비판의 대상으로 삼았을까?

혈기 넘치는 김창협은 조선 왕조와 조정이 심각하게 타락했다고 보았을 것이다. 조선의 정치 현실은 젊은 유학자가 바라던 이상적인 세계와 전혀 달랐다. 백성들은 노역과 굶주림으로 죽어나가는데, 벼슬아치들은 기생들과 술판을 벌였다. 붕당은 자신의 안위만 보살필 뿐, 정작 백성들의 아픔에는 눈길 한 번 주지 않았다. 김창협이 보기에 그들은 가식과 허위에 찌든 기득권일 뿐이었다.

아마도 김창협은 〈착빙행〉을 쓰며, 조선의 일대 개혁을 꿈꾸었을 것이다. 1682년, 김창협은 문과에 급제하여 벼슬길에 오른다. 젊은 정치인은 아마도 조정 정치를 뿌리부터 바꾸려는 꿈에 부풀었을 테다. 하지만 환국의 소용돌이가 모든 걸 바꿔버렸다. 숙종이 후궁 장희빈 사이에 낳은 서생을 원자로 삼으려 하자, 김창협의 아버지 김수항을 비롯한 서인 세력은 이에 강하게 반대했다. 그러자 숙종은 서인 세력을 모두 몰아내고 그 자리에 남인을 등용했다. 이 과정에서 김수항은 파직·투옥되었으며, 결국 왕명에 따라 사약을 받아 자결했다. 조정의 주도권 세력이 한순간에 뒤바뀐 이 사건이 바로 기사환국(1689년)이다.

아버지의 비극적인 죽음에 김창협은 곧장 관직에서 물러나 지금의 경기도 포천 창옥리에 은거한다. 이후 수차례 조정과 붕당의 부름이 있었지만, 김창협은 꿈쩍도 하지 않는다. 환국의 소용돌이에서 김창협은 조선이 완벽하게 망가졌으며, 개혁의 동력을 상실했다고 느꼈을 것이다. 일개 관료 한 명이 망가진 조선을 살려낼 수는 없었다. 적당히 안위를 돌보며 타협할 수도 있었지만, 그건 김창협의 선택지에 아예 없었다. 그렇다면 남은 길은 세상과의 단절뿐이다.

몸은 세상을 등졌지만, 조선의 현실과 백성에 대한 안타까운 마음마저 주저앉은 것은 아니었다. 김창협은 한시 〈산민(山民)〉에서 지방관의 수탈을 피해 산촌에 틀어박혀 살아가는 백성들의 애환을 노래했다.

下馬問人居(하마문인거)

婦女出門看(부녀출문간)

坐客茅屋下(좌객모옥하)

爲我具飯餐(위아구반찬)

丈夫亦何在(장부역하재)

扶犁朝上山(부리조상산)

山田苦難耕(산전고난경)

日晚猶未還(일만유미환)

四顧絶無隣(사고절무린)

鷄犬依層巒(계견의층만)

中林多猛虎(중림다맹호)

採藿不盈盤(채곽불영반)

哀此獨何好(애차독하호)

崎嶇山谷間(기구산곡간)

樂哉彼平土(낙재피평토)

欲往畏縣官(욕왕외현관)

말에서 내려 인가를 찾아 묻자
여인이 문밖으로 나와 쓸쓸히 바라보네.
초라한 띠집 아래 나를 앉게 하고
변변찮은 밥상이나마 차려 내오네.
당신 남편은 어디 계시냐 물으니
쟁기 메고 새벽부터 산으로 올라갔다네.
메마른 산밭 갈아야 하는 고통스러운 일
어둠이 깔려도 아직 돌아오지 못하네.
사방을 둘러봐도 이웃이라곤 끊겼고
닭과 개만이 겹겹산을 벗 삼아 사네.
깊은 숲엔 호랑이들이 득실거리고
캐어 온 나물도 접시 하나 채우지 못하네.

〈산민〉은 기사환국이 일어난 해에 쓰였다고 한다. 대단한 기세다. 아버지가 왕의 눈 밖에 나 목숨을 잃었고, 말 한마디 잘못 흘렸다가 자신도 불귀의 객이 될 게 뻔한 환란의 시절이다. 하지만 김창협은 눈 한번 깜박하지 않고 극도로 피폐해진 백성의 아픔을 노래한다. 자신의 목숨 따위는 아무렇지 않다는 듯 부조리한 사회 현실을 들쑤신다.

〈산민〉은 공자와 관련된 고사성어 가정맹어호(苛政猛於虎)에서 소재를 빌려왔다. 즉 호랑이보다 무섭다는 가혹한 정치가 조선에서 벌어지고 있다고 경고한 것이다. 실제로 수많은 백성이 군역과 환곡의 폐해, 탐관오리의 수탈을 피해 집을 떠나 산속으로 숨어들었다. 이들 백성은 결국 민란을 일으켜 조선 왕조에 저항했다. 김창협이 〈산민〉에서 서슬 퍼렇게 경고했던 바다.

은거한 김창협은 학문에 정진하며 유학 이론서와 시문집 《농암집》 등을 펴냈다. 현실에서 이루지 못한 꿈을 책 속에서 찾고 싶었는지도 모르겠다. 왕은 지혜롭지 못하고, 조정은 당쟁과 기득권 정치에 매몰되던 시기에, 그래도 백성의 아픔과 분노를 대변한 선비가 한 명쯤 있었다는 사실에 그저 감사할 따름이다.

서늘한 손길처럼 내 이마에 눈꽃송이

노벨문학상 수상 작가 한강은 음악 활동도 병행한다. '음유시인' 한강은 서러운 기억의 얼음 위에 앉아, 부서지는 파편 같은 감정을 목소리에 실어낸다. 김창협이 〈착빙행〉으로 백성들의 시름을 달래주었듯이, 한강 역시 노래 〈12월 이야기〉로 사람들의 상처를 어루만져준다. 한강은 《조선일보》와의 인터뷰에서 "글을 쓰기 전부터 음악을 듣고 흥얼거리는 아이였다"며, "피아노가 없던 시절, 종이 건반을 그리고 거기에 손가락을 얹고 상상 속에서 연주했다"고 말한다. 그녀는 어린 시절 음악을 좋아했고 피아노를 배우고 싶었지만, 가정 형편상 학원에 다니지 못했다. 10원짜리 종이 건반을 책상에 붙여두고 상상으로 연주하던 그녀는 중학교 3학년 때 비로소 피아노 학원에 다니게 되었다. "그때의 두근거림과 충만함은 여전히 잊히지 않는다"고 한다.

전문적인 음악 공부를 하지 못한 그녀는, 그러나 늘 음악을 곁에 두었다. "걸으면서 노래를 흥얼거리는 버릇만큼은 잃고 싶지 않다"고 말할 정도이다. 한강은 삶의 길목에서 동반자가 되어준 노래에 얽힌 이야기를 담은 에세이집 《가만가만 부르는 노래》(비채 2007)를 펴냈다. 그리고 자작곡 열 곡이 실린 음반을 이 책의 권말부록으로 제공했다.

한강은 《채식주의자》(창비 2007)를 쓰던 어느 날, 꿈속에서 어떤 선율이 들려왔다고 한다. 그 뒤로도 시시때때로 선율이 노랫말과 함께 귓속을 맴돌았고, 그때마다 시를 쓰듯 노래를 만들었다. 악보를 그리지 못하니 머릿속에 맴도는 멜로디를 녹음했다. 여기에 음악 전문가들의 도움을 받아 음반을 만든 것이다. 이 음반에 수록된 노래 가운데 하나가 〈12월 이야기〉이다.

눈물도 얼어붙네 너의 뺨에 살얼음이
내 손으로 녹여서 따스하게 해줄게
내 손으로 녹여서 강물 되게 해줄게
눈물도 얼어붙는 12월의 사랑 노래
서늘한 눈꽃송이 내 이마에 내려앉네
얼마나 더 먼 길을 걸어가야 하는지
얼마나 더 먼 길을 헤매어야 하는지
서늘한 손길처럼 내 이마에 눈꽃송이

〈12월 이야기〉는 노랫말도 음률도 잔잔하고 나직하다. 한강은 특유의 안으로 잠기는 듯한 목소리로 찬찬히 읊조린다. 이 곡은 이지상의 4집 음반《기억과 상상》에도 이지상과 한강이 함께 부른 버전으로 재수록되었다. 이지상은 노래로 우리 사회의 약자들을 따스하게 위로해온 뮤지션이다. 이지상은《한겨레21》과의 인터뷰에서 "말보다 글을 더 많이 사랑하고 신뢰하는 사람"이라고 한강을 표현했다.

〈12월 이야기〉는 되새겨 들을수록 묘한 끌림을 준다. 듣는 이는 저마다의 감정을 더하고 저마다의 이야기를 꺼내놓는다. 사랑을 추억하는 이는 아련한 사랑 노래로, 상실을 겪은 이는 시린 이별 노래로, 절망의 고개를 넘어온 이는 따스한 위로의 노래로 받아들인다.

나는 "서늘한 손길처럼 내 이마에 눈꽃송이"라는 노랫말을 들으며 《작별하지 않는다》(문학동네 2021)의 한 장면이 떠올랐다.

아버지와 어머니, 오빠와 여덟 살 여동생의 시신을 찾으려고, 여기저기 포개지고 쓰러진 사람들을 확인하는데, 간밤부터 내린 눈이 얼굴마다 얇게 덮여서 얼어 있었대. 눈 때문에 얼굴을 알아볼 수 없으니까, 이모가 차마 맨손으론 못하고 손수건으로 일일이 눈송이를 닦아내 확인을 했대.

《작별하지 않는다》는 제주4·3을 다룬 소설인데, 서사가 뚜렷하지 않고 몽환적이다. 그렇다고 제주4·3의 아픔을 제대로 담지 못했다고 해석하면 곤란하다. 도리어 그이는 온몸의 세포를 열어 역사의 아픔에 감응하고, 사력을 다해 그 역사 현장을 재현한다. 다만 그 역사 현장의 참혹함이 상식과 이성의 범주를 넘어섰다. 인간의 존엄이 무너진 상황에서 고전적 서사 구조는 무너지고 뒤틀린다. 작가는 가녀리고 섬세한 호흡으로 눈앞에 펼쳐진 풍경을 있는 그대로 소묘했을 뿐이다.

소설 속 눈은 단순한 자연현상이 아니다. 죽음을 덮는 천, 언어를 거부하는 백색 침묵이다. 이모가 '눈을 털어내는' 행위는 그 침묵을 걷어내고 기억을 복원하려는 몸짓이다. 얼어붙은 슬픔과 침묵 위에 내려앉은 눈꽃송이는 말 없는 고통의 형상이자, 기억을 깨우는 손길이다.

이런 글쓰기 태도는 한강의 다른 작품들에도 여실히 드러난다. 5·18 광주민중항쟁을 다룬 《소년이 온다》(창비 2014), 가족 안에서의 폭력과 식물적 상상력을 노래한 《채식주의자》 등에서 작가는 기존 소설 기법을 따르지 않는다. 형식적 실험이 아니라 소설적 실재를 온몸으로 받아들인 결과물이다. 한강은 노벨문학상 수상 강연에서, "하나의 장편소설을 쓸 때마다 나는 질문들을 견디며 그 안에 산다. 그 질문들의 끝에 다다를 때—대답을 찾아낼 때가 아니라—그 소설을 완성하게 된다"라고 고백한다.

이제 〈12월 이야기〉를 다시 들어보자. 노랫말 속 화자는 소설가 자신으로 보인다. 눈물도 얼어붙는 매서운 겨울을 화자는 누구와 함께 지나는 중일까? 먼저, 제주4·3과 5·18광주민중항쟁, 그리고 역사의 탁류에 휩쓸려 억울하게 죽어간 원혼들이다. 또한 사회적 폭력의 그늘에서 힘겨워하는 소수자와 약자들이다. 무엇보다, 이 노래를 듣고 있는 우리 모두이다. 오늘날 우리는 눈꽃송이 서늘하게 이마에 내려앉은 겨울을 경험한다. 언제부터인지 세상은 우리에게 감당하기 버거운 삶의 무게를 강요한다.

한강은 역사의 희생자들에게 그러하듯, 따스하고 부드러운 손길로 우리를 어루만져주고 우리 이야기에 가만히 귀 기울이겠다고 노래한다. 그의 노래는 침묵에 가까워서 진정성을 획득한다. 한강은 "소설을 쓸 때도 나를 지우고 이야기 뒤로 숨었다. 그런데 숨을 수 없는 일, 목소리는 굉장히 육체적인 자기다"라고 말한 바 있다(채널예스, 2007). 글 뒤에 숨을 수 있는 소설과 달리, 노래는 온전히 자신을 드러낼 수밖에 없다. 그 자분자분한 노래에 저절로 내 이야기를 얹고 싶어진다. 〈12월 이야기〉를 들으며 위안을 얻는 이유다.

김창협과 한강의 작풍은 두 사람 사이의 시간 간극보다 커 보인다. 김창협은 직선이고, 한강은 곡선이다. 한강이 나직하게 속삭인다면 김창협은 우렁우렁 사자후를 토한다. 김창협이 현실 비판을 통해 지배층의 각성을 촉구한다면, 한강은 얼어붙은 마음을 보듬고 치유하며 공감한다. 마치 자석의 양극과 음극처럼 전혀 어울리지 않아 보이지만, 두 사람은 시대의 아픔을 정면으로 응시하며 노래한다. 두 사람은 양극단에 서서 상처에 대한 증언과 사랑의 실천이라는 치유적 메시지를 전달한다. 따라서 위로와 저항이 필요할 때, 우리는 언제라도 어떤 방식으로라도 손을 내밀면 된다. 틀림없이 김창협과 한강이 만든 거대한 자기장이 감응할 테니까. 그들의 노래가 어루만져줄 테니까.

김창협과 한강, 그들은 서로 다른 방식으로 시대의 아픔에 응답하는 예술가의 '태생적 책무'를 완성했다. 얼음은 결국 녹는다. 그러나 그 자리에 남는 것은 단순한 물이 아니라 기억의 강이다. 김창협이 망치로 깨뜨린 얼음 조각은 세상의 불의였고, 한강이 녹인 얼음은 인간의 상처였다. 한 사람은 시대의 고통을 외쳤고, 또 한 사람은 그 고통을 끌어안아 노래했다. 저항과 위로, 두 언어는 다르지만 결국 같은 온도를 유지한다. 이 차가운 세상 한가운데서도, 그들의 시와 노래는 여전히 불빛처럼 남아 우리 안의 얼음을 녹이며 묻는다.

"그대 마음의 한강(寒江)은, 지금 흐르고 있는가."

서민문화의 예인, 대중문화의 딴따라

_이정보 〈임으란 회양 금성〉 · 박진영 〈날 떠나지 마〉

사람은 왜 노래를 부를까. 말로는 다 담을 수 없는 마음의 진동이 어느 순간 리듬이 되고, 노래가 된다. 조선의 한 사대부가 붓을 내려놓고 노래를 택했다. 그의 이름, 이정보. 그는 품위와 규율의 틀을 벗어나, 거리의 언어와 백성의 웃음을 노래 속에 담았다.

그로부터 수백 년 뒤, 또 다른 남자가 무대 위에서 몸으로 노래했다. 그의 이름, 박진영. 그 역시 세상의 금기를 깨며, 사랑과 욕망을 숨기지 않는 예술을 선택했다. 예인과 딴따라, 시대는 달라도 두 사람의 심장은 같은 박자로 뛰었다. 그들의 노래는 우리에게 묻는다. 예술은 어디에서 피어나고, 누구를 향해야 하는가?

밋붓터 긋까지 죠곰도 뷘틈업시 휘휘 감겨

고전시가는 시(詩)와 가(歌)가 하나로 결합한 예술 장르이다. 문학과 음악이 나누어지기 전 시기에 시를 지어 음송하고 가창했을 거라는 상상은 아주 자연스럽다. 향가와 고려가요는 물론이고, 시조 또한 노래였다. 시조라는 이름은 '그 시절에 유행하는 노래'라는 뜻의 '시절가조(時節歌調)'를 줄인 말이다. 조선 영조 대의 가객 이세춘이 처음 썼다고 전해진다.

시조의 기원에 대해서는 여러 학설이 있는데 그중 하나가 중국 한시의 영향을 받았다는 것이다. 그런데 우리말은 성조의 흔적이 거의 없어서 굳이 한시의 율격을 따를 이유가 없었다. 우리나라 문장가들은 고려 말에서 조선 왕조가 들어설 무렵에 우리말의 특성에 어울리는 시조의 틀을 정립했다. 시조도 나름의 율격을 갖추고 있다. 예를 들어 평시조는 기본적으로 3장(초장, 중장, 종장)과 6개의 구, 12개의 음보(마디)로 구성된다(음보율). 또한 각 음보는 3음절 또는 4음절로 구성되며, 종장의 첫 음보는 반드시 3음절이어야 하며, 3음절 이후로는 3·6조, 3·7조, 3·5조 등 음절 수를 다양하게 변용할 수 있었다(음수율). 이러한 음보율과 음수율을 통해 시조는 안정적이고 규칙적인 리듬감을 확보한다. 여기에 더해 우리나라의 역사와 자연과 정서를 담은 내용이 얹어지면서 시조 체계가 완성된다.

문제는 일반 백성에게는 시조 또한 진입장벽이 높았다는 점이다. 앞서 보았듯이 평시조는 나름 엄격한 율격이 있었고, 고사성어를 자주 인용하거나, 한자를 즐겨 사용했다. 이 때문에 시조는 처음에 양반의 전유 문화였다. 조선 전기에 양반들이 쓴 시조는 않으나 서나 임금만 강조하는 '연군가', 또는 '나는 자연인이다' 유의 은일(隱逸) 내용이 흔했다. 한자와 고사를 적절히 엮은 이들 시조의 화자는 맑은 바람이 부는 달 밝은 밤에 한가롭게 음풍농월한다. 짐짓 가난한 선비 흉내를 내며 연잎밥과 나물을 안주로 혼술을 즐긴다. 막걸리 한 잔 마시고 하늘 바라보고 나물 한 젓가락 집어 먹으며, "역군은(亦君恩)이샷다" 하며 쉼 없이 임금을 찬양한다.

그런 와중에 조선 왕조는 1592년 임진왜란과 1636년 병자호란이라는 거대한 파도에 휩쓸린다. 견고하기만 하던 체제 곳곳에서 파열음이 들려왔다. 성리학에서는 실용주의를 강조하는 실학사상이 움텄고, 백성들은 먹고사는 문제를 스스로 해결하기 위해 농업과 상업을 발전시켰다. 몰락한 양반과 부를 축적한 평민이 뒤섞이면서 신분제가 흔들렸고, 그들은 각자의 처지에서 지배층을 의심쩍은 눈초리로 바라보았다. 그리고 조금씩 자기 목소리를 내고 자신들의 문화를 향유하기 시작했다. 시조 분야도 마찬가지였다.

그 무렵 사대부들의 평시조와 아주 다른 내용과 형식을 지닌 사설시조가 유행한다. 사설시조는 초장·중장·종장 3장의 골격만 흩트리지 않으면 글자 수를 얼마든지 늘려도 됐다. 상대적으로 학문적 식견이 넓지 않거나 낮은 신분의 사람도 손쉽게 작품을 쓸 수 있게 되었다는 뜻이다. 주제 면에서도 성리학적 이념에 매이지 않고 개인의 욕망을 자연스럽게 드러냈다.

덕분에 사설시조 소재는 다양하고 현실감이 넘친다. 살아온, 그리고 살아가는 이야기에 눈물 한 줌, 웃음 한 줌 섞어서 노래한다. 물론 사설 시조 가운데는 조선 왕조 지배 이념을 적극 받아들이며, 문학적 완성도를 추구한 작품도 있다. 그만큼 사설시조는 폭넓게 외연을 확장해갔다. 이 때문에 하급관리 등 중인 출신 작가가 많았으며, 나중에는 평민과 양반들도 사설시조 작가 대열에 합류한다.

작자미상 사설시조 〈댁들에 동난지이 사오〉는 노랫말로 그린 풍속화다. 방게젓 만드는 과정을 어려운 한자어를 써가며 설명하는 상인과, 그 상인의 현학적인 태도를 비꼬는 손님 사이의 대화를 해학적으로 보여준다. 아마도 몰락한 양반인 듯한 이 젓갈 장수는 식자층의 허세를 덜어내지 못해서 비웃음거리가 된 모양새다. 작품은 왁자지껄한 젓갈 시장 풍경이 눈앞에 펼쳐지는 듯 생생하다. 어려운 표현이나 교훈적인 내용을 담지 않아서 읽기 편하고 즐겁다. 그러면서도 작품이 만들어진 시기의 사회상을 유추할 수 있게 해준다.

중인 가객 김수장이 지은 〈서방님 병들여〉란 사설시조에도 서민들의 생활상이 고스란히 드러난다.

서방님 병들여 두고 쓸 것 업셔

종루 져재 달래 파라 배 사고 감 사고 유자(榴子) 사고 석류(石榴)

삿다 아차아차 이저고 오화당(五花糖)을 니저발여고나.

수박에 술 꼬자노코 한숨 계워 하노라.

사랑하는 서방님이 병이 들자, 아낙네는 자신이 아끼는 달래(머리가 풍성하게 보이기 위해 덧넣은 머리)를 팔아 화채 만들 재료를 사 온다. 배 사고 감 사고, 유자에 석류까지 사서 집에 왔는데, 단맛을 내는 오화당 사는 걸 깜박 잊은 걸 깨닫고는 수박에 숟가락을 꽂아놓고 망연자실한다. 남편을 생각하는 가난한 아낙의 사연이 웃프다. 이처럼 서민들의 생활 상이 고스란히 드러나는 내용과 파격적인 형식은 평시조와는 전혀 다른 시가 장르로 보일 정도다.

사설시조에는 남녀의 애정행각을 노골적으로 표현한 작품도 적지 않다. 유교 이념에 억눌려왔던 욕망을 거침없이 분출한다. 지배층의 전유물로 여겨지던 고매한 시조가 외설스럽고 거칠고 잡다한 내용으로 채워졌다. 김천택은 《청구영언》에 사설시조를 묶어 소개하면서 "말씨가 음란하고 뜻하는 바가 옹색하지만, 예로부터 전해지기 때문에 수록한다"고 밝힌다. 뒤집어 생각하면 음란하고 옹색한 사설시조가 백성들 사이에 살아남아 전승되었다는 얘기다. 평시조의 교훈과 현학과 숭고미를 사설시조의 풍자와 해학과 골계미가 대체한 형국이다.

이처럼 전복적인 문학 사조의 출현을 목격한 지배층의 심경은 어땠을까? 대부분은 극렬하게 경계하고 지탄했을 게 틀림없다. 문학으로 인정하기는커녕 천한 것들의 난잡한 헛소리로 치부했을 것이다. 하지만 몇몇 고위 관료 출신 사대부는 사설시조의 등장을 허투루 여기지 않았으며 외려 적극 참여하기도 했다.

그 대표적인 인물이 바로 이정보(1693~1766년)다. 이정보는 지체 높은 명문가 출신으로 대제학, 지성균관사, 판중추부사 등을 지냈다. 학문적·문학적 성취가 높은 이정보는 빼어난 평시조도 여럿 남겼다. 그런데 이 지체 높은 사대부가 어찌 된 연유인지 어느 시기 들어 사설시조 작가로 이름을 남긴다. 김수장이 펴낸 가곡집《해동가요》에는 이정보의 작품이 82수 실려 있는데, 그중 18수가 사설시조다. 그의 사설시조 한 편을 먼저 살펴보자.

> 임으란 회양(淮陽) 금성(金城) 오리남기 되고 나는 삼사월 츩너
> 출이 되야
> 그 남게 그 츩이 낙검의 납의 감듯 일이로 츤츤 결이로 츤츤 외
> 오 풀러 올히 감아 얼거져 플어져 밋븃터 끗까지 죠곰도 뷘틈업
> 시, 찬찬 굽의 나게 휘휘 감겨 주야장상 디트러져 감겨 잇셔
> 동섯달 바람비 눈설이를 암으만 맛즌들 떨어질 줄 이실야.

시적 화자는 연인을 죽도록 사랑한다. 그래서 임은 땅에 뿌리 내린 오리나무가 되고, 자신은 그 오리나무를 칭칭 감고 오르는 츩넝쿨이 되기를 바란다. 사설시조 〈임으란 회양 금성〉의 절창은 중장의 "일이로 츤츤 결이로 츤츤" "밋븃터 끗까지 죠곰도 뷘틈업시 찬찬 굽의 나게 휘휘"

부분이다. '츤츤' '찬찬' '휘휘' 같은 의태어는 입안에 착착 감기면서, 은연 중에 남녀가 뒤엉킨 모양새를 떠올리게 한다. 이렇게 칭칭 감겨 눈과 비바람에도 풀리지 않는 임과 나의 합신(合身)은 얼마나 뜨겁겠는가.

이정보는 사대부와 지배층이 봉인해온 '남녀상열지사'라는 주제를 전면에 내세운다. 이 정도 묘사가 최고점이라고 생각한다면 오해다. 사실 〈임으란 회양 금성〉은 순한 맛이고, 훨씬 적나라하고 외설적인 작품도 남겼다. 심지어 사대부 신분의 이정보가 실제 저자가 맞는지 의심할 정도로 수위가 높다. 이정보는 왜 이처럼 파격적인 실험을 서슴지 않았을까? 그의 자취를 좀 더 따라가 보자.

이정보는 명문가 출신으로 영조 대에 주요 관직을 두루 거친다. 그 와중에 영조에게 바른말을 해서 수차례 좌천과 파직을 겪기도 한다. 그러다가 늙어서 관직을 물러난 뒤에 한강변 학여울에 정자를 짓고 머물면서 시를 쓰고 음악을 즐기며 여생을 보낸다. 여기까지는 고위 관료의 풍족하고 여유로운 은퇴 생활처럼 보인다. 그런데 이 시기에 이정보는 여느 사대부와 전혀 다른 취미를 즐긴다.

그는 구비전승되던 시가들을 정리하고 악보로 만들었다. 또한 소리를 잘하는 남녀 명창들을 불러모아 후원하고 노래를 가르쳤다. '이정보 가객 양성소' 출신 가운데 가장 이름을 드높인 명창은 기생 계섬이다. 계섬이 노래를 할 때에는 "마음은 입을 잊고 입은 소리를 잊어, 소리가 쩌 렁쩌렁하게 집 안에 울려퍼졌다." 계섬의 명성은 온 나라에 퍼졌으며, 큰 잔치에 계섬이 빠지면 체면을 구길 정도였다고 한다.

여기에서 한 가지 주목할 점은, 시조가 노래로 불렸다는 사실이다.

평시조는 평시조대로, 사설시조는 사설시조대로 그에 어울리는 고저장
단과 곡조가 들어간 노래로 불렸다. 당연히 거문고와 가야금, 대금 같은
악기가 반주를 맞췄고, 춤사위도 곁들였다.

　사설시조가 등장하던 조선 후기에 또 하나 눈여겨 봐야 할 새로운 변
화가 생겨났다. 앞서 이정보도 양성했던 전문 가객이 출현한 것이다. 시
조의 장단법을 관서지역에 퍼트린 이세춘, 영남지역에 시조의 창법을
전수한 김유기, 《청구영언》을 편찬한 김천택, 《해동가요》를 편찬한 김
수장, 《가곡원류》를 편찬한 박효관·안민영 등이 모두 전문 가객이었다.

　왜 전문 가객이 등장했을까? 먼저, 우리 시조 문화가 점점 전문화되
고 풍성해졌기 때문이다. 초기에는 몇몇 양반들이 술자리에서 즉흥적으
로 시조를 지어서 부르다가, 시간이 지나면서 더 정교하고 섬세하게 정
취를 불러일으키는 노래꾼을 찾게 되었을 것이다.

　더불어, 노래를 부르는 공연장이 많아졌기 때문이다. 평시조는 사대
부들만 즐기던 문화였지만, 사설시조는 일반 백성들도 생산자이자 소비
자로 참여했다. 판소리와 마당놀이, 남사당놀이 등 놀이 문화가 폭발적
으로 확대되던 흐름에 사설시조 노래 공연도 한몫 거들었다. 이때 좌중
을 울리고 웃기면서 분위기를 돋울 전문 가객이 필요했다. 자신도 전문
가객이었던 김수장이 묶어서 펴낸 《해동가요》에는 17~18세기에 이름을
떨친 가객 56인의 명단이 실려 있다. 이들은 대개 지위가 중인보다 낮았
지만, 가객으로 이름을 떨치면서 당대의 문화적 아이콘이 된다.

　조선 후기 서민문화의 발흥 과정에서 이정보라는 존재는 매우 이질
적이다. 물론 시간이 흐르면서 양반들도 판소리와 사설시조 등 서민문

화의 소비자로 편입되기도 했다. 하지만 이정보는 스스로 문화적 격변기의 마중물을 자처하며 앞질러 갔다. 시가를 모으고, 악보를 정리하고, 전문 가객을 가르쳤다. 그는 고상하고 기품 넘치는 작품만 모으고 다루지는 않았다. 시정잡배들의 음담패설과 서민들의 빈곤한 살림살이를 해학적으로 표현한 작품도 적극 받아들였다. 물론 스스로 사설시조도 다수 창작한다.

> 가슴에 구멍을 둥시렇게 뚫고 왼새끼를 눈 길게 너슷너슷 꼬아
> 그 구멍에 그 새끼줄을 넣고 두 놈이 두 끝 마주 잡아 이리로 훌
> 근 저리로 훌적 훌근훌적 할 적에는 나나 남이나 다 그는 아무
> 쪼록 견디려니와
> 아마도 임 여의고 살라면 그는 그리 못하리라.

〈가슴에 구멍을 둥시렇게 뚫고〉는 〈임으란 회양 금성〉과 마찬가지로 남녀 간의 사랑을 노래한 이정보의 작품이다. 가슴에 구멍을 뚫고 새끼줄로 묶어 당기는 고통은 견디겠지만, 임과 이별하는 고통은 견딜 수 없다는 내용이다. 극단적인 상황을 가정하여 임에 대한 변함없는 사랑의 의지를 강조한 내용은, 이정보의 출신성분을 생각하면 놀랄 만한 파격이다.

더욱 놀라운 점은 따로 있다. 바로 백성들이 일상적으로 쓰는 입말을 그대로 가져와 한글로 썼다는 점이다. 아마도 이정보는 순우리말로 쓰인 작품을 가객이 발성과 몸짓으로 전달했을 때 관객이 어떤 반응을 보이는지 궁금해하며 이 작품을 썼을 것이다.

양반들에게 한자는 단순한 지식 차원을 넘어서 일종의 선민의식을 나타내는 기재였다. 앞서 소개한 〈댁들에 동난지이 사오〉에서도 드러나듯이, 한자를 적재적소에 얼마나 자유자재로 사용하느냐에 따라 그 사람의 지위와 신분, 학문적 성취가 평가되던 때이다. 이 시기에 양반이 순우리말로 이루어진 작품을 썼다는 건, 평생 쌓아온 명성과 정체성을 벗어던진 일대 혁신이다.

이정보는 사대부가 등한시했던 고전시가를 수집하고 악보를 정리해서 널리 알렸으며, 누구보다 앞서 사설시조의 가치를 알아보고 적극 수용했으며, 스스로 사설시조의 작사가이자 작곡가로 활동했으며, 전문 가객을 발굴하고 가르쳐서 배출했다. 조선 후기 문화적 르네상스를 이끈 선도자로 명명하기에 부족함이 없다.

이정보는 왜 이처럼 파격적이고 실험적인 행보를 이어갔을까? 이렇게 가정해보자. 이정보는 언제부터인가 현실과 동떨어진 고리타분한 양반 문화에 넌더리가 났다. 그러던 어느 날, 우연히 저잣거리에서 민초들의 놀이마당을 구경하게 되었다. 표현은 투박하고 내용은 거칠었지만, 공연장은 생동감이 넘쳐났다. 관객들은 광대와 소리꾼의 재간에 마음껏 울고 웃다가 마침내 덩실덩실 춤추며 한 덩어리로 어우러졌다.

이정보는 전율했다. '내가 항상 갈급하던 예술이 바로 이것이다. 예술이란 이처럼 사람들과 함께 호흡하며, 살아 움직여야 한다.' 그의 핏속에 잠자던 천부적인 예인의 끼가 깨어난 것이다. 늦게 배운 도둑질 날 새는 줄 모른다고, 그날 이후 이정보는 거침없이 폭주한다……. 이런 가정 말고는 달리 해석할 길이 없다.

김홍도_<춤추는 아이>(《행려풍속도병》), 국립중앙박물관 소장

그대의 섹시한 눈빛 나를 바라보았지

박진영의 솔로 데뷔는 강렬했다. 겸손한 얼굴(박진영은 자신의 외모를 스스럼없이 비하하며 유머의 소재로 삼는다), 파격적인 의상, 고릴라처럼 긴 팔, 섹시한 춤선. 이른바 아방가르드한 남성 댄스 가수의 등장이었다. 박진영이 데뷔하기까지 겪은 험난한 과정은 유명하다. 실력은 출중하지만 대중음악계가 요구하는 외모와 동떨어져 많은 기획사에서 퇴짜를 맞았다. 우여곡절 끝에 1994년 1집 《Blue City》의 〈날 떠나지 마〉로 데뷔한 그는 일부의 우려와 달리 대중들의 열렬한 환호를 받았다. 강렬한 비트와 중독성 있는 멜로디, 애절한 가사가 일품이었다.

> 멀어지는 너의 모습은
> 나의 눈물 속에서 점점 더 번져가고
> 작아지는 널 느낄수록
> 내 마음속에서 넌 커져가고
> (…)
> 날 떠나지 마, 가는 널 볼 수가 없어
> 넌 떠나지만 난 뒷모습만 보며 서 있어
> 다시 한번 말하지만 제발 날 떠나지 마
> 내 사랑이 너의 오는 길을 비춰줄 거야, oh, baby

그가 등장하던 1990년대 초반, 우리나라 대중문화는 거대한 전환기를 맞이하고 있었다. 1980년대까지 암울했던 사회상은 대중문화까지 움츠러들게 했다. 권력자들은 이상한 규칙을 만들어놓고 그 틀 안에 예술가들을 가두었다. 그 가운데 하나가 대중가요의 사전검열제도였다. 사전검열제도는 역사가 유구하다. 일제는 강점기에 신문과 영상, 노래 등에 대해 치안과 질서 유지에 방해된다는 이유로 사전검열을 시행했다. 이 일제의 잔재는 군부독재 정권까지 이어졌다. 군부독재는 공공도덕과 사회윤리를 유지한다는 명목 아래 언론과 방송과 음반 등 문화예술 전반을 철저히 통제했다.

이 시기 수많은 대중가요가 사전검열의 칼날에 난도질당했다. 이유도 제각각 중구난방이다. 김추자의 〈거짓말이야〉는 가사 내용이 불신감을 조장한다, 이미자의 〈동백아가씨〉는 왜색이 짙다, 김민기의 〈아침 이슬〉은 구체적인 사유조차 명시되지 않은 채 금지곡 처분을 받았다. 심지어 외국 노래도 가사가 퇴폐적이고 불안감을 조성한다는 이유로 유입되지 못했다. 1985년까지 공식적으로 8백여 곡이 방송 금지 되었고, 수많은 노래들이 가사를 '건전하게' 바꿔야 했다.

예술은 낡은 질서와 제도를 깨트리고 새로운 변화를 이끌어내는 특성을 띤다. 그래야 사회가 정체되지 않고 생동감으로 꿈틀댄다. 예술가들의 자유로운 창작 욕구를 억누르는 체제는 단명하게 마련이다. 지나온 인류 역사가 이를 증명한다. 예술가들은 사전검열제도와 군부독재 정권에 극렬하게 저항했다. 1987년 6월 항쟁의 결과물로 군부정권은 직선제와 언론의 자유, 인권 신장 등을 약속하면서, 더불어 다수 금지곡을 해금하고 검열 기준도 완화한다.

그러자 억눌렸던 예술문화계는 찬란한 꽃을 피우기 시작했다. 개인주의 문화를 적극적으로 받아들인 엑스세대의 등장, 인터넷(PC통신) 보급 등이 이 흐름을 부추겼다. 대중가요계에도 록, 힙합, 댄스, 팝 등 다양한 장르의 노래가 한국적 감성으로 재해석되어 쏟아져나왔다. 사전검열제도는 여전히 유지되었지만, 한꺼번에 터져나온 봇물을 막지 못했다(사전심의제도는 정태춘·서태지와 아이들 관련 사건 등을 거치며 1996년 결국 폐지된다).

박진영은 약동하는 봄날에 가장 화려하고 탐스럽게 핀 꽃이었다. 박진영은 연일 화제를 몰고 다녔다. 빼어난 노래와 춤 실력(이후 작곡 재능까지 인정받는다), 일류대학 출신이라는 직함, 그리고 무엇보다 스스로 섹시미를 추구하는 딴따라라고 규정하는 발상의 전환까지!

박진영 이전에 대중문화계에서 '섹시'와 '딴따라'는 금기어였다. 섹시하다는 표현은 저속하고 퇴폐적이라는 뜻이었고, 딴따라는 고상한 예술문화인을 비하하는 말로 쓰였다. 하지만 박진영에게 섹시하다는 평가는 오히려 최고의 칭찬이었다. 왜냐하면 성(性)이야말로 인간의 정신과 육체를 지배하는 근원이기 때문이다. 이성에게 성적으로 어필하고, 사랑을 나누는 행위는 인간 본연의 모습이다. 박진영이 보기에는 고상한 척하며 그걸 숨기는 사람들이 오히려 부자연스럽고 이상한 종족이었다.

그 연장선상에서 보면 '딴따라'라는 말도 대중문화 생산자에 대한 상찬이었다. 예술을 고상하게 포장하여 극소수 사람들만 향유하던 시대는 지났다. 게다가 박진영은 더 많은 사람들에게 더 많은 사랑을 받기를 갈망했다. 몸속에 흥이 차올라서 그걸 어떻게든 표출해야 하는 예인이었다. 그러니 '딴따라'가 자신의 정체성에 대한 가장 적절한 명칭이었다.

박진영의 노래는 사랑의 다양한 감정을 솔직하게 다룬다. 이성에게 자신이 가진 모든 것을 직접적으로 은유적으로 정신적으로 육체적으로 내보이며 사랑을 나누자고 노래한다. 그리고 사람들에게 성적 에너지를 감추지 말고, 함께 떳떳하게 즐기자고 말한다. 그의 노래는 사람들의 억눌린 욕망을 해소해주었다. 대중문화는 성적 표현의 자유를 확보하면서 더욱 풍성해졌다. 박진영이 뒤이어 내놓은 〈너의 뒤에서〉〈그녀는 예뻤다〉〈Honey〉〈난 여자가 있는데〉〈이 노래〉〈청혼가〉〈엘리베이터〉 등은 연달아 커다란 인기를 끌었다.

> 그대의 그 섹시한 눈빛 오 나를 또 바라보았지
> 눈빛이 마주치는 순간 난 숨을 쉴 수가 없었지
> 그대야말로 하늘이 내려주신 진정한 honey지
> Hey 거기 그래 자기 웬만하면 내게 오지
> 우리 여기에서 둘이 멋진 밤을 함께 하지
> Oh! honey 오 베이비 어쩜 아름답기도 하지
> 내게 오지 나를 믿지 절대 후회할 리 없지
> Now Everybody Party

신나는 복고풍 디스코 음악 〈Honey〉의 노랫말은 매우 직설적이고 노골적이다. 몸에 착 달라붙고 속이 훤히 들여다보이는 민소매를 입은 박진영은 신나게 춤추며 연인에게 함께 멋진 밤을 보내자고 유혹한다.

숨거나 주저하거나 부끄러워하지 말고 본능이 이끄는 대로 즐겁게 사랑을 나누자고 제안한다. 점잖은 어르신들이 눈살을 찌푸릴 만큼 성적 에너지로 넘쳐난다. 하지만 세상은 그 성적 에너지 덕분에 종족을 유지하고 문화를 꽃피운다.

싱어송라이터로 1990년대를 풍미하던 박진영은 간간이 다른 가수들에게 노래를 만들어주는 프로듀서로도 활동했다. 그러다가 2000년대 들어 연예기획사 JYP엔터테인먼트를 설립한다. 가수를 좀 더 전문적이고 체계적으로 발굴하고 훈련시켜서 대중가요의 외연을 확장하려는 시도였다.

박진영은 수많은 아이돌 그룹, 아티스트를 배출했으며 대중가요계의 판도를 바꿔놓았다. 대중가요계는 황금알을 낳는 거위로 탈바꿈했다. 그 가능성을 확인한 박진영은 한발 더 나아가 세계로 눈을 돌린다. 초기에 동양의 작은 나라에서 온 이방인을 세계인들이 어떻게 대했을지는 불 보듯 뻔하다. 그들의 냉소와 외면을 겪으면서도 박진영은 결코 도전을 멈추지 않았다.

박진영의 선구자적인 도전과 실험은 결국 엄청난 나비효과를 가져온다. 전 세계는 지금 케이팝 열풍에 휩싸였으며, JYP엔터테인먼트는 그 중심부로 자리매김했다. 이처럼 세계적 연예기획사를 이끄는 와중에도 박진영은 춤추고 노래하기를 멈추지 않는다. 거의 30년 가까이 딴따라로서 본분을 잊지 않고, 여전히 농밀한 사랑의 언어를 화려한 퍼포먼스와 함께 선보인다. 현재에 안주하지 않는 실험정신, 부단한 자기관리, 유행을 읽고 선도하는 감각이 없으면 불가능한 일이다.

그가 만든 자작곡 중에 헤어진 여자가 다른 남자의 아내라는 사실을
부정하며 절규하는 노래가 있다.

신호등 건널목 내 차 앞으로

너와 닮은 예쁜

아이의 손을 잡고

지나가는 너의

모습을 보고

너무 놀라 너의 뒤를

따라가 봤어

(…)

지금 니 앞에 그 남자의 자리

그거 원래 내 자리잖아

니가 사는 그 집

그 집이 내 집이었어야 해

니가 타는 그 차

그 차가 내 차였어야 해

니가 차린 음식

니가 낳은 그 아이까지도

모두 다 내 것이었어야 해

〈니가 사는 그 집〉은 2007년 발표된 곡이다. 가사가 애절하다 못해

처연하다. 왕가위 감독의 1994년 영화 〈중경삼림〉에는 이런 명대사가 나온다. "기억이 통조림에 들어 있다면 유통기한이 없기를 바란다. 만일 유통기한을 정해야 한다면 만 년으로 하고 싶다." 만우절에 이별 통보를 받은 경찰 223은 매일 옛 연인(메이)이 좋아하던 파인애플 통조림을 유통기한 5월 1일짜리만 골라 산다. 그녀를 잊을 날짜를 그렇게 정한 것이다. 떠나간 연인을 기다리는 경건하고도 집착에 가까운 행위이다.

〈니가 사는 그 집〉의 화자 역시 과거를 통조림에 넣어 방부 처리하려는 듯하다. 그의 마음속에서 그녀는 여전히 자신의 연인이다. 하지만 현실에서 그녀는 이미 다른 남자의 아내이자, 아이의 엄마였다. 마음은 과거에 멈춰 있는데 세상은 앞으로 나아갔다. 그래서 그는 할 수 없이, 무력하게, 창밖에서 그녀의 새로운 삶을 바라볼 수밖에 없다.

과거에 사랑했던 연인과 의도치 않게 재회하는 이야기를 담은 노래는 그리 낯설지 않다. 대부분 노랫말은 서로의 안부를 물으며 과거를 회상하는 정도에서 멈춘다. 하지만 박진영은 죽도록 사랑했는데 어떻게 그럴 수 있냐고 항변한다. 〈니가 사는 그 집〉의 화자는 기어이 옛 연인의 집까지 뒤따라간다. 그러고는 그녀의 집과 차와 아이와 남편이 모두 자기 것이어야 한다고 칭얼댄다. 통속적 사랑의 방정식은 결국 뺏느냐 빼앗기느냐로 귀결된다. 사랑을 빼앗긴 화자는 여전히 과거에서 빠져나오지 못하고 속상해한다.

이런 집착과 애증에 완전히 동의할 수 없더라도, 사랑이라는 감정의 한 부분을 차지하는 어두운 그림자임은 부정할 수 없다. 박진영은 이처럼 구차하고 비루한 민낯을, 심지어 관능적인 춤동작과 함께 주저 없이 내보인다. 박진영이 아니면 감히 꿈도 못 꿀 시도이다.

세상의 금기에 맞서는 일은 언제나 외롭다. 2014년 세상을 떠난 가수 신해철은 생전에 대마초 비범죄화, 간통죄 폐지 같은 당대의 터부를 거침없이 건드리며 '마왕'이라 불렸다. 왜 굳이 연예인 생명을 걸고 지는 싸움에 뛰어드느냐는 질문에 그는 이렇게 답했다. "한국에서는 영악하게 지는 싸움을 피해가는 사람은 많습니다. 저는 지는 싸움도 때로는 해야 한다고 생각해요." 박진영 역시 마찬가지였다. 욕먹을 줄 알면서도 멈추지 않았다.

그 싸움 덕분에 딴따라는 이제 세상 모두가 아는 귀한 존재가 되었다. 그들은 낡은 관습과 금기를 과감히 깨뜨리고 사회에 생명력을 불어넣었다. 아무도 가지 못하던 진창길을 기꺼이 앞질러 걸어갔다. 이정보가 그랬고, 박진영이 그랬다. 그들 덕분에 우리는 위안을 받으며 이 세상이 아직은 아름답고 흥미로운 이야기로 가득하다고 믿는다.

이 글을 쓰고 다듬는 사이에 까치 소리와 함께 낭보가 들려왔다. 2025년 9월, 이재명 정부는 대통령 직속 대중문화교류위원회를 신설했으며, 초대 공동위원장으로 박진영을 지명했다. 한때 '딴따라'라 불리며 천시받던 대중예술가가 장관급 정책 책임자가 된 것이다. 박진영은 문체부 장관과 함께 공동위원장으로서 대중문화 확산에 필요한 민관협업 체계를 마련하고, 'K-콘텐츠'의 발전과 세계화에 기여할 것으로 기대된다.

　이정보가 체통을 벗어던지고 서민문화의 봇물을 터트렸듯이, 박진영은 사회적 터부를 깨뜨리고 대중문화의 황금기를 열어젖혔다. 시대는 다르지만, 그들의 노래는 자유를 향한 몸부림이었다. 세상이 금기를 만들고, 예술이 그 금기를 깨는 순간 거기서 비로소 새로운 아름다움이 피어난다.

　이정보의 사설시조는 말의 틀을 부수었고, 박진영의 노래는 몸의 틀을 허물었다. 그들은 각자의 방식으로 살아 있는 언어를 창조한 예술가였다. 시대가 달라도, 진정한 예술은 결국 같은 질문을 던진다. "당신은 지금, 얼마나 자유롭게 노래하고 있는가."

흔들리는 게 어디 버들뿐이랴

_ 작자미상 〈천안삼거리〉 · 인순이 〈실버들〉

한국인에게 능수버들이라는 시어는 이별의 정한을 품은 김소월의 서정시, 수백 년간 삼남대로의 애환을 지켜본 민요 〈천안삼거리[흥타령]〉를 떠올리게 한다. 작자미상의 〈천안삼거리〉와 작사가가 불분명한 인순이의 〈실버들〉은 마치 쌍둥이처럼 한국인의 정서를 관통한다.

길 위에서 노래는 태어나고, 사람은 그 길 위에서 제 삶을 다한다. 천안삼거리는 그 길의 교차점이었다. 사람과 물자, 사연과 노래가 모였다 흩어지는 자리. 그곳에서 울려퍼진 〈흥타령〉은 흙과 바람, 그리고 한의 리듬으로 이어진 민중의 숨결이었다. 세월이 흘러 마이크 앞에 선 인순이의 목소리에도 그 리듬은 여전히 살아 있었다. 〈실버들〉의 가늘게 떨리는 음성 속엔, 능수버들 아래 개여울을 바라보던 소월의 그림자와 〈천안삼거리〉의 "에루화 좋다"가 동시에 겹친다. 노래는 그렇게 시대를 건너며, 사람의 마음이 닿는 가장 오래된 길이 된다.

천안삼거리 능수버들은 제멋에 겨워서 휘늘어졌구나

천안삼거리는 조선시대에 충청도·경상도·전라도와 한양을 잇는 삼남대로의 주요 길목이었다. 천안삼거리에서 대전-대구-부산으로 이어지는 경상도 길, 대전-전주-광주-해남으로 이어지는 전라도 길, 경기도와 한양으로 이어지는 한양 길로 나뉘었다. 천안삼거리는 전국의 물자와 사람이 모여들고 흩어지는 육로 교통의 중심지였다.

교통과 상업의 발달은 자연스레 문화예술 분야에도 활력을 불어넣었다. 천안삼거리 하면 떠오르는 민요가 있다. 이름도 〈천안삼거리〉다. 노랫말에서 반복되는 "흥" 어휘를 따와서 〈흥타령〉이라고도 한다.

> 천안삼거리 흥 능수버들은 흥
> 제멋에 겨워서 휘늘어졌구나.
> 에루화 좋다 흥 성화가 났구나 흥
> 발그레한 저녁노을 돋는 저곳에 흥
> 넘어가는 낙일(落日)이 물에 비치네.
> 에루화 좋다 흥 성화가 났구나 흥
> 세상만사를 흥 생각을 하면은 흥
> 인생의 부영(富榮)이 꿈이로구나.
> 에루화 좋다 흥 성화가 났구나 흥
> (…)
> 은하작교(銀河鵲橋)가 흥 꽉 무너졌으니 흥

건너갈 길이 망연(茫然)이로구나.

에루화 좋다 흥 성화가 났구나 흥

민요 〈천안삼거리〉가 만들어진 기원에 대해서는 몇 가지 설이 있다. 그중 하나는 후렴 부분 "성화가 났구나 흥"의 '성화'가 평양감사의 이름 조성하(趙成夏)에서 나왔다는 설이다. 조성하는 구한말 익종비인 조대비의 조카로, 평양감사로 재직하며 과중한 세금과 부역으로 백성들을 수탈해 원성을 산 인물이라고 한다. 말하자면 〈천안삼거리〉가 조성하의 폭정에 대한 원성을 실은 구비전승 시가라는 것이다. 그러나 이런 유의 후렴은 다른 지방 민요에서도 나타나며, 천안삼거리와 멀리 떨어진 평양감사를 뜬금없이 거론했다는 점에서 그다지 가능성이 높지 않아 보인다.

'능소 설화' 기원설도 자주 거론된다. 홀로 딸아이를 기르던 아비가 군정으로 변방을 지키러 떠나야 했다. 아비는 천안삼거리 주막에 딸아이를 맡기고는, 딸아이가 잘 자라기를 바라며 버드나무를 심고 떠난다. 하지만 버드나무가 자라도 아비는 돌아오지 않았고, 사람들은 딸아이를 '능소'라고 불렀다. 능소는 어느 해 과거를 보러 올라오던 사내와 인연을 맺었고, 사내는 과거에 급제하여 능소와 혼례를 올린다. 이 잔치에 모인 사람들은 춤을 추며 노래를 불렀고, 이 노래가 〈천안삼거리〉의 원형이라고 한다.

어떤 전설에서는 능소가 기생으로 등장하기도 한다. 이 설은 그럴싸해 보이지만, 사실 능소 설화는 민병달 전 천안문화원장이 1986년에 쓴 소설 《능소전》의 내용이며, 원형 설화의 출처가 불분명하다. 물론 천안삼거리에는 능소 설화 말고도 여러 전설과 설화가 서려 있지만, 민요 〈천안삼거리〉와 직접 연계할 만한 내용은 없다.

무엇보다 민요 〈천안삼거리〉는 경기민요이자 통속민요로 구분된다. 서울과 경기 지역 가객들에 의해 전승되어왔고, 음악적 특성 또한 경기민요의 그것과 일치한다. 말하자면 삼남대로의 천안삼거리가 민요 〈천안삼거리〉의 기원과 연관성이 없을 수 있다는 얘기다. 과연 그럴까?

민요는 본디 민중들의 음악이다. 민중들은 논밭에서 일하면서 시름을 덜기 위해 노래(노동요)를 부르고, 잔칫날 함께 춤추면서 흥에 겨워 노래(유희요)를 불렀다. 민요의 가락과 노랫말은 상황에 따라 지역에 따라 변주되고 변형되었다. 원형이 기록되었을 리 없으며, 다만 수많은 갈래로 나뉘어서 구전되었다.

그러다가 20세기 들어 민요는 큰 변화를 맞이한다. 유성기 음반과 방송, 서양식 무대 공연이라는 새로운 환경에 맞닥뜨린 것이다. 민요는 이때부터 좀 더 다양한 음계를 받아들이고, 동서양 악기로 연주되고, 노랫말이 순화되고, 지역별로 토리(특성)의 정형성을 갖추게 된다. 근대적 민요, 신민요의 시기(1920~50년)에 직업 음악인들에 의해 구축된 민요 양식을 통속민요라고 한다.

〈천안삼거리〉도 이 시기에 완성된 노래다. 현재 우리 귀에 익숙한 가락은 분명 경기민요에 기반한 토리이다. 그렇다면 〈천안삼거리〉는 실제 천안삼거리와 아무 연관이 없는 걸까? 통속민요는 근대 들어 완성되었지만, 대부분 전통 민요에 기원을 두고 있다. 경기민요에 기반을 두었다면, 경기 지역 사람들이 굳이 다른 지역의 지명을 언급하며 노래를 흥얼거렸다는 이야기인데, 이는 고대의 교통과 통신 조건 등을 생각하면 가능성이 희박하다. 〈천안삼거리〉는 대체 어디에서 생겨나와서 경기민요에까지 흘러들어 갔을까?

〈천안삼거리〉가 〈흥타령〉이라고도 불리는 데 먼저 주목해보자. 19세기 후반 악보집인 《동대가야금보》에 〈흥타령〉이 처음 명시적으로 수록되었다. 이 악보집에서 〈흥타령〉 노랫말은 "천안산(삼)거리 수양버들은 멋에 겨워 휘늘어졌구나 아이고 데고 흥 성화가 났네 흥"으로 시작한다. 통속민요로 자리 잡기 전부터 전통 민요로 구전되었다는 이야기다. 그러다가 20세기 들어 〈흥타령〉은 곡조의 토리에 따라 '경성 흥타령'과 '전라도 흥타령'으로 나뉜다. 본래의 〈흥타령〉이 경성과 전라도의 타령조로 전이되었다는 뜻이다.

아이러니하게도 〈경성 흥타령〉과 〈전라도 흥타령〉은 명맥을 이어왔지만, 원류인 〈흥타령〉이 어떤 토리를 띠는지 확인할 수 없다. 그렇다고 아쉬워할 필요는 없다. 민요는 그렇게 생성하고 전이하고 소멸하면서 전승된 예술 장르이기 때문이다.

또 하나, 〈천안삼거리〉의 첫 음반 녹음을 맡은 박춘재에 주목할 필요가 있다. 박춘재는 재인청(才人廳) 소속 광대 출신으로, 전국을 돌며 공연한 소리꾼이었다. 재인청 소속 소리꾼이라면 사당패와도 긴밀하게 교류했을 것이다. 사당패는 전국을 떠돌며 노래와 춤과 곡예를 선보이던 재인 집단이다. 사당패 소리꾼들은 전국의 노래를 수집하고 변용하고 퍼트리는 본진이었다. 박춘재는 천안 인근에서 〈천안삼거리〉를 익히고, 여기에 자기 색깔을 입혀서 노래했을 것이다. 어쩌면 천안 공연을 위해

김경국_<버드나무 아래 나귀를 탄 선비>, 국립중앙박물관 소장

사당패에서 천안의 민요를 참고하여 새롭게 만들었을지도 모른다. 어쨌거나 〈천안삼거리〉가 생겨나고 퍼지는 데 사당패의 지분이 막대하다는 점은 분명해 보인다.

이런 근거를 바탕으로, 연구자들은 〈천안삼거리〉가 본래 충청도 특유의 가락이었으나 세월이 흐르며 남도창을 거쳐 지금의 경기창으로 정착했다고 본다. 오랜 시간 전국 팔도를 유랑한 〈천안삼거리〉에서 충청도 민요의 원형을 찾기란 거의 불가능하다. 돌이켜 보면 민요의 '원형'을 찾으려는 시도는 무의미한 행위일 수 있다. 그보다는 충청도 민요의 개방성과 포용력을 확인하는 게 훨씬 더 유의미하다.

천안삼거리는 단순한 지명을 넘어서 어떤 상징성을 갖는다. 조선시대 삼남대로의 분기점이었던 이곳은 한반도의 모든 사람과 물자가 끊임없이 모이고 흩어지는 공간이다. 따라서 낯선 사람과 이질적인 문물에 관대하고 개방적일 수밖에 없다. 스스로 모나거나 강하면 여러 문화가 융합하지 못한다.

충청도 민요의 면모를 짐작할 만한 단서가 하나 있다. 바로 충청도 판소리 창법 '중고제'이다. 대표적 중고제 명창으로 박동진, 정광수 등이 있다. 중고제 소리꾼은 경기도와 전라도 소리꾼과는 큰 차이를 보인다. 화려하거나 억지스럽지 않으며, 목소리를 떨거나 기교를 많이 부리지 않는다. 담담하고 정갈하다.

중고제 명창 이진홍이 1960년대에 녹음한 〈홍타령〉은 경기민요, 서도(황해도와 평안도) 소리, 어정제(무속음악) 느낌의 시김(장식음·꾸밈음) 등 다양한 요소가 융합하면서도 주된 곡조는 담담하고 담백하다. 충청도 소리가 얼마나 넓은 포용성을 갖추었는지 보여주는 사례이다.

충청도 민요의 기본적인 토리도 '중고제'의 그것과 다르지 않았을 것이다. 경상도 민요는 빠르고 씩씩하며, 전라도 민요는 굵고 느리며, 경기도 민요는 맑고 경쾌하다. 그런데 충청도 민요는 어떤 곡은 가볍고 경쾌하다가 어떤 곡은 무겁고 묵직하다. 연구자들은 충청도가 경기도와 전라도 민요에서 영향을 받았기 때문이라고 해석한다. 충청도의 포용성을 염두에 두자면 이견이 있을 수 없다. 충청도 민요는 다른 지역의 특징을 포용하며 한결 다양하고 다채로워졌다. 나아가 나는 반대의 경로도 얼마든지 가능하다고 본다. 〈천안삼거리〉가 그 살아 있는 증거다.

전국을 누빈 〈천안삼거리〉는 말 그대로 한국인의 정서를 고스란히 담아낸다. 노래 곳곳에 배치된 "흥"이라는 비음의 곡조는 단순히 흥겨운 소리가 아닌 탄식조의 감탄사이다. 표면적인 흥겨움 뒤에 깊은 애환을 드리운다. 한국인 특유의 정서, 즉 슬픔을 웃음으로 감싸는 한의 미학이 이 한 단어에 응축되어 있는 셈이다.

노랫말 속 '제멋에 겨워서 휘늘어진 능수버들'은 그저 아름다운 풍경에 대한 찬사가 아니다. 세상의 무게에 견디지 못하고 고개를 떨군 인간의 모습과 다르지 않다. '제멋대로 휘늘어졌다'라는 표현에는 어쩔 수 없는 운명을 체념하고 받아들인다는 의미가 스며 있다. '은하작교가 꽉 무너졌다'는 대목은 더 절망적이다. 은하작교는 견우와 직녀를 이어주던 사랑의 다리이다. 이 다리가 무너졌다는 것은 모든 소통과 만남의 가능성이 차단되었음을 의미한다. "꽉"이라는 강렬한 의성어는 돌이킬 수 없는 파멸의 순간을, "건너갈 길이 망연"이라는 표현은 앞길이 막막한 절망감을 생생하게 전달한다.

그럼에도 인간사 절망과 고통만 있지는 않다. "발그레한 저녁노을"이 물에 비치는 풍경은 얼마나 아름다운가. 그때는 시름을 잊고 흥겨움에 젖어 "에루화 좋다" 노래하기도 한다. 슬픔을 웃음으로 감싸 예술로 승화시키는 한의 미학이다. 〈천안삼거리〉는 민족적 지혜의 완벽한 본보기다. 세상만사 기쁨과 슬픔의 이중주이고, 부귀영화는 한낱 호접지몽이다. 그러니 슬프면 슬픈 대로, 기쁘면 기쁜 대로 제멋에 겨워 휘늘어지도록 가만히 두고 볼 일이다. 시대와 지역의 경계를 흩트리고, 억지스레 고집하거나 집착하지 않으며, 결국 모든 이들의 노래가 된 〈천안삼거리〉처럼 말이다.

한갓되이 실버들 바람에 늙고

인순이는 1977년 결성된 여성 3인조 그룹 희자매의 멤버로 1978년 가요계에 데뷔했다. 희자매가 발표한 노래 〈실버들〉은 당시 TBC 〈가요톱10〉에서 7주 연속 1위를 기록할 정도로 크게 인기를 끌었으며, 인순이도 덩달아 주목을 받았다.

실버들을 천만사 늘여놓고도
가는 봄을 잡지도 못한단 말인가
이내 몸이 아무리 아쉽다기로

돌아서는 임이야 어이 잡으랴

한갓되이 실버들 바람에 늙고

이내 몸은 시름에 혼자 여위네

가을바람에 풀벌레 슬피 울 때엔

외론 맘에 그대도 잠 못 이루리

〈실버들〉은 안치행이 작곡한 노래로 솔(soul)풍의 트로트 선율이 아름다우며, 애절한 노랫말도 일품이다. 실버들을 천만 가닥으로 이어도 가는 봄을 잡지 못하듯 내 마음이 아무리 아쉬워도 떠나간 연인을 붙잡지 못한다는 내용이다. 작사가가 무려 김소월이라는 설명에 고개가 절로 끄덕여지고 새삼 다시 한번 노랫말을 음미하게 된다.

김소월은 한국 근대 서정시의 샛별이다. 우리나라 토속어를 바탕으로 아름답고도 애틋한 서정시를 써서 일제강점기에 한 서린 민초들의 마음을 어루만져준다. 그이의 시어는 시간이 흐를수록 알알이 반짝이며, 민족시인이라 부르기에 부족함이 없다. 오늘날에도 한국인이 가장 사랑하는 시인으로 손꼽히며, 수많은 음악가가 그이의 시에 영감을 받아 노래를 만들었다.

당신은 무슨 일로

그리 합니까?

홀로이 개여울에 주저앉아서

파릇한 풀포기가
돋아나오고
잔물은 봄바람에 해적일 때에

가도 아주 가지는
않노라시던
그러한 약속이 있었겠지요.

날마다 개여울에
나와 앉아서
하염없이 무엇을 생각합니다.

가도 아주 가지는
않노라심은
굳이 잊지 말라는 부탁인지요.

　소월의 시 〈개여울〉에도 작곡가 이희목이 1965년에 선율을 붙여 내
놓은 이후로 오늘날까지 사람들의 사랑을 받고 있다. 소월은 이 시를
1922년에 잡지 《개벽》에 발표했는데, 이후 1925년 시집 《진달래꽃》에
는 몇 군데를 고쳐서 싣는다. 위의 〈개여울〉은 《진달래꽃》판이다. 《개
벽》에 실린 〈개여울〉에서 가장 눈에 들어오는 대목은 4연 셋째 줄의 "하
염없이 무엇을 잊자 합니다"이다. 사랑하는 연인이 떠난 후 개여울에 주

저앉은 화자의 상태를 떠올려보면, '생각하다'는 '잊다'보다 추상적이고 수동적이다. 또한 '생각하다'는 '하염없이'라는 부사에 좀 더 어울리는 시어이다. 또 《개벽》판 〈개여울〉의 마지막 연 셋째 줄은 "굳게 굳게 잊지 말라는 부탁이지요"이다. 이별을 대하는 화자의 태도가 《진달래꽃》판보다 단정적이고 단호하다. 그에 비해 "굳이 잊지 말라는 부탁인지요"는 아쉬움과 애절함의 여운으로 가득하다.

김소월은 《개벽》에 〈개여울〉을 발표한 후, 이 작품에 좀 더 처연하고 애절한 정서를 채우고 싶었나 보다. 또는 우리가 알지 못하는 수만 가지 이유로 시어를 다듬었을 것이다. 《개벽》판과 《진달래꽃》판 사이에 그이는 얼마나 많은 밤을 지새우고 얼마나 많은 시어를 썼다 지웠을까. 덕분에 우리는 불멸의 시와 노래를 얻었으니 그저 감읍할 뿐.

그런데 여기에서 한 가지 석연치 않은 문제가 떠오른다. 〈실버들〉의 작사가가 김소월이 아닐 가능성이 있다는 점이다. 노래가 처음 나온 때로 거슬러 가보자. 1978년, TBC의 이영세 PD가 김소월의 유작시를 발견했다며 작곡가 안치행에게 곡을 의뢰했다. 안치행은 그중 〈실버들〉에 곡을 붙였고, 당연히 작사가를 김소월로 표기했다.

이후 한동안 〈실버들〉은 소월의 유작시로 인식되었지만, 사람들은 차츰 뭔가 미심쩍어하기 시작했다. 1978년이면 소월이 소천한 1934년에서 무려 40여 년이 지난 시기다. 그사이 펴낸 몇몇 유고집에도 〈실버들〉은 보이지 않는다. 그 오랜 시간을 거쳐 어느 날 문득 소월의 작품이 하늘에서 떨어졌을 리 없다. 〈실버들〉이 소월의 작품이 아닐 가능성이 높지만, 그렇다고 위작이라고 단정할 만한 근거도 없다. 라디오 PD가

어디서 어떤 경로를 통해 소월의 시편을 찾아냈는지 밝히지 못할 사연
이 있는지도 모른다.

이처럼 진실이 오리무중인 까닭은 〈실버들〉의 노랫말이 김소월의 시
세계와 정서적으로 절묘하게 연결된 듯하기 때문이기도 하다. 이별의
행위를 구체적으로 드러내지 않는 점, 이별 후의 정한을 실버들로 표상
한 대목 등은 소월의 작풍과 닮았다.

하지만 찬찬히 곱씹어보면 차이점도 드러난다. 소월의 시세계에서
화자는 이별의 정서를 능동적으로 내재화한다. 앞서 살펴본 〈실버들〉도
그렇고, 저 이름 높은 〈진달래꽃〉도 그렇다. 〈진달래꽃〉 속 화자는 "나
보기가 역겨워/가실 때에는/죽어도 아니 눈물 흘리"겠다며 이별을 주도
적으로 재해석해낸다. 이에 비해 〈실버들〉 속 화자는 이별을 아예 기정
사실로 받아들인다. "가을바람에 풀벌레 슬피 울 때엔/외론 맘에 그대도
잠 못" 이룰 것이라며 위안을 삼으며 체념한다. 봄과 가을이라는 계절적
소재가 심리적 상태를 단선적으로 비유하는 시어로 쓰인 대목도 헐거워
보인다. 어쩌면 소월이 생의 마지막 주기에 거칠게 끄적인 작품인지도
모른다. 진실은 언제나 저 너머에 있는 법이다.

〈실버들〉은 여러모로 〈천안삼거리〉와 닮았다. 능수버들은 우리나라
자생 버드나무종으로 나뭇가지와 잎사귀가 가늘고 빽빽하게 자라서 늘
어진다. 사람들은 실바람에도 가지와 이파리가 하늘거리며 흔들리는 모
양을 보고 실버들이라고 불렀다. 우리나라에서는 물가에 자라난 능수버
들이 바람에 흩날리는 장면을 흔히 볼 수 있다. 사람들은 능수버들 아래
에서 더위를 피하고, 흘러가는 강물을 하염없이 바라보고, 사랑과 이별

을 속삭였다. 능수버들 흐드러진 강 풍경은 수많은 그림과 시의 소재로 등장한다. 한국인에게 능수버들은 아련한 추억을 떠올리게 하는 열쇠말이다. 선율도 다르고 장르도 다르지만, 〈천안삼거리〉와 〈실버들〉을 들으며 우리가 공통의 정취를 느끼는 이유다.

〈실버들〉과 〈천안삼거리〉는 '원형 부재(출처 없음)'라는 측면에서도 동질성을 갖는다. 우리는 알게 모르게 원형·시원·원류·기원에 집착한다. 우리 전통 문화의 뿌리를 찾는 의미를 폄훼할 생각은 없다. 하지만 무형의 문화예술 분야에서는 원형 부재가 본연의 특징으로 굳어진 경우가 많다. 민요는 더더욱 그러하다. 만백성의 유희요·노동요에서 최초의 시연자, 원시적 형태소를 찾는 건 불가능하다. 오히려 민요는 서로 다른 지역의 노래가 어떻게 영향을 주고받았으며, 어떤 결과물을 내왔는지를 내밀하게 들여다보는 게 더 의미 있다. 민요는 아류와 모사와 융합의 예술이기 때문이다.

〈실버들〉의 작사가 논란은 감정적 혼란을 불러일으켜 노래에 대한 감흥을 떨어뜨리게 한다. 물론 확인 절차를 거치지 않은 채 작사가를 김소월이라고 명시한 이들의 잘못이 크다. 〈실버들〉을 '김소월 작'으로 표기한 이유가 상업적 마케팅의 방편일 가능성이 높은 터라 더더욱 그렇다.

하지만 한편으로 이 혼란스러움은 김소월이라는 권위에 집착하는 우리의 무의식도 한몫 거든다. 〈실버들〉을 작사가 미상의 노래로 상정하고 다시 들어보자. 여전히 아련하고 애틋하다. 노랫말과 선율이 더없이 조화롭게 어울리며 듣는 이를 실버들 하늘거리는 개울가로 안내한다. 작사가 부재가 노래 본연의 정취에 그다지 큰 흠결이 되지 않는다. 그러니 〈천안삼거리〉와 〈실버들〉은 이제 그만 출처 없음의 노래로 남겨두자.

사실 이 책의 취지에 따르자면, 인순이는 '함량 미달'이다. 인순이는 싱어송라이터가 아니기 때문이다. 인순이는 가요계의 디바라는 위명에 비해 본인만의 오리지널 노래가 별로 없다. 인순이는 자신은 그저 가수이며, 작곡과 작사 재능이 없다고 밝혀왔다.

〈실버들〉을 내놓은 이듬해에 희자매에서 독립한 인순이는 박건호 작사, 김희갑 작곡의 〈밤이면 밤마다〉라는 노래를 발표해서 다시 한번 크게 성공한다. 그런데 이후 인순이는 오랜 슬럼프에 빠진다. 여러 이유가 있었지만, 인순이의 '피부 색깔'에 대한 사회적 편견이 한몫 거들었음은 분명하다. 하지만 이 시기에도 인순이는 꾸준히 노래를 발표했으며, 밤무대를 떠돌며 이를 악물고 버텨냈다. 1987년 4월, 인순이는 자전적 이야기를 담은 《에레나로 불리운 여인》이라는 앨범을 발표한다. 이 앨범의 주요 곡들은 최성호가 작사·작곡을 맡았다. 인순이는 자신의 자전적 이야기를 담은 원고를 최성호에게 주며 작품을 의뢰했다고 한다.

이봐요 에레나 무얼 하나
종일토록 멍하니 앉아 어떤 공상 그리 할까
시집가는 꿈을 꾸나 돈 버는 꿈을 꾸나
(…)
비닐장판 위의 딱정벌레
하나뿐인 에레나의 친구
외로움도 닮아가네

최성호 작사·작곡의 〈비닐장판 위의 딱정벌레〉는 재즈와 트로트의 경계에 있는 블루스풍 곡이다. 하긴, 자기가 지내온 삶을 숨김없이 담담하게 보여주는 투명한 고백의 무대를 이런저런 장르로 분류하는 게 무슨 의미가 있을까. 인순이는 처음에는 들리지 않을 만큼 나지막하게 독백하다가 결국 속울음을 토해낸다. 그이의 목소리가 삭풍처럼 듣는 이의 마음을 벤다. 인순이가 가장 애장하는 앨범인 이유를 조금은 알 것만 같다.

1990년대 들어 사회적 시선이 한결 부드러워지면서 인순이는 조금씩 방송에 모습을 드러냈다. 인순이는 팝 발라드, 알앤비, 댄스 팝, 솔, 블루스, 재즈 등 장르를 가리지 않고 능수능란하게 소화하며 어떤 무대라도 자신의 아우라로 장악했다. 더불어 이승환 작사·작곡의 〈또〉, 조PD와 호흡을 맞춘 〈친구여〉, 이현승 작사·작곡의 〈아버지〉, 유영석 작사, 하덕규 작곡의 〈거위의 꿈〉(인순이 리메이크) 등 많은 히트곡을 양산해냈다.

개중에는 피처링으로 참여하거나 리메이크 곡들도 적지 않다. 그녀만의 '오리지널' 곡이 많지 않다는 시선에 대해 인순이는 묵묵히 노래로 화답한다. 인순이는 어떤 곡이라도 자신만의 이야기와 마음을 담아 새롭게 들려준다. 그이의 무대와 그이의 노래는 이전에 없었던 하나의 작품이다. 인순이는 노래 공연 틈틈이 뮤지컬에도 참여하고 심지어 피트니스 대회에도 나간다. 겹겹으로 둘러싼 사회적 선입견을 온몸으로 돌파해온 것이다. 비주류성과 모방을 바탕으로 자신만의 장관을 빚어냈다는 점에서 그녀는 훌륭한 싱어송라이터다.

〈천안삼거리〉의 "홍"이 단순한 흥겨움이 아닌 애환의 탄식조였듯, 인순이의 묵직한 목소리에는 차별과 좌절을 견뎌낸 비주류 예술가의 투명한 고백이 담겨 있다. 두 노래는 '원형 부재'와 '모사'의 한계 속에서도, 결국 모든 이의 노래가 되어 시대를 초월하는 생명력을 얻어냈다. 천안 삼거리의 흥겨운 타령과 인순이의 깊은 솔(soul)은 결국 한 지점에서 만난다.

시대가 바뀌어도 누군가는 여전히 떠나고, 누군가는 여전히 노래한다. 그 소리가 멀리 돌아 다시 천안의 바람 속으로 스며드는 순간, 우리는 비로소 깨닫는다. 노래의 본질은 원형이 아니라 흐름에 있다는 사실을.

광대와 영웅이 건네는 위로

_ 신재효 〈광대가〉 · 임영웅 〈모래 알갱이〉

우리는 언제부터인가 '광대'라는 말에서 과장된 분장을 하고 가벼운 몸짓과 재간으로 사람들을 웃기는 사람을 떠올린다. 그러나 과거 어느 시대에 광대는 노래하고, 연기하고, 사람의 마음을 움직이던 가장 치열한 예술가이자 대중들의 아픈 마음을 어루만져준 심리치료사였다.

조선 후기, 신분의 가장 낮은 자리에서 울림의 파장을 만들었던 이들이 있었고, 그 곁에는 소리를 알아보는 귀명창이 있었다. 그는 소리꾼의 재능을 타고나지 못했지만, 가장 빛나는 광대였다. 그리고 2백 년이 지난 지금, 또 다른 방식으로 사람들의 삶을 위로하는 한 가객이 등장했다. 그의 노래는 화려하지 않지만 오래 남고, 크게 외치지 않지만 깊이 스며든다. 이처럼 시대는 달라도 예술이 사람에게 다가가는 방식은 닮아 있다.

광대와 영웅, 그들은 평범함과 비범함 사이의 경계에서 우리에게 무한한 감동을 선물한다. 조선의 귀명창 신재효와 21세기 가객 임영웅을 통해 예술이 어떻게 시대를 건너 사람의 마음을 다독거리는지 들여다보자. 어쩌면 이 이야기는 우리 모두의 평범함에 대한 옹호이자 찬가일지도 모른다.

거려천지 우리 행락 광대 행세 좋을씨고

대학 시절, 소설가를 꿈꾸던 나는 술만 마시면 선배든 친구든 가리지 않고 마치 목사님이 안수 기도하듯 두 손을 상대방 머리 위에 포개고 이렇게 외치는 술버릇이 있었다. "내 너의 평범의 죄를 사하노라." 맞다, 고질적인 주사였다.

그 당시 내가 '평범의 죄'를 용서하고 면해준 이들 중 몇몇은 현재 문단에서 저명한 소설가, 시인, 시나리오 작가로 활동하고 있다. 물론 그들의 성취가 본디 가진 재능 때문이라는 사실을 모르지 않는다. 하지만 나는 가끔 그들의 현재가 내 핸드 파워이자 주사의 효능이 아닐까, 그나마 티끌만큼 있던 내 능력이 그들에게 흘러들어 간 건 아닐까 자문해보곤 한다. 열등감과 질투에 휩싸인 부끄러운 자화상이다.

이 저열한 열등감을 화두로 삼은 영화가 있다. 1985년 57회 아카데미 시상식에서 작품상, 감독상, 남우주연상을 포함한 여덟 개 부문을 휩쓴 영화, 밀로시 포먼 감독이 연출한 〈아마데우스〉다. 〈아마데우스〉는 천재 음악가 모차르트를 평생 시기했던 실존 인물 안토니오 살리에리의 고해를 담았다. 영화 속에서 요제프 2세 황제의 궁정 악장 살리에리는 천재적인 동료 작곡가 볼프강 아마데우스 모차르트와의 경쟁 구도 속에서 피폐해진다. 정신병원에 감금된 노인 살리에리는 젊은 사제에게 자신이 모차르트를 시기하여 그의 죽음에 일조했다고 고백한다. 어린 시절부터 모차르트의 재능을 누구보다 사랑했던 '1호 덕후' 살리에리. 그는 비범함을 타고났으면서도 그 고마움을 모른 채 천박하고 음란한 생활을 일삼는 모차르트에게 절망한다. 나아가 자신이 사랑했던 여인마저 농락당하자 결국 살의를 품게 된다.

나는 이 영화를 보며 매 순간 성실하지만 평범했던 궁정 악장 살리에리가 내 모습 같아 슬펐다. 여고 시절 문학상을 독차지했지만, 나는 그저 흔한 문학소녀였다. 글재주가 뛰어난 친구들은 따로 있었다. 나는 평범하고 창의적이지도 않은 소설을 쓰고 찢기를 반복했다. 어쩌다 동인지에 실린 내 단편소설을 보고 동기나 선배들은 "너는 신춘문예로 등단할 거야. 재능이 있어"라고 극찬했지만, 소설 창작 지도 교수님은 나에게 C+를 주셨다. 나는 이 결과를 인정할 수 없어 교수님께 피드백을 요구했고, 소설 창작 실습 시간에 공개적으로 "언뜻 보아선 잘 쓴 소설인 듯싶지만, 치기스럽고 비문투성이에 자기 나이에 어울리지 않는 어른 흉내를 낸 망작이다"라는 비평을 들어야 했다. 그리고 그다지 돋보이지 않는 콩트 형식의 소설을 썼던 동기에게 문예지 등단의 영광을 안겨주셨다. 내 친한 지인들은 말도 안 된다고 수군거렸지만, 나는 속으로 인정하고 있었다, 그 친구가 탁월한 스토리텔러라는 것을. 나는 오래전부터 그 친구가 과제로 쓴 낙서 같은 글들을 밤새워 읽고 또 읽으며 불면의 밤을 보내고는 했다. 대학 졸업 후 나는 결국 '평범의 죄'를 벗어나지 못하고, 고등학생들에게 입시 국어를 가르치며 젊은 날을 보냈다.

〈아마데우스〉의 절정은 빈(Wien) 사교계에서 방탕한 생활로 망가져 가는 모차르트를 보며 살리에르가 신을 향해 원망하는 대사다. "내가 원했던 것은 하나님께 노래하는 것뿐이었습니다. 그분은 나에게 그 그리움을 주었으면서 나를 벙어리로 만들었습니다. 왜? 말해주세요. 그분이

내가 음악으로 그분을 찬양하기를 원하지 않으셨다면 왜 욕망을 심어주었을까요? 내 몸에 성욕이 있는 것처럼!" 영화의 결말 장면에서 과대망상과 피해의식에 빠진 노인 살리에리는 젊은 신부에게 말한다. "제가 당신을 대신하여 말씀드리겠습니다. 신부님. 나는 세상의 모든 평범함을 대변합니다. 나는 그들의 챔피언입니다. 나는 그들의 수호성인입니다." 하지만 살리에리는 그 말과 다르게 비범함을 갈망하고 질투하다가 스스로 무너진 사람을 일컫는 대명사가 되어버렸다. 살리에리의 마지막 대사는 오히려 신재효에게 바치는 헌사가 되어야 할 듯하다.

이제 이야기를 신재효(1812~84년)에 맞춰보자. 신재효는 1812년(순조 11년)에 전북 고창에서 관약방(官藥房) 집 외아들로 태어난다. 신재효는 서른다섯 살쯤에 이방이 된다. 이방은 조선시대 지방관서에서 인사와 서무를 맡던 하급 관리였다. 이방은 과거시험으로 뽑지 않고, 대체로 그 지역의 토착 세력 출신 중에서 선발되었다. 그런데 신재효의 아버지는 경기도에서 살다가 고창으로 이사한 외부 사람이었다. 어떻게 신재효가 이방 자리에 오를 수 있었을까? 그의 아버지는 약방을 운영하면서 큰돈을 모았으며, 그 돈으로 이방 자리를 샀을 가능성이 높다. 조선 후기에 하급관리 자리를 돈으로 사는 경우는 흔했다.

한편 신재효는 이 시기에 가업을 이어받아 더 많은 부를 축적했다. 그러다가 느닷없이 마흔 살 전후부터 본격적으로 판소리 연구에 매달린다. 신재효가 언제부터 판소리에 관심을 가졌는지에 대한 기록은 없지만, 능히 짐작할 만한 실마리가 있다. 나는 신재효가 이방이 되기 전, 서른다섯 살까지 어떻게 살았을지 어렴풋이 짐작이 간다. 아버지 덕분에 어려움 없이 풍족하게 지냈으며, 아버지 성화에 글도 배웠을 것이다. 하지만 조선은 서슬 퍼런 신분 사회였다. 신재효의 자전적인 글 〈자서가(自序歌)〉에서 "사나이로 조선에 생겨/장상댁에 못 생기고/활 잘 쏘아 평통할까/글 잘한다 과거할까"라며 한탄하는 대목이 나온다. 활 잘 쏘아도 무반이 될 수 없고, 학문을 닦아도 문반이 될 수 없는 신세다. 신재효는 헛헛한 마음을 달래려 친구들과 어울려 돌아다니기를 좋아했을 것이다.

조선 후기 들어 판소리를 비롯한 서민문화가 크게 발흥했다. 그중에서도 19세기 초, 신재효가 태어나 자라던 시기, 전라도 일대는 그야말로 판소리 세상이었다. 소리꾼이 온몸을 내던지며 쏟아내는 소리는 관객들을 충격에 빠뜨렸다. 권삼득, 송흥록, 모흥갑, 송광록 등 명창들은 오늘날 아이돌 못지않은 구름 관중을 몰고 다녔다.

이제, 이런 상상을 해보자. 어느 날, 신재효는 장터에서 광대들의 연희무대를 구경하다가 소리꾼의 판소리를 듣고는 온몸이 떨려왔다. '이거다! 사람들을 웃기고 울리는 소리꾼이 될 테다!' 신재효는 그날부터 판소리에 빠져 지냈다. 소리꾼 공연이 열리는 곳이라면 어디라도 찾아다녔고, 소리를 배우려고 필사적으로 노력했다. 하지만 소리꾼이 될 재능을 타고나지 못했음을 깨닫고 절망했다.

한편, 아버지는 하릴없이 소리판에나 기웃거리는 신재효가 못마땅했다. 서른이 넘도록 앞가림도 못하는 아들 때문에 애가 탔다. 아버지는 아들 멱살을 잡아끌어 기어이 이방 자리에 앉혔다. 신재효는 이방이 되고 난 뒤에 아버지의 자산을 바탕으로 돈을 더 많이 벌어들였다. 이 자산을 바탕으로 신재효는 마침내 자신의 오랜 꿈을 향해 나아갔다.

살리에르는 부족한 재능을 비관하며 몰락했지만, 신재효는 판소리에 대한 열망을 다른 방식으로 풀어냈다. 먼저, 신재효는 이전까지 구비전승되던 전국의 판소리 사설을 채록하기 시작했다. 그 당시 널리 불리던 판소리 열두 마당 중 《춘향가》《심청가》《흥보가》《수궁가》《적벽가》《변강쇠가》 등 여섯 작품을 선별해서 정리했다. 왜 하필 이들 여섯 작품이었을까?

신재효가 판소리 여섯 마당을 선별하고 정리하는 과정에서 지배층을 염두에 두고 유교 이념을 일부 수용했다는 주장에 대해 선뜻 동의하기 어렵다. 물론 여섯 마당에는 충(《수궁가》), 효(《심청가》), 열녀(《춘향가》), 형제애(《흥보가》) 등과 연관된 대목이 등장하기는 한다. 하지만 《수궁가》《춘향가》는 지배층의 부패와 위선을 조롱하고, 《흥보가》는 악한 존재인 형을 응징하고, 게다가 《변강쇠가》는 질펀한 남녀상열지사를 다룬다. 신재효가 지배층의 눈치를 봤다면 감히 선택할 수 없는 주제이다. 즉, 충성과 효도를 다루는 대목은 서사의 전체적인 흐름에서 불가피한 요소였으며, 굳이 유교 이념을 들먹이기 전에 당시 사람들의 보편적 상식으로 보아도 무방하다.

나는 신재효가 여섯 마당을 선별한 기준은 당시 판소리 공연에서 가장 인기 있는 작품 순이라고 본다. 즉 관객들이 가장 잘 몰입하는 서사, 가장 뜨겁게 호응하는 작품을 우선순위로 골랐을 것이다. 나아가 여러 소리꾼으로부터 채록한 사설을 통일해서 정리하는 기준도 동일했을 것이다. 소리꾼이 기교를 가장 잘 발휘하고 재능을 극대화할 수 있는 문장과 언어를 선택했을 게 틀림없다.

또한 신재효는 자신의 집에 판소리 교육 공간을 마련하고, 재능 있는 소리꾼을 모아 양성했다. 신재효는 소리꾼으로서 재능을 타고나지 못했지만, 좋은 소리를 감별하는 귀명창이었으며, 당대의 유일무이한 판소리 이론가이자, 소리꾼을 양성하는 탁월한 교사였다. 신재효는 구전으로만 전승되던 동편제와 서편제를 논리적으로 정립한 장본인이었다. 온 나라에 신재효의 명성이 자자했으며, 심지어 명창으로 이름난 소리꾼들도 그의 평가와 가르침을 받기 위해 모여들었다. 정노식의 《조선창극사》에 따르면, 동편제의 박만순, 김세종, 전해종, 김창록과 서편제의 이날치, 김수영, 정창업 등이 신재효의 지도를 받았다고 한다.

그러나 광대 행세 어렵고 또 어렵다.

광대라 하는 것은 제일은 인물치레(人物致禮)

둘째는 사설치레 그 지차(至次) 득음이요

그 지차 너름세라. 너름새라 하는 것은

귀성 끼고 맵시 있고 경각에 천태만상

위선위귀(爲仙爲鬼) 천변만화 좌상(座上)에 풍류호걸

구경하는 노소남녀 웃게 하고 울게 하니

어찌 아니 어려우며 득음이라 하는 것은

오음(五音)을 분별하고 육률(六律)을 변화하여

오장(五臟)에 나는 소리 농락하여 자아낼 제

그도 또한 어렵구나.

사설이라 하는 것은 정금미옥(精金美玉) 좋은 말로

분명하고 완연하게 색색이 금상첨화

칠보단장 미부인이 병풍 뒤에 나서는 듯

삼오야 밝은 달이 구름 밖에 나오는 듯

새눈 뜨고 웃게 하기 대단히 어렵구나.

인물은 천생이라 변통할 수 없거니와

원원(遠遠)한 이 속관이 소리하는 법례로다.

신재효는 〈광대가〉에서 판소리에 대한 미학적 이론을 제시한다. 그 중에 광대(소리꾼)가 가져야 할 네 가지 자질(광대치레)로 인물치레, 사설치레, 득음, 너름새를 들었다. 각각의 자질이 다다라야 할 목표점이 사뭇 예사롭지 않다. 예를 들어 '너름새(손짓과 몸짓)'는 좌상의 풍류호걸과 구경하는 노소남녀를 울고 웃게 할 수 있어야 한다. 청중의 의표를 찌르는 변화를 일으켜 예술적 쾌감을 선사하는 연기력을 요구하는 것이다. '득음'은 몸 전체로 소리를 내면서 운율 변화(중모리, 진양조), 감정 표현(애원성, 호령소리)을 자유자재로 구사하는 경지에 이르러야 한다. 심지어 인물치레는 타고난 됨됨이에서 나오는 것이라 흉내 내거나 대체할 수 없다고 단언한다. 이처럼 치열하고 정밀하게 소리꾼을 분별하고 교육했으니, '신재효 소리꾼 양성소'를 나온 소리꾼은 재능과 전문성을 겸비하고 자부심도 대단했을 것이다.

신재효는 여성도 거리낌 없이 받아들였으며, 이는 남성 소리꾼만 존재하던 시기에 놀라운 파격이었다. 덕분에 최초의 여성 명창 진채선과 허금파가 등장했으며, 오늘날까지 여성 소리꾼 계보가 면면히 이어졌다. 신재효는 광대패를 조직해 판소리 공연을 열기도 했다. 요즘으로 치자면 연예기획사를 세워서 아티스트를 양성하고 콘서트까지 연 셈이다.

이쯤에서 다시 처음으로 돌아가 신재효는 왜 이토록 판소리에 집착했을까? 왜 판소리에 미쳐서 기꺼이 이인자이자 보조자의 굴레를 썼을까?

> 고금에 호걸문장 절창으로 지어내여
> 후세에 유전하나 모두 다 허사로다.
> (…)
> 거려천지(蘧廬天地) 우리 행락(行樂) 광대 행세 좋을씨고.

신재효는 〈광대가〉 첫대목에서 역사적으로 유명한 시인과 작품을 열거하면서, 모두 다 허사이고 오직 즐겁게 노니는 광대와 판소리만이 가치 있다고 선언한다. 한자 문화권에 속한 이후로 식자층은 정치권력뿐만 아니라 문화에서도 지배층이 되었고, 조선시대에 이 현상은 더욱 굳어졌다. 한자를 익힌 양반들은 작품을 지을 때 누가 더 율격을 잘 지키며 어려운 표현을 사용했느냐로 문학적 성취를 따졌다. 일반 백성은 당연히 양반들의 추상적이고 난해한 작품을 이해하지 못했고, 정서적인 공감대를 이루지 못했다.

그러다가 조선 후기 들어 백성들도 문화의 생산자이자 소비자로 등장하기 시작했다. 백성들이 새롭게 창조한 문화는 일상생활에서 친숙한 사물과 이야기를 다뤘으며, 인간의 희로애락을 간결하게 드러냈다. 서민문화는 특유의 생명력과 육체성으로 백성들의 마음을 사로잡았으며, 양반층에도 빠르게 스며들어 갔다. 그리고 서민문화의 중심에 판소리가 있었다.

무가(巫歌)와 연희 광대 공연에서 유래한 판소리는 이전의 시가 장르와는 전혀 다른 형식이었다. 판소리는 기존의 서사 문학을 사설로 삼아 소리꾼이 창(노래)과 아니리(말)로 풀어낸다. 소리꾼은 오직 고수의 북소리 장단에 맞춰 홀로 무대를 책임진다. 소리꾼은 소리를 몸속(오장)에서 길어 올려, 성대를 긁으며 내뱉는다. 이런 발성법은 감정을 극대화해서 표현하기 위함이다. 이 때문에 대부분 사람들은 소리꾼이 되기까지 몸과 성대가 버티지 못한다. 하지만 득음에 이른 소리꾼은 대번에 청중들을 사로잡았다. 사람들은 소리꾼의 노래와 몸짓에 울고 웃으며 환호했다. 말 그대로 새로운 '대중문화'의 탄생이었다.

돌이켜보면, 판소리의 탄생과 확장은 신재효의 삶과 궤를 같이한다. 판소리는 비주류 문화로 천대받았지만, 시대의 요구에 부응하는 형식과 내용으로 대번에 주류 문화를 뒤흔들었다. 신재효는 소리꾼의 재능을 타고나지 못한 이인자였다. 하지만 설움과 갈망을 발판 삼아 판소리를 예술적 차원으로 당당히 올려놓았다. 따라서 신재효가 이전의 시가 작품에 견주어 판소리만이 민중성과 진정성을 획득했다고 여기는 건 어쩌면 당연하다. 판소리라면 그 정도 오만해도 된다.

그대 이 모래에 작은 발자국을 내어요

2019년 TV조선 경연 프로그램 〈미스터트롯〉에서 임영웅은 여느 경연자들과 분위기가 좀 달랐다. 트로트 경연 무대에서 시청자의 눈에 띄려면 화려한 복장, 빠르고 신나는 템포(또는 애절한 분위기), 고음과 수려한 비브라토 등은 기본이다. 그런데 임영웅은 어딘지 행동거지가 얌전하고, 노래도 나붓나붓하게 불렀다. 심지어 복고풍 머리에 흰 셔츠와 정장 차림으로 〈어느 60대 노부부 이야기〉를 부르기도 했다. 전주 없이 곧바로 울려 퍼지는 그의 목소리는 청중을 단박에 사로잡았다. 30대 초반의 젊은 가수가 "곱고 희던 그 손으로 넥타이를 매어주던 때"를 부를 때, 시청자들은 직감했다. '임영웅은 가슴으로 노래를 부르는구나.'

임영웅은 〈미스터트롯〉에서 우승한 이후, 기록적인 행보를 거듭한다. 발매하는 노래와 음반마다 엄청난 인기를 끌었으며, 그의 콘서트 티켓 구하기는 그야말로 하늘의 별 따기다. 임영웅은 탄탄한 팬덤을 자랑하며, 공식 팬카페 '영웅시대'의 회원수는 20만 명을 가뿐히 넘어선다(2025년 기준). 단기간에 이처럼 놀라운 성과를 이룬 사례는 지극히 드물다. 대중가요계에서 비주류로 인식되던 트로트 경연대회에서 두각을 나타냈다는 점을 고려하면 더더욱 그렇다. 임영웅은 어느덧 살아 있는 전설의 길을 걷고 있다.

임영웅의 등장에는 물론 TV조선의 공로가 크다. TV조선은 〈내일은 미스트롯〉을 필두로 〈미스터트롯〉까지 트로트 경연 프로그램을 연달아 히트시켰다. 트로트 경연은 예전에 없던 콘셉트는 아니다. 왜 하필 그 시기에 사람들은 트로트에 열광했을까?

이전까지 트로트는 대중음악에서 비주류 장르였다. 여기에는 우리나라의 아픈 역사와 얽힌 사연이 있다. 트로트는 일제강점기인 1930년대에 당시 일본의 대중가요인 엔카(演歌)의 영향을 받아 생겨난 음악이다. 이 때문에 트로트는 한때 왜색풍 노래라고 배척받았다. 하지만 트로트로서는 억울한 측면이 있다. 서로 다른 문화 사이의 교류와 접변이 한 방향으로 영향을 주는 경우는 없다. 트로트도 마찬가지이다. 애초에 일본 엔카가 만들어진 사연도 우리나라와 연관이 깊다. 엔카를 처음 만들었다고 알려진 코카 마사오는 어린 시절을 한국에서 보냈다. 일본으로 돌아간 코카 마사오는 우리나라 민요와 일본 전통 민요를 접목해서 엔카를 창시했다. 일본 전통 민요도 연원을 따져보면 메이지유신 시기 정치적 메시지를 전달하기 위해 만들어진 연가(演歌)에 1890년대 서양의 블루스와 폭스트롯 등이 유입하면서 생겨난 노래다. 그러니까 트로트는 어엿하게 세계 음악의 지류이자, 우리 전통 민요의 명맥을 잇는 음악 장르이다. 트로트에서 우리의 가장 암울했던 시기가 연상되는 걸 아예 지울 수는 없겠지만, 그렇다고 왜색풍 문화라고 막무가내로 쏘아붙일 일은 아니라는 얘기다.

트로트가 비주류로 치부된 게 역사적 굴곡 탓만은 아니다. 일반적으로 트로트는 5음계(도레미솔라/라시도미파)와 2박자 계열 박자를 단조롭게 반복하며, 일차원적이고 직설적인 일상의 언어를 노랫말로 사용한다. 이 때문에 트로트는 대부분 비슷한 분위기를 연출했으며, 현대로 넘어올수록 다채로운 음악 장르에 비해 예스러워 보였다. 그래서 대중가요를 가장 적극적으로 소비하는 젊은 세대의 선택을 받지 못했다. 여기에 아이돌과 케이팝이 한국을 넘어 세계 시장에서 스포트라이트를 받으면서, 비주류의 그늘은 더욱 짙어졌다.

하지만 탄생과 함께 줄곧 소외되고 배척되던 트로트는 백 년 가까이 끈질기게 살아남았다. 트로트는 평균적으로 50세 이상 세대가 주로 향유한다. 그런데 이들은 70~90년대의 주류 대중음악인 포크, 록, 팝송 등을 적극적으로 소비하던 세대이다. 그들은 나이를 먹으면서 어느 순간 트로트가 마음에 들어왔다고 고백한다. 앞서 이야기했듯이, 트로트에는 우리 민족 고유의 정서가 깊이 배어 있다. 삶의 굴곡을 거치며 나이를 먹은 이들에게 트로트는 친구처럼 위로를 건네준다. 트로트가 오늘날까지 옹골차게 살아남은 이유다.

TV조선은 이 지점을 제대로 공략했다. 한국 사회 중장년층은 당대 대중문화의 주류에서 밀려났지만(이는 당연하고 자연스러운 현상이다), 젊은 세대 못지않은 인구수이며(바야흐로 고령화 사회이다), 무엇보다 강력한 경제력을 자랑한다. TV조선의 역발상은 기성세대의 정서와 주머니를 제대로 자극했다. 이제 중장년층은 트로트를 공공연하게 적극적으로 소비하기 시작했다. 현대적이고 세련된 노래와 가수가 쏟아져나왔으며, 주류 음악에 맞먹는 시장 규모를 형성했다. 그리고 임영웅은 이 흐름에 결정타를 날렸다.

원로 배우 김영옥은 "나이를 먹어 희로애락도 없고 침체되어 있을 때 이들을 보고 힘을 얻었고, 임영웅이라는 우상이 생겼다" "정말 나한테 큰 즐거움을 줬다. 20대 시절 영화배우 보면서 울렁울렁하던 감정이 사라졌었는데 다시 살아났다. 이럴 수가 있나 싶었다"고 고백한다.

원로 배우의 고백은 시대를 넘어선 예술의 본질, 즉 공감과 위로라는 미학적 가치가 한 젊은 예술가의 목소리를 통해 완벽하게 구현되고 있음을 방증한다. 김영옥뿐일까. 팬카페 영웅시대에는 이와 유사한 '신앙고백'이 넘쳐난다. 그의 노래는 세대의 격차를 허물고, 모든 청중을 드라마의 주인공으로 만든다. 그의 노래를 듣는 이들은 숨을 죽이고 한 글자 한 글자 새겨 듣는 마력을 느낀다. 전문가들은 그 이유로 고음을 내지르지 않아도 한 음 한 음 크레센도(Crescendo)와 디크레센도(Decrescendo)를 섞어가며 소리의 계단을 오르내리는 가창력에 있다고 분석한다. 나아가 그는 판소리의 아니리와 오페라의 레치타티보(Recitativo) 기법을 자유자재로 활용하여 관객에게 대화하듯 말을 건넨다.

2024년 11월 30일에 열린 한국대중음악학회의 제35회 정기학술대회에서는 '임영웅'을 주제로 발표와 토론을 가졌다. 이 자리에서 김희선 국민대 교수와 김희선 경기대 교수는 논문 〈임영웅의 레퍼토리, 창법, 연행 분석을 중심으로〉에서 임영웅이 트로트 가수의 한계를 넘어 아티스트로 자리매김한 점에 주목했다.

두 교수는 임영웅의 창법을 '숨김의 미학'이라고 규정하며 감정을 겉으로 드러내지 않고 속으로 삼키는 방식으로 노래를 부른다고 설명했다. 또한 "최근 임영웅이 댄스나 록 장르에서 트렌디하고 가벼운 발성을 사용한다"며 그가 다양한 장르에서 불편함 없이 음악을 소화하는 점에 주목했다.

임영웅은 이처럼 보컬리스트로서 빛나는 재능을 갖추었지만 섯부르게 기교를 앞세우지 않는다. 그는 데뷔 초 커버곡을 부르면서도 선배들의 곡을 흉내 내는 것이 아니라 노랫말이 담고 있는 이야기의 '해석자'가 되고자 했다. 자기 목소리가 원곡을 압도하지 않도록, 원곡의 정서와 가사의 중심을 흐리지 않도록 절제하는 창법으로 '잘 부르는 노래'보다 '전달되는 노래'를 고집했다. 돌이켜 보면 놀랍고도 지혜로운 선택이었다.

나는 작은 바람에도 흩어질
나는 가벼운 모래 알갱이
그대 이 모래에 작은 발걸음을 내어요
깊게 패이지 않을 만큼 가볍게
나는 작은 바람에도 흩어질
나는 가벼운 모래 알갱이
그대 이 모래에 작은 발자국을 내어요
깊게 패이지 않을 만큼 가볍게

그대 바람이 불거든
그 바람에 실려 홀연히 따라 걸어가요
그대 파도가 치거든
저 파도에 홀연히 흘러가리
그래요 그대여 내 맘에
언제라도 그런 발자국을 내어줘요
그렇게 편한 숨을 쉬듯이

영화 〈소풍〉의 OST로 쓰인 〈모래 알갱이〉는 하나의 완결된 드라마적 서사를 가지고 있다. 이 노래를 3막으로 나눈다면, 1막은 자기 정체성의 선언이다. "나는 작은 바람에도 흩어질/나는 가벼운 모래 알갱이"라는 반복구를 통해 화자가 미세하고 불안한 존재임을 노래한다. 2막은 나와 너, 우리의 관계로 확대된다. "그대 이 모래에 작은 발자국을 내어요/깊게 패이지 않을 만큼 가볍게"라며 상처 주지 않을 만큼의 가볍고 의미 있는 흔적을 남기자는 메시지를 전한다. 또한 "그대 바람이 불거든/그 바람에 실려 홀연히 따라 걸어가요"라는 대목에서는 광활한 우주에서 인간은 티끌만도 못한 존재라는 깨달음을 얻은 자유인의 기품이 느껴진다. 3막은 영원한 공존으로의 초대다. "그래요 그대여 내 맘에/언제라도 그런 발자국을 내어줘요/그렇게 편한 숨을 쉬듯이/언제든 내 곁에 쉬어가요." 이는 팬들에게 편히 쉴 자리를 내어주는 배려의 서사로도 해석된다.

이 노랫말은 그가 이름을 알리기 5년 전에 쓴 가사라고 한다. 임영웅은 자신의 이름처럼 영웅이 되었지만, 권위적인 영웅이 아닌 배려심 깊고 겸손한 영웅이다. 그는 팬들을 위해 이 곡을 만들었다며 "노래를 들을 때 편히 쉴 수 있으면 좋겠다는 바람을 담았다"고 한다.

네 얘기라면 이쯤에서

흘려보내는 거지

너를 위한 노래는 아냐

우릴 위한 노래야

젖은 맘 잠시 흘려보내고

다음 눈물은 기쁨이었으면

(…)

이 노래는 우리를 위한 기록이야

가끔 멈춰 숨을 고를 수 있게

너의 다음 계절

그 어느 날의 밤에도, 워워

2025년 8월에 선보인 〈비가 와서〉도 임영웅이 작사·작곡한 곡이다. 일반적으로 비를 소재로 삼은 노래들이 처절한 그리움이나 이별의 회한을 노래했다면 이 곡은 한결 여유롭다. '해석자' 임영웅이 전하는 서사에 좀 더 주목해보자. "비가 와서, 그냥 생각이 났어/별일은 없고, 그냥 조용했을 뿐/네 얘기라면 이쯤에서/흘려보내는 거지"라는 첫대목은 한 편의 시로 읽힌다. 노래 속 화자는 내리는 비를 보며 헤어진 연인을 떠올린다. 단순히 떠나간 그녀에 대한 기억이라면 이쯤에서 흘려보내야 한다. 하지만 함께 걸었던 길, 함께 나누던 대화, 함께 지내던 시간은 '우리'의 기억으로 남는다. 같은 추억을 공유한 연인의 이별은 그래서 여운이 길고 짙다. 사랑을 둘러싼 인생의 화두다. 화자는 "기억은 대답이 없고, 편지는 시간에 젖었어/네 말대로 이 곡은 남았네"라며 담담함 속에 절절함을 담는다.

임영웅의 노래에는 절절한 클라이맥스가 많지 않지만, 이 노래 후렴구에는 살짝 지르는 듯한 창법을 섞는다. 여우비처럼 부슬부슬 내리다 퍼붓는 소나기처럼, 감정의 굴곡이 담겨 있다. 이 후렴구에서 그는 "젖은 맘 잠시 흘려보내고/다음 눈물은 기쁨이었으면"이라는 바람을 노래하며 이별의 서사를 넘어선 성숙한 위로를 건넨다.

지금껏 살펴보았듯이 임영웅의 흡입력은 무엇보다 '진정성'에서 기인한다. 임영웅은 수십수백 번 노래의 음률과 가사를 되새김질해서 영감을 불어넣은 다음 한 치의 과장도 없이 조심스레 꺼내놓는다. 임영웅을 거치면, 트로트의 반복적인 리듬은 섬세한 차이를 만들어내고, 통속적인 노랫말은 삶의 단순성을 일깨우는 금언이 된다.

임영웅의 진정성은 노래에만 국한되지 않는다. 임영웅은 첫 광고 수익 전액을 기부한다. 또 두 번째 정규 앨범 《IM HERO 2》를 디지털 음원으로만 발매했다. 오늘날 아이돌 음악 시장의 한 축은 CD 판매로 유지된다. CD플레이어가 거의 사라진 오늘날 상황에 비추어보자면 팬심을 이용한 강매나 마찬가지다. 임영웅은 이 기형적 구조에 정면으로 도전한 것이다. 임영웅은 2024년 5월 상암동 서울월드컵경기장에서 열린 단독 콘서트 '아임 히어로 - 더 스타디움'을 진행하면서 잔디를 훼손하지 않으려고 운동장에 객석을 설치하지 않았다. 임영웅의 축구 사랑이 유난하다지만, 엄청난 수익을 과감히 포기한 결정은 그가 얼마나 진정성 있는 태도로 일상의 매 순간을 임하는지 새삼 느끼게 해준다. 팬을 위한 콘서트를 알차게 꾸미면서도 자신의 꿈까지 건강하게 돌보는 균형 잡힌 가수. 그래서 임영웅은 더욱 빛난다.

'가수가 노래만 잘하면 되지, 광대가 청중에게 웃음만 주면 그만이지'라는 생각은 구시대 유물이다. 어느 날 홀연히 나타나 비범한 능력으로 세상을 구하던 영웅의 서사는 끝났다. 현실 속 영웅이라면 세대를 뛰어넘어 모두의 눈높이에서 마음을 위로하고 힘을 북돋아주어야 한다. 그런 의미에서 임영웅은 우리 시대의 영웅 가객이다.

임영웅은 콘서트에서 건강 체크의 중요성을 자주 언급해왔다. 실제로 한 팬은 임영웅의 말 덕분에 건강 검진을 통해 조기에 암을 발견해 치료할 수 있었다. 또한 임영웅은 자신의 콘서트를 찾은 98세 팬에게 직접 사인을 건네며 "백 세 때도 와야 한다"고 당부했다.

임영웅의 선행에 힘입어, 팬카페 영웅시대 역시 임영웅의 생일('웅탄일')을 맞아 다양한 기부 활동을 펼치며 선한 영향력을 사회에 전파하고 있다. 정기적인 농아인협회 기부, 복지 공간 후원, 지역 노인복지회관 급식 봉사, 장애인 가족 영화 초청, 어린이병원 후원 등을 비롯해 CD를 구매하는 대신 소외계층을 위해 기부금을 모으는 활동도 펼쳤다. 임영웅과 그의 팬들은 단순한 응원 관계를 넘어 서로에게 영향력을 주고받으며 이 시대에 선한 에너지를 확산시켜 진정한 '영웅시대'를 함께 만들어가고 있다. 선순환의 시너지 효과가 우리 사회를 더욱 훈훈하고 아름답게 가꾸고 있는 현장이다.

신재효가 말한 광대의 첫 번째 조건, '인물치레'를 기억해보자. 이는 단순한 외모가 아니라 인품과 기품, 즉 한 사람의 삶의 태도를 뜻한다. 임영웅이 보여주는 모습은 이 인물치레의 현대적 구현이 아닐까.

임영웅은 트로트에 국한하지 않고 발라드, 블루스, 록, 재즈, 일렉트로닉 댄스 등 다른 음악 장르와 과감하게 교섭한다. 그 실험과 변화가 산만하지 않은 이유는 임영웅이 트로트라는 대지에 굳건하게 뿌리를 내리고 있기 때문이며, 시대를 넘어선 예술의 본질, 즉 '공감'과 '위로'라는 미학적 가치에 집중하기 때문이다. 임영웅이라는 스펙트럼을 거치며 트로트는 새롭게 해석되고 한 차원 높은 가능성을 발견하게 된다. 덕분에 트로트를 소비하는 세대가 확장되고, 다른 장르와의 실험적 교류도 활발해졌다. 비주류로 취급받던 트로트는 임영웅을 통해 어엿하게 대중문화의 주류로 떠오르고 있다.

조선의 귀명창 신재효는 자신이 갖지 못한 비범함을 사랑하고 후원하여 판소리라는 비범한 예술로 승화시켰다. 21세기의 명창 임영웅은 그 비범함을 가장 평범한 이의 정서로 녹여내, 듣는 이들로 하여금 "젖은 맘 잠시 흘려보내고" 다시 삶을 걷게 하는 위로의 영웅이 되었다. 임영웅은 신재효가 제시한 광대로서의 자질을 갖춘 소리꾼이다.

신재효는 남녀를 가리지 않고 재능 있는 소리꾼을 발굴했다. 특히 여성 소리꾼들의 목소리와 몸짓, 감정 표현을 세심히 가르치며 명창으로 길러냈다. 덕분에 여성 명창들은 남성 중심의 판소리계에서도 비범함을 드러낼 수 있었고, 판소리 장르에 깊이와 풍성함을 더했다. 나아가 신재효는 판소리를 체계적으로 정립해서 유산으로 남겼다. 그의 빛나는 노력 덕분에 판소리는 개인의 재능에만 기대지 않고 함께 완성하는 예술로 승화했다.

임영웅은 공연 예술에서 소외되었던 세대와 연령층을 팬덤 문화 속으로 이끌어 새로운 삶의 활력과 의욕을 선사하고 있다. 신재효가 새로운 공연 예술 영역을 개척했듯이 21세기 임영웅은 다른 가수와 선배 가수가 걷지 않은 길을 스스로 개척해 공감과 감동을 함께 선물한다. 임영웅은 비범한 기교로 군림하는 대신 가장 평범한 감정의 언어로 노래한다. 그래서 그의 목소리는 누군가의 청춘이 되고, 누군가의 오늘이 되며, 누군가의 쉼터가 된다. 그는 영웅이 되었지만, 우리를 내려다보지 않는다. 오히려 옆자리에 앉아 "편히 쉬어가라"고 말하는 가객이다.

조선의 귀명창과 현대의 싱어송라이터는 서로 다른 시대를 살았지만, 예술을 통해 사람을 존중하고 삶을 위로했다는 점에서 같은 길 위에 서 있다.

＊〈서경별곡〉·심수봉

장석남, 〈배를 밀며〉, 《왼쪽 가슴 아래께에 온 통증》, 창비 2001

KBS2 〈밤과 음악 사이〉, 1995년 2월 9일 방영

KBS2 〈불후의 명곡〉, 601회 아티스트 심수봉편

KBS1 〈아침마당〉 화요초대석, 2024년 11월 26일 방영

임진모, 〈트로트의 힘 - 심수봉〉, 웹진 IZM, 2011년 10월

장유정, 〈'수시로' 대신 '무시로' … 나훈아는 최고의 작사가〉, 《조선일보》, 2023년 11월 15일

＊ 정지상·김민기

임진모 인터뷰, 〈故김민기, 싱어송라이터의 시초이자 포크송의 대가〉, 《스포츠서울》, 2024년 7월 22일

강헌, 〈붉은 잉크로 쓰인 신화, 김민기와 '아침이슬'〉, 오마이뉴스, 2007년 3월 21일

안순태, 〈천수사〉와 대인 화운시 연구〉, 《고전문학과 교육》 33, 한국고전문학교육학회 2016년

김창남 엮음, 《김민기》, 한울 2020

한국대중음악박물관(http://www.kpopmuseum.com/) '금지곡 자료집'

＊ 김명원·윤종신

하응백 편저, 《창악집성》, 휴먼앤북스 2011

프리드리히 니체 글, 이동용 옮김, 《이 사람을 보라 *Ecce Homo*》, 세창출판사 2019

프리드리히 니체 글, 곽복록 옮김, 《즐거운 지식 *Die fro:hliche Wissenschaft*》, 동서문화사 2023

윤종신, 《계절은 너에게 배웠어》, 문학동네 2018

＊ 홍랑·아이유

이능화, 《조선해어화사》, 한남서림·동양서원 1927년

윌리엄 셰익스피어 글, 최종철 옮김, 《오셀로 *The Tragedy of Othello, the Moor of Venice*》, 민음사 2001년

윌리엄 셰익스피어 글, 최종철 옮김, 《햄릿 *The Tragedy of Hamlet, Prince of Denmark*》, 민음사 2001년

아이유 인터뷰, JTBC 〈뉴스룸〉 문화초대석, 2018년 1월 17일 방영

이현석, 〈한국 고전시가에 나타난 버드나무의 이미지〉, 《한국어문학연구》 제45집, 2005년

＊ 김부용·김윤아

《우먼센스》, 2018년 10월호

* 김정희·임재범

김정희 필, 한글간찰, 국립중앙박물관

정창권, 《천리 밖에서 나는 죽고 그대는 살아서》, 돌베개 2020

신해철, MBC FM4U, 〈고스트 스테이션〉, 2006년

신대철 인터뷰, 팟캐스트 〈정영진 최욱의 불금쇼〉 108회, 2017년 10월 7일

윤도현 인터뷰, 멜론(melon.com), '플레이리스트', 2014년 10월 16일

* 〈노처녀가〉·최성수

김정희 필 한글간찰, 국립중앙박물관

한국국학진흥원 연구사업팀 기획, 박희진 글, 《조선의 결혼과 출산 문화》, 은행나무 2020

한인석 엮음, 《정정증보신구잡가》, 평양 광문책사 1914

《메리엄-웹스터 사전 *Merriam-Webster Dictionary*》, 1828·1913년판

주식회사 오오여행 글, 《시간 활용의 달인》, 오오북스 2020년

* 이화중선·나훈아

국립국악원, 《한국음악용어사전》에서 '이화중선' 항목

한국음반아카이브연구소, 《추월만정》 음반 해제

정노식, 《조선창극사》, 조선일보사 1940년

김문성, 〈유성기 명창 이화중선·이중선 연구〉, 《한국음반학》 9, 한국고음반연구회 1999년

송미경, 〈더늠 개념의 역사적 변천〉, 《공연문화연구》 32호, 한국공연문화학회 2016년

* 황진이·이효리

이병기·백철 공저, 《국문학전사》, 신구문화사 1957년

* 정철·안예은

MBC 드라마, 〈역적: 백성을 훔친 도적〉

SBS 예능, 〈K팝스타 시즌5〉, 2015년

조윤제, 《조선시가사강》, 동광당서점, 1937년

김문기, 《서민가사연구》, 형설출판사 1983년

정재호, 《한국가사문학론》, 집문당 1982년

오항녕, 《유성룡인가 정철인가》, 너머북스 2015년

이기문, 《국어사개설》, 민중서관 1961년

임주탁, 〈속미인곡의 화자 분석과 작품 해석〉, 《한국문학논총》 60호, 2012년

고정희, 〈사미인곡과 속미인곡에 나타난 여성화자의 정체성 비교〉, 《여성문학연구》 50호, 2020년

김진욱, 〈정철 시조의 문학적 특성 연구〉, 《한국시가문화연구》 12호, 2003년

우인수, 〈정여립 모반사건의 진상과 기축옥의 성격〉, 《역사교육논집》 12집, 1988년

*** 박인로·장기하와 얼굴들**

임기중 편, 《역대가사문학전집》 전51권, 아세아문화사 1998년

김명준, 《악장가사 주해》, 다운샘 2004년

우석훈·박권일, 《88만원 세대: 절망의 시대에 쓰는 희망의 경제학》, 레디앙 2007년

손대현, 〈노계 박인로의 경제적 기반과 문학적 형상화〉, 《한국시가연구》 29권, 2010년

조세형, 〈조선후기 문학의 표현특성과 그 문학사적 의미〉, 《고전문학과 교육》 27호, 2014년

박나리·김교성, 〈청년 불안정성의 궤적과 유형: 20대 청년의 고용, 소득, 부채를 중심으로〉, 《한국사회정책》 28권 3호, 2021년

김작가, 장기하와 얼굴들 〈싸구려 커피〉 선정평, 제6회 한국대중음악상, 2009년 3월 12일

*** 허난설헌·김광석**

박찬욱 감독, 영화 〈공동경비구역 JSA〉, 2000년

김성남, 《허난설헌 시 연구》, 월인 2007년

허경진, 《허균 평전》, 한길사 2002년

허난설헌 글, 허경진 옮김, 《허난설헌 시선》, 평민사 2019년

임미정, 〈허난설헌 문학 연구의 현황과 과제: 2000년대 이후를 중심으로〉, 《여성문학연구》 50호, 2020년

최혜진, 〈허난설헌 시의 낭만적 초월세계〉, 《한국시가연구》 13권, 2003년

남재철, 〈허난설헌의 삶과 문학 재론〉, 《한문학보》 11권, 2004년

조연숙, 〈허난설헌 시의 여성적 미의식 연구〉, 《동양고전연구》 35권, 2009년

*** 김창협·한강**

한강, 《가만가만 부르는 노래》, 비채 2007년

한강, 《채식주의자》, 창비 2007년

한강, 《소년이 온다》, 창비 2014년

한강, 《작별하지 않는다》, 문학동네 2021년

한강 인터뷰, 《조선일보》, 2024년 10월 13일

이지상 인터뷰, 《한겨레21》, 2024년 10월 31일

한강 노벨문학상 수상 기념 스웨덴 한림원 강연, 〈빛과 실〉, 2024년 12월 7일

채널예스(https://ch.yes24.com/) 인터뷰, 《가만가만 부르는 노래》 발매 기념, 2007년

[아침시단] 〈종이 피아노〉, 《경북일보》, 2024년 10월 20일

〈노래와 세상 싱어송라이터 한강〉, 《경향신문》, 2024년 10월 13일

쿨투라(https://cultura.co.kr/), 〈가만가만 부르는 노래 한강의 음악들〉, 2024년 10월 31일

〈노벨문학상 작가와 듀엣 한 희귀 가수입니다〉, 《한겨레21》, 2024년 10월 31일

* 이정보·박진영

왕가위 감독, 〈중경삼림〉, 1994년

신해철 인터뷰, [경향과의 만남], 《경향신문》, 2010년 2월 15일

텐아시아(https://www.tenasia.co.kr/), 〈매일 7시 30분 기상 54세 박진영〉, 2026년 1월 1일

심재완 편저, 《교주 해동가요》, 일조각 1972년

박을수 편저, 《한국시조대사전》, 개문사 1992년

강명관, 《조선시대 문학예술의 생성공간》, 푸른역사 1999년

김성면, 〈이정보 애정류 사설시조의 구조 고찰〉, 《시조학논총》, 2004년

전재강, 〈이정보 시조의 성격과 배경〉, 《우리말글》 35권, 2005년

김학성, 〈사설시조의 형식과 미학적 특성〉, 《어문연구》 30, 한국어문교육연구회 2002년

조규익, 〈김수장론〉, 《시조학논총》 7, 한국시조학회 1991년

* 〈천안삼거리〉·인순이

권오성, 《한민족음악론》, 학문사 2000년

강등학 외, 《한국구비문학의 이해》, 월인 2016년

엄하진, 《조선민요의 유래》, 예술교육출판사(평양) 1992년

민병달, 《능소전》, 천안문화원 1986년

김소월, 《진달래꽃》, 매문사 1925년

《개벽》, 개벽사 1922년

손인애, 〈경기민요 천안삼거리(흥타령)에 대한 사적 고찰〉, 《한국민요학》 26집, 한국민요학회 2009년

김남희, 〈남도잡가 연구〉, 조선대학교 대학원 박사학위논문, 2017년

김영운, 〈동대가야금보 해제〉, 《한국음악학자료총서》 22집, 국립국악원 1989년

* 신재효·임영웅

밀로시 포먼 감독, 영화 〈아마데우스 Amadeus〉, 1984년

정노식, 《조선창극사》, 조선일보사 1940년

김영옥 인터뷰, SBS 예능, 〈신발 벗고 돌싱포맨〉, 2025년 7월 15일

김용균 감독, 영화 〈소풍〉, 2024년

김희선, 〈임영웅 현상: 레퍼토리, 가창, 연행 분석을 중심으로〉, 한국대중음악학회 제35회 정기학술대회 발표 논문, 2024년 11월 30일

| 이 책에서 다룬 주요 고전 |

《가곡원류(歌曲源流)》, 1876년: 가객 박효관과 안민영이 856수의 시조 작품을 정리한 가곡집

《고죽집(孤竹集)》, 1683년: 조선 중기 시인 최경창의 유고집

《금계필담(錦溪筆談)》, 1873년: 문인 서유영이 보고 들은 이야기를 기록한 책

《난설헌시집(蘭雪軒詩集)》, 1692년: 조선 전기 시인 허난설헌의 시가와 산문을 동생 허균이 엮은 시문집

《노계집(蘆溪集)》(1800년): 조선 중기 문인 박인로의 시가와 산문을 엮은 시문집

《농암집(農巖集)》: 조선 후기 문신 김창협의 시문집

《동상기(東廂記)》: 조선 후기 문인 이옥이 지은 희곡

《성소부부고(惺所覆瓿藁)》, 1613년경: 문신 허균의 시문집

《성호사설(星湖僿說)》: 조선 후기 실학자 이익의 글을 천지문·만물문·인사문·경사문·시문문으로 분류해서 정리한 문집

《송강가사(松江歌辭)》: 조선 중기 문신 정철의 가사 〈관동별곡(關東別曲)〉(1580년)·〈사미인곡(思美人曲)〉(1588)·〈속미인곡(續美人曲)〉 등과 시조를 수록한 시가집

《송도기이(松都記異)》, 1631년: 문신 이덕형이 송도유수로 재임할 때 들었던 기이한 이야기를 모아 편찬한 설화집

《송도인물지(松都人物志)》, 한묵림서국 1918년: 조선 후기와 일제강점기 학자 김택영이 송도(개성) 출신의 역사적 인물들을 정리한 책

《수촌만록(水村漫錄)》: 문신 임방의 시와 일화를 수록한 시화집

《시용향악보(時用鄕樂譜)》: 조선시대 작자미상의 악장·가사·민요·무가 등을 수록한 악보

《악장가사(樂章歌詞)》: 고려 이후부터 조선 전기의 아악과 속악 가사를 수록한 가집

《악학궤범(樂學軌範)》, 유자광·성현 등 편찬, 1493년: 왕명으로 조선시대의 의궤와 악보를 편찬한 음악서

《어우야담(於于野譚)》: 조선 중기 문신 유몽인의 이야기 모음집

《연려실기술(燃藜室記述)》: 조선 후기 실학자 이긍익이 편집한 조선 역사서

《운초당시고(雲楚堂詩稿)》: 조선시대 기생 부용의 한시 130여 수를 수록한 시집

《중경지(中京誌)》, 1824년: 문신 김이재가 개성의 역사·지리·행정·재정·군사·풍속·인물 등을 정리한 책

《청구영언(靑丘永言)》, 1728년: 평민 출신 가객 김천택이 시조 580수를 엮어 편찬한 가곡집

《청장관전서(靑莊館全書)》: 조선 후기 학자 이덕무의 저술을 모은 전집

《추재집(秋齋集)》, 1939년: 시인 조수삼의 시가와 산문을 엮은 시문집

《춘향가》·《심청가》·《박타령(흥보가)》·《토별가(수궁가)》·《적벽가》·《변강쇠가》: 조선 후기 신재효가 정리하고 개작한 판소리 여섯 마당

《파한집(破閑集)》: 고려시대 문신 이인로의 시평·수필·시화 등 83편을 수록한 문집

《해동가요(海東歌謠)》, 1762년: 가객 김수장이 고려 말부터 당시까지의 시조를 수록한 가곡집

《회은집(晦隱集)》: 조선 후기 학자 남학명의 글을 수록한 시문집

* 고전시가는 필자가 한국민족문화대백과사전(https://encykorea.aks.ac.kr/) 등을 참조하여 번역·의역했음
* 원고에서 언급한 인물과 사건에 대한 기초 정보는 한국민족문화대백과사전, 위키백과(https://ko.wikipedia.org/wiki/) 등을 참조